没有指针CLOCK的钟
WITHOUT HANDS

〔美〕卡森·麦卡勒斯 著　金绍禹 译

CARSON McCULLERS

上海三联书店

献给医学博士玛丽·E.默瑟①

---

① 默瑟(Mary E. Mercer,一九一二——),专内科、儿科、精神科,有五十几年的儿童精神科研究经验,发表过许多关于人的成长的论文,比较引人注意的是一九九七年二月出版的《人的一生》(*The Art of Becoming Human*)一书,书中引用世界著名文学家、思想家的著作达四十八种之多,论述人的一生的各个阶段。一九五七年,由于中风以及第二个剧本演出不很成功造成的心情沮丧,麦卡勒斯接受心理治疗,认识了默瑟大夫,后者鼓励她继续写作,而且效果积极,从此默瑟博士成了麦卡勒斯终生(她生命的最后十年中)的亲密朋友。——译注

Contents

目 录

第 一 章

死就是死，总是一样的，但是每一个人却都有自己的死法。在 J. T. 马龙看来，死是简简单单、平平常常地开始的，所以有一段时间，他把生命的终结与一个新的季节的开始混同起来。他四十岁那一年的冬天，对于这座南方城市来说，是一个非同寻常的寒冷的冬天——白天一片冰封，色彩淡而柔和，而夜晚则光彩照人，非常耀眼。在一九五三年那一年的三月中旬，春季的到来伴随着狂风呼啸的天气，因此，在枝头含苞待放和大风不停地吹的那些日子里，马龙只觉得浑身倦怠，是一脸憔悴的样子。他是一个药剂师，在断定他是得了春倦症之后，就给自己配了一种肝铁补剂。尽管他动辄感觉疲劳，但是他仍旧坚持做每天必做的工作。他两条腿走着去上班，而他的药房是那条大街上最早开门的商店之一,而且要到下午六点钟才关门。他的午餐是在市中心的一家餐馆里吃的,晚餐则回家与家人同吃。他在吃的方面比较挑剔,结果体重也在一天天地下降。在他脱下冬装,换上薄一点的春装的时候,他的颀长、瘦削的双腿上穿的长裤就折叠起来,没法穿得挺刮了。他的太阳穴凹陷了,于是咀嚼或者吞咽的时候,青筋就暴出来,而他的喉结在脖子上的那张皮里上下抽动。但是,马龙却并不觉得这有什么可以大惊小怪的。他的春倦症非常严重,于是他在补剂里加入了老派疗法里用的硫和糖蜜——因为,说来说去,还是老办法好。这样想的时候他一定有了很大的安慰,因为不久之后他感觉好了一点,并且开始了一年一度的菜园整修工作。然后有一天,他在配药的时候身体摇晃了一下就昏倒了。事后他去看了医生,并且在市立医院做了几个化验。他仍然不怎么担心;他过去也得过春倦症,有过这个病造成的虚弱症状,到了天气转暖的时候就会昏过去——那是很平常,甚至是很自然的事情。马龙从来没有考虑过自己的死,除了是在朦朦胧胧、没有去预测过的未来某个时候,要不就是计算人寿保险的时候。他不过是一个平平常常、简简单单的人,因此,他自己的死是一个特别事件。

凯尼斯·海顿大夫是他的好客户和朋友。他的诊所就在药房上面的那层楼面上,于是,到了可以看化验报告的那天,马龙在下午两点钟的时候上了楼。一旦与大夫面对面坐下来,他就感觉到一阵难以言说的威胁。大夫没有正面看他,因此,他那张白皙、熟悉的脸上不知怎么看上去似乎没有长着眼睛一样。大夫见马龙进来就与他打招呼,说话声音听起来一本正经的,非常奇怪。他默默地坐在桌前,手里拿着一把裁纸刀,并且不停地把小刀从一只手送到另一只手,两眼注视着手中的小刀。奇怪的沉默提醒了马龙,于是在他再也忍受不了这相对无言的场面的时候,他终于说道:

"化验报告来了——我没事吧?"

大夫避开马龙忧郁、焦灼的目光,然后很不自在地把目光移向打开的窗子,一动不动地望着。"我们仔细核对过了,血液的情况似乎有异常的地方,"大夫终于吞吞吐吐、低声说道。

一只苍蝇在沉闷、毫无生气的房间里嗡嗡地飞来飞去,室内弥漫着乙醚的气味。马龙现在觉得可以肯定问题有些严重,可是,他既忍受不了这沉默,也忍受不了大夫很不自然的话音,于是就唠叨起来,说化验结果恐怕不正确。"我一直觉得你们会查出我有一点贫血。你知道我过去也是医学院的学生,而且我心里一直在想是不是我的血细胞计数偏低了。"

海顿大夫看着他在桌子上摆弄的那把裁纸刀。他的右眼眼皮在跳动。"既是如此,那我们就从医学角度来谈谈吧。"他放低了声音,很快地说出了下面的话。"红细胞数只有二百一十五万,所以我们认为有并发性贫血。但这不是重要的因素。白细胞的增多非常地不正常——有二十万八千。"大夫停顿了一下,搓了搓跳动的眼皮。"你大概也明白这说明了什么问题。"

马龙并不明白。他因惊愕而感到迷惑,室内似乎突然之间变冷了。他只知道在这摇摇晃晃、冷飕飕的房间里,他身上发生了奇怪而可怕的事情。他被大夫短而粗的手指头上不停地转动的那把裁纸刀迷惑了。一直埋藏在心里的关于很久以前的事情的记忆在心头苏醒了,于是,他想起了已经忘却的一件很难为情的事,尽管关于这件事情具体细节的记忆仍旧很模糊。因此,他感觉到来自两个方面的痛苦——医生说的话带给他的恐惧和紧张,以及不可思议而又没有记起来的羞愧。医生的双手白皙,长着很多毛,而马龙望着摆弄裁纸刀的那双手,再也无法忍受了,然而,他又不可思议地两眼直盯着。

"我已经不大记得起来了,"他茫然不知所措地说道,"那是很久以前的事了,我并没有从医学院毕业。"

医生放下手中的裁纸刀,递给他一个体温计。"请把它放到舌头底下——"他看了一下手表,然后走到窗口,站在那里望着窗外,同时两手紧握着背在身后,两腿分开。

"显微镜玻璃片证实了病理学意义上的白细胞增多,以及并发性的贫血。不成熟的白血球占据了优势。总而言之——"医生停顿了一下,重又握紧双手,踮起脚跟站了一会儿。"归结起来说,我们现在碰到了一个白血病病例。"他突然转身,抽出体温计,很快说出读数。

马龙紧张地坐在那里,等待着,同时他把一条腿盘在另一条腿上,而他的喉结则在脆弱的喉头上下移动。他说,"我感觉有些发热,不过我一直觉得不过是春倦症。"

"我给你检查一下。请你脱掉衣服,在治疗台上躺一会儿——"

马龙在治疗台上躺着,而由于脱了衣服之后他显得瘦削、苍白,他感到不好意思。

"脾脏增大了好多。你有没有感觉到有肿块或者肿大什么的?"

"没有,"他说,"我是在想白血病是怎么一回事。我记得报纸上说过一个小女孩,她的爸爸妈妈九月份的时候给她过圣诞节,因为估计她不久就要死了。"马龙绝望地注视着抹了灰泥的天花板上的一道裂纹。紧连着的一家诊所传来孩子的哭声,而这声音,由于几乎是被恐惧和叫喊所抑制,听起来似乎不是从远处传来,而是他自身的痛苦的一部分,也就在这个时候,他问道:"我就要死了,得了这个——白血病,对吗?"

对马龙来说,这个问题的回答是明明白白的,尽管医生并没有说出来。隔壁房间传来长长一声孩子放肆的尖利叫声,足足持续了一分钟。医生检查完毕之后,马龙坐在治疗台的边沿,浑身战栗,对自己的虚弱和苦恼感到厌恶。他看到自己又瘦又窄的双脚两侧长的硬皮尤其反感,于是他先穿好了灰色的袜子。医生在房间角落里放着的洗涤盆里洗手,这一举动很让马龙生气。他穿好衣服,回到桌子边的椅子上坐下。他坐在那里,一边将着稀稀拉拉的粗硬头发,长长的上唇小心翼翼地贴近抽搐着的下唇,而他的眼睛发热,透露出恐惧,这时候马龙脸上显出的已经是一个得了不治之症的病人温顺而平淡的表情了。

医生重又拿起裁纸刀在手中摆弄,而马龙又迷惑了,隐隐地感到烦恼;手和裁纸刀的动作是构成不舒服感的一部分,是一种不可思议和模模糊糊记得的羞愧感的一部分。他咽了一口,控制一下情绪,让说话的声音能镇定下来,然后说道:

"呃,大夫,你说我还有多少日子?"

这时候医生第一次与他四目相对,并且两眼紧盯着他。这样过了一会儿之后,医生转过脸去,注视桌子上面对着他放的他妻子和两个小男孩的照片。"我们都是有家室的人,所以,我要是处于你这种情况,我知道我也想要了解真相。我也想料理一下事务。"

马龙几乎说不出话来,可是,一旦开口说出来,他声音很响,而且刺耳:"多少?"

一只苍蝇的嗡嗡声以及马路上人来车往的嘈杂声使得沉闷的房间显得更加寂静,气氛更加紧张。"我看我们不妨说一年,或者十五个月吧——那是很难说一个确切的日子的。"医生白皙的手上长满了一缕缕长长的黑毛,不停地与象牙柄的裁纸刀绕在一起,而尽管看在眼里有点可怕,但是马龙还是没有移开自己的目光。他开始很快地说起话来。

"真是奇怪。直到今年冬天之前,我一直都是采用单一、固定的人寿保险的。可是从今年冬天起,我转换成购买可以付给我退休金的保险单——你看到杂志上登的广告了。从六十五岁算起,今后每月就可以领取两百块钱。现在想想也真是好笑。"断断续续笑了一阵之后,他又补充说道,"保险公司还要转回到原先的做法——就采取单一的人寿保险。大都会保险公司是一家很好的公司,我选用人寿保险差不多有二十年了——大萧条的那些年略微减少了一点,但后来我有了能力之后又补足了。关于退休后的规划的广告,总是描绘中年夫妻到阳光和煦的地方落脚——也许是在佛罗里达州,或者加利福尼亚州。不过我和我的太太想法与别人可不同。我们商量过要到佛蒙特州或者缅因州的小地方去。一辈子都住在最南面,对整天的耀眼的太阳你会感到厌倦——"

突然间喋喋不休的言语屏障坍塌了,于是在死亡面前失去了保护之后,马龙哭泣了。他用经常接触酸性物质的一双大手捂住了脸,竭力抑制住抽泣。

医生的神情仿佛他是要从妻子的照片里寻求指点,并且他还小心地拍拍马龙的膝头。"在今天,在这个时代,什么事都不会毫无希望的。每个月科学都会发现战胜疾病的新式武器。也许不用多久将会找到控制不健全的细胞的办法。而且同时,我们会想尽一切办法延长生命,并且让你舒服一点。这种疾病有一点好的地方——假如到了这种处境还有什么可以叫作好的话——那就是不会有很大痛苦。而且我们会尽一切努力。我们想让你尽早住进市立医院,我们还可以给你输血,做 X 光透视。这些都会让你感觉好很多。"

马龙控制了自己的情绪,并用手帕在脸上轻轻地拍打。然后他吹了吹眼镜镜片,又擦了擦,然后重又戴上。"对不起,我看我太没用了,有点控制不住。什么时候要我到医院去我都可以。"

第二天一早马龙就住进了医院,并且在那里待了三天。第一天晚上医生给他注射了镇静剂,而他还梦见了海顿大夫的双手和在桌子上摆弄的那把裁纸刀。醒来的时候他记起了前一天困扰他的蛰伏在心头的羞愧感,而且他也知道在医生诊所里隐约感觉到的苦恼的根源。而且他还第一次弄清楚,海顿大夫是一个犹太人。他想起了记忆中的一件事,这件事给他带来很大的痛苦,把它忘却实在是必要的。这个记忆中的事情与他读医学院二年级没有升级的那一年有关。那是一所北方的学校,他班上有许多刻苦读书的犹太学生。他们的成绩都在年级平均水平之上,所以那些成绩平平的普通学生根本就没有什么机会。刻苦攻读的犹太学生把 J. T. 马龙挤出了医学院,摧毁了他当一名医生的前途——因此他改行开了一家药房。在他座位对面有一个学生是犹太人,名字叫列维,他有一把很好的小刀,课堂上他老在手中摆弄,分散了他集中听课的注意力。那是一个刻苦读书的犹太人,他的成绩是 A$^+$,他每晚在图书馆里学习,直到关门。马龙似乎觉得这个犹太学生的眼皮偶尔也会跳。知道海顿大夫原来是犹太人似乎是非常重要的，于是马龙心中纳闷这么多年来他怎么会把这一点忽略了。海顿是一个好客户，一个朋友——他们同在一个楼里工作已经有好多年了，而且天天见面。为什么他会不注意呢？也许医生的名字把他蒙骗了——凯尼斯·海顿。马龙心里想，他并没有抱着偏见，但是，假如犹太人也像他那样采用老盎格鲁-撒克逊人的南方人名字，他觉得总有点不妥。他记得海顿的孩子都长有鹰钩鼻，还记得曾经在一个星期六，在犹太教堂门口的台阶上看见过他们一家人。在海顿大夫来查房的时候，马龙带着厌恶的情绪注视着他——尽管他多年来都是自己的朋友和客户。这倒不是因为凯尼斯·海尔·海顿是一个犹太人，而是因为他还活着，而且还要继续活下去——他以及他那样的人——而 J. T. 马龙却得了一种不治之症，一年或者十五个月之后就要离开人世。有时候周围没有别的人的时候，马龙就会哭泣。而且他整天睡觉，还读了许多侦探故事。他出院的时候脾脏小了很多，尽管白细胞几乎没有什么变化。他没法去想今后的几个月会是什么样子，也无法想象死亡。

后来他感觉自己被一片寂寞所包围，尽管他的日常生活并没有多大改变。他没有把他的病告诉他妻子，那是因为这个不幸可能又会替他们找回夫妻之间的亲热；婚后的热烈情感早已经淡薄，他们更关心的是如何尽为人父母的责任。那一年，艾伦在读初中，而托米还只有八岁。玛莎·马龙是一个有着用不完的精力的女人，尽管她的头发已经花白——是一个好母亲，是增加家庭收入的大功臣。在经济萧条时期，她制作预订的糕点，而在那个时候，他似乎觉得那也是合情合理的事情。在他的药房摆脱了负债的困境之后,她仍旧继续做她的糕点生意,而且,她甚至还向许多家杂货店供应三明治,包装得非常整洁,包装带上还印有她的名字。她因此赚了不少钱,也给孩子们带来好多的实惠——她甚至还买了一些可口可乐股票。马龙觉得她这样做未免有些过分;他是怕自己被说成是一个对家庭不尽力的人,从而触犯他的自尊心。有一件事他是坚决不答应的:他是不会出去送货的,而且他也不许孩子和他的太太去送货。马龙太太可以开车到顾客那里去,而佣人——马龙用的帮手不是年纪很小,就是年纪很大,所以给的工钱比外边的都要低——则可以从车子上搬蛋糕或者三明治什么的。马龙就是不理解他妻子身上发生的变化。他当初找的是一个穿薄绸裙子的姑娘来结婚的,姑娘有一回看到一只老鼠从她鞋子上爬过就当场吓得昏过去了——令人不可思议的是,她现在已经变成了一个头发花白的家庭主妇,自己做起生意来,而且还买了些可口可乐公司的股票。他现在是生活在一个奇怪的真空里,外边被家庭生活的琐碎事情包围着——中学的什么年级舞会呀,托米的什么小提琴独奏会呀,什么七层的婚礼蛋糕呀——日常的琐事就像绕着漩涡中心的枯黄的落叶一样,在他的周围旋转,而他则非常奇怪一点都不被触动。

尽管他的病造成了身体的虚弱,马龙却一刻也不能安静。常常见他一个人到城里马路上毫无目的地闲逛——一路穿过棉纺厂周围死气沉沉、杂乱拥挤的贫民窟,或者穿过黑人居住区,或者穿过面前有修剪得整整齐齐的草坪的中产阶级人家别墅外边的大路。他这样在外面闲逛的时候,是一脸的茫然,仿佛一个不知所措的人在寻找什么东西,但又已经忘记了他遗失的东西是什么。常常有这种情形，人们看见他伸出手来，去触摸一件随意的东西；他走着走着会突然跑到路边去摸一下灯柱，或者把两手贴在一堵砖墙上。然后他会一动不动、出神地站在那里。他还会带着古怪的神情盯着绿叶覆盖的榆树，手里拿着从地上捡起的一片黑乎乎的树皮。等到他死了，灯柱、砖墙、榆树还会存在，因此马龙想到这里就感到厌恶。此外，还有一件让他困惑的事——他无法承认死亡即将到来这一现实，而这一苦恼心理又让他觉得一切都是虚幻的。有时候，在隐隐约约之间，马龙觉得自己是跌跌撞撞地走在一个充满了不协调的世界里，一切都杂乱无章，没有可以想象得到的规划。

马龙到教堂去寻找慰藉。在生和死的虚幻都在折磨着他的时候，觉得第一浸礼会教堂是实实在在的这一认识，对他起了很大的作用。这是这座城市最大的教堂，占据了主要马路旁边那个街区的一半面积，而这一片建筑粗略算来大约也值两百万美元。这样的一座教堂必定是真实存在的。这座教堂的主要支持者都是实力雄厚的人物，是这座城市的最重要的市民。布奇·汉德逊，即这座城市的房地产经纪人和眼光最锐利的商人之一，就是教堂的执事，一年又一年没有一次缺席过礼拜仪式——布奇·汉德逊是一个会把时间和精力浪费在看不见、摸不着的东西上的人吗？其他的教堂执事也都是有同样才干的人——尼龙纺织厂的董事长，铁道公司的董事，一家大型百货公司的老板——一个个都是担任要职、头脑精明、办事稳健的商人，他们的判断力都是靠得住的。而这样的一些人都相信教会，相信人死后的生活。甚至 T. C. 魏德威尔，即可口可乐公司的创始人之一和千万富翁，也捐赠了五十万美元给教堂,帮助修建教堂的右厢房。T. C. 魏德威尔以他的不寻常的远见信任可口可乐公司——而 T. C. 魏德威尔又相信教会,相信人死后的生活,留给教堂高达五十万美元的遗赠。一个从来没有投资错地方的人却投资了这么多资本给来世。最后,福克斯·克莱恩也是一个教徒。这个老法官和前国会议员——给这个州以及南方带来了荣耀的人——在城里的时候常去做礼拜,而且唱起他最喜欢的赞美诗的时候他就擤鼻子。福克斯·克莱恩是一个教徒,是一个有信仰的人,因此,马龙在这方面也愿意跟随老法官,就像在政治信仰上一直跟随他一样。就这样,马龙真心实意地去做礼拜。

四月初的一个星期日,华生博士的布道给马龙很深刻的印象。他是一个讲话比较随便的传教士,布道中常常拿商界或体育界来作比较。这个礼拜天做的布道是关于针对死亡的拯救。他讲话的声音在教堂高高的拱顶上回荡,而彩色玻璃窗在会众身上投下艳丽的光辉。马龙正襟危坐,仔细聆听,而每一分钟他都期待着对于个人的启示。可是,尽管讲道很长,然而死亡仍然神秘难解。而在起初的兴奋过去之后,在他离开教堂的时候,他感觉有点受骗上当。你怎样才能瞄准死亡?那就像是朝茫茫的天空瞄准。马龙抬起头来望着万里无云的蓝蓝的天空,一直到脖子感到酸痛。然后,他匆匆赶往他的药房。

那一天马龙意外遇上了一个人,这件事让他心烦意乱,感到非常奇怪,尽管在表面上看来也不过是一件平平常常的事。市中心的商业区没有什么人,但是他听见身后有脚步声,而当他拐过墙角的时候,那脚步声仍旧跟着他。在他抄近路走进一条没有铺石块的小巷的时候,脚步声听不到了,但是他心头七上八下的，觉得还是有人跟着，而且他还瞥见了墙上的人影。他猛地转身，与那个人撞了个满怀。他是一个黑人男孩，马龙认识他，因为他在外面闲逛的时候似乎总是会遇见他。或者说，也许事情无非就是他每次看见这个男孩的时候，总是会去注意他，因为他有一个怪异的外表。男孩是中等个子，身体结实，静止不动的时候一脸怒气。除了他的眼睛之外，他看上去与其他的黑人孩子没有什么不一样。但是他的眼睛呈蓝灰色，长在他的黑肤色的脸上两只眼睛有冷峻、愤怒的神情。你一旦见了他的眼睛，他身体其他部分也就变得特别，变得不相称了。他的手臂很长，胸膛很宽——那表情介于情绪上的敏感和蓄意的愠色之间。马龙得到的印象是，他并不认为可以用不伤害人的词语来说他是一个黑人男孩——他心里会自然地采用一个刺耳的词语可恶的黑鬼来描述，尽管这个人他并不相识，而且通常在这种事情上他向来比较宽厚。马龙转过身来，他们两个人撞在了一起的时候，那黑鬼站稳了身子，没有移动，倒是马龙往后退了一步。他们就这样站在狭巷里，你看着我，我看着你。两个人的眼睛同样都是蓝灰色的，起初似乎是一场瞪眼比赛，看谁瞪得过谁。瞪着他的那两个眼睛在那张黑肤色的脸上，显得冷峻而炯炯有神——然后在马龙看来似乎那眼睛炯炯的目光颤动了，又稳定下来，变为充满奇怪的同情的眼神。他觉得这两个奇怪的眼睛知道，他不久就要死去。这个情绪来得太快，太令人震惊，马龙只觉得浑身战栗，于是他别过脸去。四目相对只不过一分钟不到，也看不出会有什么后果——然而马龙觉得仿佛完成了一件重大而可怕的事。他很不踏实地走完了小巷内剩下的路，到了巷子的尽头见到的都是平常而友好的面孔，于是他也松了一口气。他走出巷子舒了一口气，一脚踏进了他安全、寻常、熟悉的药房。

老法官常常在星期天正餐之前跨进药房来喝几口，而今天马龙高兴地看到，他人已经在药房里了，面对着站在冷饮机柜台前的一群知心朋友大发议论。马龙心不在焉地与他的顾客们招呼了一声，但是他没有停下来与他们说话。天花板上的吊扇搅动了药房内散发的各种气味——冷饮机里的糖浆的气味与药房后面配药间药的苦味混合在一起。

"我待一会儿进来，J.T.，"马龙从身边走过到药房后间去的时候，老法官中断了高谈阔论，这样说道。他是一个身材魁梧的人，红通通的脸，脑袋上是一圈杂乱的白中带黄的头发。他穿一套皱巴巴的白衣服，一件淡紫色的衬衣，一条领带上夹着珍珠别针，还看得到上面有一处咖啡污渍。他的左手在一次中风之后损坏了，因此他小心翼翼地将手靠在柜台边沿上。这只手干干净净的，因为不用力，略微有点浮肿——而那只右手他说话的时候不停地举起来，而且指甲泛黄，在无名指上有一颗星彩蓝宝石。他挂一根乌木手杖，上面有一个银质弯柄。法官结束了他针对联邦政府的慷慨激昂的演说，走进后面的配药间来找马龙。

这是一间很小的房间，高高的一排药瓶将它与药房的其他部分隔开。房间里只放得下一把摇椅和配药的桌子。马龙已经取出一瓶波旁威士忌，并且从房间角落搬出了一把折椅。法官挤进了房间，小心翼翼地放低身子在摇椅上坐下来。他那庞大的身躯上释放的汗水气味与蓖麻油和消毒液的气味混和在一起。马龙倒出的威士忌轻轻地冲击着他们的玻璃杯的杯底。

"什么都不如星期天早晨倒出来的第一杯波旁威士忌的

声音来得悦耳。巴赫也好，舒伯特也好，或者我的孙子演奏的这些音乐大师的任何其他乐曲，都比不上——"

法官唱道：

"啊，威士忌是人的生命力——啊，威士忌！啊，约翰尼！"①

他慢慢地喝着，每咽一口就停下来，在口中运动他的舌头，品尝一下余味。马龙喝得很快，酒似乎在他肚子里像一朵玫瑰一样开放。

"J.T.，你有没有静下来考虑过，南方正处在一场变革的旋涡当中，这场变革差不多就像南北战争一样是灾难性的，想过吗？"马龙没有考虑过，但是他脑袋歪向一边，郑重地点了点头，而法官又继续说道："变革的风云正在兴起，它要摧毁构建南方的经济基础。人头税不久就要废除，每一个愚昧的黑人都可以参加选举。下一步就是受教育的平等权利。想象一下将来，那个时候秀气的白人小姑娘要学习读书写字，就必须与煤一样黑的黑鬼同坐一张书桌。最低工资的法律把工资规定得那么高，等于给农业经济的南方敲响了丧钟，但是可能我们又非得接受。想象一下我们要付给一批什么也不会的麦田帮工计时工资。联邦住房规划已经让房产投资商走向毁灭。他们把这个规划叫作清理贫民窟——可是，我问你，是谁造成了贫民窟的？是住在贫民窟里的人自己的毫无远见造成了贫民窟的出现。请注意我说的话，那些同样的联邦公寓大楼——尽管造得非常现代并且具有北方风格——十年以后也将会变成贫民窟的。"

---

① 古今流行的水手劳动号子，后半句众人附和的仅两个词，"威士忌，约翰尼！"——译注

马龙就像在教堂里听讲道一样,聚精会神、非常信赖地倾听。他与法官之间结下的友谊是他深感骄傲的事情之一。他与法官的结识是自从他来到米兰就开始了,而且,在狩猎的季节他常到他的乡下去打猎——在法官的独生子去世之前,他每逢星期六和星期天都会到场。不过,在法官得了病之后,他们两人之间才开始了一种特殊的亲密关系——那时候有一阵子似乎这个老议员的政治生涯已经结束。到了星期天马龙常常去看望法官,并且带上一些自家菜园里种的芜菁甘蓝菜,或者带上一些水磨的玉米粉,那都是法官喜欢吃的。有时候他们一块儿玩扑克——不过通常都是法官高谈阔论,马龙侧耳倾听。在这种时候,马龙有接近权力中心的感觉——几乎感到仿佛自己也成了一名国会议员了。等到法官能起来活动活动的时候,他在星期天常常到药房来,两人常常就在配药间坐在一起饮酒。即使马龙对法官的一些思想有什么疑虑,他也立即将它扼杀,从不流露。因为他是谁,竟然去找法官的岔子?而且,假如法官的思想有问题,那谁会是正确的?既然法官在考虑再次在国会参加竞选,马龙觉得那也是天经地义、理所当然的责任,于是他感到满足了。

喝到第二杯酒的时候,法官取出自己的雪茄烟盒,而马龙就会动手给两个人点上,因为法官一个手用不上力。烟呈一条直线升上低矮的天花板,然后散开。靠路边的门开着,照进室内的一道阳光使烟雾呈乳白色。

"我有一件重要的事要请你帮忙,"马龙说道,"我要立一份遗嘱。"

"永远愿意为你尽力,J.T.。有什么特别的要求吗?"

"啊,没有,就是通常那种——不过,你一有空就替我办一办。"他又用毫无生气的语调加了一句说,"医生说我活不了多久了。"

法官停止了摇椅的晃动,放下酒杯。"啊,怎么是这样!J. T.,这是怎么回事?"

马龙第一次说起自己得的病,说出来了倒叫他舒了一口气。"我似乎是得了一种血液的毛病。"

"血液毛病!嘻,这就怪了——在这个州你们也算是最健康的血。我记得清清楚楚,你父亲在梅肯第十二大街和默尔伯里大街拐角处开的一家药房,做批发生意。你的母亲我也记得——她是威尔赖特家的。你们血管里流的是这个州最健康的血,J. T.,你可别忘了这一点。"

马龙感觉到了因高兴和自豪而打的一个寒战,但几乎很快就又消失了,"医生说——"

"啊,医生——尽管我们对医生应该非常地敬重,但是他们说的话我很少会有一句相信的。你可不要被他们说的话吓倒了。几年前我犯了一下病的时候,我的医生——弗劳林分院的塔顿大夫就大惊小怪地唠叨这种话了。说什么酒不能喝,雪茄不能抽,连香烟也不能抽。听他的话的意思,好像我最好还是去弹琴,要不就去铲煤。"法官的右手装出弹拨琴弦的样子,还做出铲煤的动作。"可是我大胆对医生说出我的看法,听从自己的直觉。直觉,那是一个人唯一要听从的。你瞧我,身体多壮实,我这把年纪的人这样的身体还用说什么。可是那医生真可怜,真是讽刺——他的葬礼上我去抬棺材。真是讽刺,医生绝对是个滴酒不沾的人,也不抽烟——只不过偶尔嚼嚼烟草。他是个很好的人,真是医学界的骄傲,可是像他们这些人,有一点毛病就大惊小怪,都是靠不住的。不要被他们吓倒了,J. T.。"

马龙得到了安慰,而在他又倒了一杯酒的时候,他开始考虑是否有这样的可能,是海顿和其他大夫把他误诊了。"显微镜证实的确是白血病。血液计数说明白细胞可怕地增多。"

"白细胞?"法官问道。"这是什么东西?"

"白的血液细胞。"

"从来没有听说过。"

"可确实是有的。"

法官的手抚摩着他的手杖的银质手柄,"假如是你的心脏呀,或者肝脏呀,甚至你的腰子呀,出了毛病你觉得可怕我倒还能理解。可是像白血球数目超标这样的小毛病我总觉得似乎不大好相信。嘿,我活到八十多岁了,也从来没有想过我的白血球有没有增多。"他的手指头随着一个反射动作而屈起,而重又伸直的时候,他用惊讶的蓝眼睛注视着马龙。"不过话又说回来,这些天来你是消瘦了好多。肝对补血很有好处。你应该吃点脆嫩的炸小牛肝和洋葱沙司牛肝。这些又好吃,又能治病。而阳光还能调节血液。我打赌,你没有什么事的,注意饮食起居,晒一阵米兰的夏天的太阳,没有什么治不好的病。"法官举起酒杯。"这是最好的补药——刺激食欲,放松神经。J. T.,你是精神紧张,被吓坏了。"

"克莱恩法官。"

一个大小孩走进房间,站在那里等着。他是法官家干活的黑人妇女维莉丽的外甥,一个长得又高又胖的十六岁的男孩,但是他没有健全的智力。他穿一套浅蓝色的衣服,但是绷得很紧,而脚上一双又尖又紧的鞋子裹得他走起路来小心翼翼、一瘸一拐的。他感冒了,虽然胸前口袋里看得见放着一块手帕,但是他还是用手背去擦流着的鼻涕。

"今天是星期天,"他说道。

法官把手伸进口袋,摸出一个硬币递给他。

大小孩一瘸一拐朝饮料机柜台走去的时候,他慢吞吞地、亲切地回了一句,"多谢了,克莱恩法官。"

法官用悲伤、匆匆的目光注视着马龙,但是在药剂师转身面对他的时候,他避开了他的双眼,又开始抚摩他的手杖。

"每过一个钟头——每一个活着的人又朝死亡走近了一步——可是我们有多少时候想到过这件事呢?我们坐在这里喝着威士忌,抽着雪茄,而每过一个钟头我们又接近了我们的最后归宿。大小孩吃着他的冰淇淋卷筒,从来不去想什么事。我坐在这里,一个没有用的老头,死亡已经和我搏斗过了,结果是双方僵持着。我是生死斗争领域的一个战场。自从我的儿子去世之后,十七年来我一直在等待。'啊,死神,你的胜利现在又在何处?'那年圣诞节的午后,我的儿子结束了他的生命,死神赢得了胜利。"

"我常常想到他,"马龙说道。"还为你伤心难过。"

"可是为什么——他为什么要这样做?这么漂亮、这么有出息的一个儿子——还不到二十五岁,*magna cum laude*① 从大学毕业。而且他已经获得法学学位,他本来是可以有一个伟大的前程的。有一个漂亮的太太,不久还将有一个孩子出世。他有钱——甚至可以说富有——那是我的时运的顶峰。我把塞莱诺农场作为他的毕业礼物送给他,那是我一年前用四万美元买下的——差不多有一千英亩的桃园。他是一个富

---

① 拉丁文,意思是"以优异的成绩"。——译注

人的儿子,时运的宠儿,幸福的骄子,一只脚已经跨入了伟大事业之门。这孩子完全可以当上总统的——他本来是可以想要做什么就有什么的人。为什么他要死?"

马龙小心谨慎地说道,"也许是抑郁症发作了。"

"在他出生的那天夜里,我看到了一颗奇异的星星陨落。那是一个明亮的夜晚,那颗星星的陨落在一月的天空中划出一道弧线。密赛小姐她分娩已经持续了八个钟头,我就趴在她的床前,为她祈祷,为她哭喊。然后塔顿大夫一把抓住我,把我推出门外,说道,'滚出去,你这个吵吵嚷嚷的老东西——到厨房里去灌酒吧,要不就滚到院子里去。'当我来到院子里,抬头望着天空的时候,我看到了那颗陨落的星星的弧线,而就在那个时候,约翰尼,我的儿子,降生了。"

"毫无疑问,这是有预见性的,"马龙说道。

"后来我连忙跑到厨房里——那时是早晨四点钟——我给塔顿大夫炸了两个鹌鹑,还煮了玉米粉。我炸鹌鹑可内行了。"法官停顿了一下,然后胆怯地说道,"J. T.,你知道什么怪事吗?"

马龙注视着法官脸上的伤心表情,但是他没有作答。

"那一年的圣诞节大餐上我们没有吃火鸡,我们吃的是鹌鹑。我的儿子约翰尼前一个星期天去打猎了。啊,那生命的形式——不管是大的还是小的。"

为了劝慰法官,马龙说道:"也许那是一个偶然的事故。也许约翰尼当时是在擦枪。"

"他没有用他的长枪。他用的是我的手枪。"

"圣诞节前的那个星期天我在塞莱诺打猎。可能那是一晃而过的抑郁情绪。"

"有时候我也觉得是——"法官停住了没有说下去,因为再说一个字,他可能会哭出来。马龙在他手臂上拍了拍,而法官控制住了情绪,又开始说道,"有时候我觉得那是有意要让我伤心。"

"喔,不会的！肯定不会,先生。是谁也没法预见、没法控制的抑郁情绪的缘故。"

"也许吧,"法官说道,"可是,就在那一天,我们两个人吵过一架。"

"那又算什么？哪个人家都吵架。"

"我儿子是要违背一个原则。"

"原则？什么原则？"

"有关一件并不重要的事情。是一件牵涉一个黑人的案子,由我担当审判者。"

"你过分责备自己了,其实没必要,"马龙说道。

"我们俩坐在桌子前,在喝咖啡,抽雪茄,喝法国科涅克白兰地——女士们都在客厅里坐着——约翰尼话越说越激动,最后他朝着我大声地说了几句就冲上楼去了。几分钟之后我们就听见了一声枪响。"

"他一直都很冲动。"

"现在的年轻人,没有一个似乎肯听听老人的意见。我的儿子跳了一场舞之后说结婚就结婚了。回到家他把他妈妈、把我叫醒,对我们说,'我和密拉贝尔结婚了。'你听仔细了,他们是悄悄地跑到治安法官那里结婚的。他妈妈非常地伤心——不过后来倒是坏事变好事了。"

"你家孙子跟他爸爸一模一样,"马龙说道。

"一个模子里铸出来的。你说谁见过两个儿子都这么优秀的吗?"

"你一定觉得那是很大的安慰。"

法官把雪茄送到嘴里,然后回答道,"安慰——担忧——现在剩下的只有他了。"

"他是准备学法律,然后进入政界吗?"

"不会!"法官斩钉截铁地说道。"我不想让这孩子学法律,搞政治。"

"杰斯特是个做什么都会有出息的孩子,"马龙说道。

"死,"老法官说道,"是最大的背叛行为。J. T.,你觉得医生认为你是得了绝症了。我看不是。尽管我们应该尊重医生,但是那些医生不懂死是怎么回事——谁懂? 就说塔顿大夫,他也不懂。我,一个老东西了,等死等了十五年了。可是死是很狡猾的。你留心着它要来了,最后要面对死,它就是不来。它从旁边绕过去了。往往是,在那里等死的人它要你死,从没有想到会死的人它也要你死。啊,又怎么样,J. T.? 我这么辉煌的儿子,他又怎么样?"

"福克斯,"马龙问道,"你信不信有不朽的生命?"

"只要我能想到不朽,我就相信。我知道,我的儿子将永远活在我的心里,我的孙子永远在他心里,永远在我的心里。可是,什么叫作不朽?"

"做礼拜的时候,"马龙说道,"华生博士宣讲过针对死而要做的拯救。"

"话是说得很好听——但愿我也说这样的话。可是说这样的话毫无意义。"他最后又补充道,"不信,就宗教意义而言,我不相信什么不朽。我只相信我所知道的事,我只相信我的子孙后代。我也相信我的祖先。你说这是不是生命不朽?"

马龙突然又问道,"你有没有见过一个蓝眼睛的①黑人?"

"你是说一个长着一副蓝眼睛的黑人?"

马龙说,"我不是说黑人中见到的老人的弱视蓝眼睛。我是说一个黑人孩子的灰蓝色眼睛。我们城里有这样一个人,今天他把我吓了一大跳。"

法官的两只眼睛就像是蓝泡泡一样,他把酒喝完,然后说道,"你说的这个黑鬼我认识。"

"他是什么人?"

"他就是城里附近的一个黑鬼,我可不管他是什么人。他给人做按摩,帮人做——什么事都做。他还学过唱歌。"

马龙说,"我今天在药房后面的小巷里和他撞在一起了,他把我吓了一大跳。"

法官用马龙听起来有些古怪的加重语气说道,"舍曼·普友,就是这个黑鬼的名字,对他我可不感兴趣。不过,因为现在缺人,所以我是在考虑把他雇来当个佣人。"

"我从来没有见到过这么怪的眼睛,"马龙说道。

"野生马驹,"法官说道,"被窝里出了事。他是被遗弃在耶稣升天教堂里的。"

马龙感到法官话说了一半又打住了,但是法官这样的一个名人的纷繁事务,他是不敢去刨根问底的。

"杰斯特——背后不能说人,他来了——"

约翰·杰斯特·克莱恩已经进了屋,站在门口,背后是大街上的一片阳光。他瘦长个子,动作灵活,肤色白净,白得连

---

① 在美国英语中,俚语"蓝眼睛"还有"无知的"、"白人的"等含义,所以法官接着又问了一句。——译注

向上翘的鼻子上的雀斑就像奶油上撒的肉桂。强烈的阳光把他的红头发照亮了,但是他的脸被遮住了,他避开了阳光,没有让它直接照在紫红的眼睛上。他穿一条蓝色牛仔裤,横条子的紧身套衫,袖子卷到了瘦小的胳膊肘。

"趴下,泰琪,"杰斯特说。那是一只深色斑纹斗拳狗,这种狗在城里就这么一只。它看上去是一脸的凶相,要是马龙一个人在马路上看见它,他会非常害怕。

"我今天独奏了,爷爷,"杰斯特说道,他因兴奋而放开了嗓门。然后他看见了马龙,于是礼貌地加了一句,"哎,马龙先生,你今天怎么样?"

记忆的泪水,自豪感,以及酒精,一起涌向法官脆弱的双眼。"你独奏了,宝宝是吗?弹得怎么样?"

杰斯特想了想。"弹得没有像我原先想的那样。我原先以为会感到寂寞,总觉得会感到骄傲。不过我想我只是注意乐器。我想我觉得我是非常——尽责的。"

"你想想,J.T.,"法官说道,"几个月之前这小家伙还刚刚对我说过,他要到机场去参加飞行培训。他自己攒了钱,已经报了名准备上课了。可是,我不太赞成。他就说了一句,'爷爷,我要上飞行课了'。"法官抚摸杰斯特的大腿。"对不对,小宝贝?"

这孩子提起一条顾长的腿靠在另一条腿上。"这没有什么特别的。大家都应该学会飞行的。"

"是谁授权给现在的年轻人,让他们自己做出这种从来没有听说过的决定的?我们那个时候,没有这种事的,或者你们那个时候,J.T.,我为什么这么害怕,你现在明白了吧?"

法官说话的声音听起来非常伤心,而杰斯特动作机敏地把法官的酒杯拿走,藏到角落里的柜子上。马龙看见了,他替法官感到很不高兴。

"现在是用餐的时间了,爷爷。车子就在马路上停着。"

法官拄起手杖,动作迟缓地站起来,而狗也朝门口跑去。"你准备好了就走,小宝贝。"走到门口他转身对马龙说,"别让那些医生把你吓倒了,J.T.,死亡是个大赌棍,它的骗人花样可多了。我跟你也许会在一个十二岁的小姑娘的葬礼之后,一起走的。"他拿自己的面颊在马龙的脸上贴了一下,然后跨出门槛,来到马路上。

马龙来到药房的前面,去锁大门,于是在门口听到了一段对话。"爷爷,我要说一句很不喜欢说的话,我希望你不要在陌生人面前叫我什么'小宝贝'呀,'宝宝'呀。"

这时候马龙很讨厌杰斯特。听到"陌生人"这个词他感到非常痛苦。在法官面前温暖了他的精神的热呼呼的光亮立即黯淡下来。在过去,好客精神体现在让人人都感觉到自己是集体的一个成员这样的传统中,即使他是在野外参与烧烤的最普通的成员。可是现在,好客的传统已经消失,而有的只是孤立。杰斯特才是一个"陌生人"——他的表现从来就不像一个米兰小伙子。他既傲慢,同时又过分礼貌。这个孩子身上有隐藏起来的东西,而他的温良、他的聪敏似乎总带有一点危险性的成分——这仿佛就像一把有丝绸护套的尖刀。

法官似乎并没有听见他说的话。"可怜的 J.T.,"在车门打开的时候他这样说道,"这真是太吓人了。"

马龙匆忙锁上正门,然后又回到配药间。

他现在是孤独一人。他在摇椅上坐下来,两手捧着碾药的碾锤。碾锤颜色灰暗,由于常年使用,已经变得十分光滑。

二十年前他的药房开张的时候,他将它与药房的其他设施一起买下。这碾锤原先是格林拉弗先生的——他上一回想起他是在什么时候?——在他死的时候,房产商把这件财物卖了。这个碾锤,格林拉弗使用了多久了? 在他之前又是谁在使用这件东西呢? ……这把碾锤很古老了,又古老又不可摧毁。马龙心里想着,这把碾锤是不是印第安人时代留下来的文物。尽管这把碾锤年代久远了,但是他还可以用多久呢? 这块石头在嘲笑马龙。

他打了一个寒噤。仿佛一股风吹进房间,使他浑身发冷,尽管他注意到雪茄的烟并没有扭动。在他想到老法官的时候,一曲挽歌的音调缓和了他的恐惧心理。他想起了约翰尼·克莱恩以及过去在塞莱诺的那些日子。他并不是一个陌生人——过去在狩猎的季节,他许多回到塞莱诺作客——而且有一回他甚至还在那里过夜。他与约翰尼同睡一张有四根床柱的大床,而早晨五点钟他们就下楼来到厨房,并且他仍然记得他们出发打猎前吃早饭的时候,屋子里弥漫的鱼子和热烤圆饼的香味,以及湿狗的气味。是的,他有许多回与约翰尼·克莱恩一起打猎,许多回应邀来到塞莱诺,而且圣诞节前约翰尼死的那个星期天他也在那里。而密赛小姐有时候也会到那里去,尽管那里主要是男孩子和男人们打猎的地方。法官的枪法几乎始终很不准,而他枪打歪了的时候,又老是埋怨天空太大,而鸟儿太少了。甚至在那些日子里,塞莱诺总是有一种神秘的气氛——可是那是不是一个出身贫穷的孩子总会感觉到的奢侈所具有的神秘气氛?马龙回想过去那些日子,又想想现在的法官——他的智慧,他的名望,以及他的无法劝慰的伤心——这时候,他的心充满了沉重、忧郁的爱，那样地沉重，那样地忧郁，就像教堂里的风琴弹出的乐曲。

他注视着手中的碾锤，两眼闪烁，流露出焦灼不安与恐惧的情绪，而且他由于神情呆滞，因而并没有注意到从商店的地下室传来了一阵敲打声。在今年春天之前，他始终坚持关于生与死的基本交替变化节奏的看法——历经四十个寒暑的经典节奏。而现在他老是在想着怎么也想不通的种种死亡现象。他想到了那些孩子，装在衬着白绸的棺材里，与珠宝一模一样，也像珠宝一样娇嫩脆弱。他想到了那位美丽的音乐老师，她在炸鱼野餐会上吞咽了一根鱼刺而在一个小时之后去世。他想到了约翰尼·克莱恩，想到了在第一次战争和上一次战争期间死去的米兰男子。还有多少死亡事例？怎么死的？为什么会死？他听到了地下室里的敲打声。那是一只老鼠的声音——上个星期，一只老鼠打翻了一瓶阿魏①，连续好几天难闻的臭味到处弥漫，以致他雇的清洁工死也不肯到地下室里去打扫。死没有什么变化的节奏——只有老鼠的节奏，只有腐败的臭味。而那位美丽的音乐老师，约翰尼白皙的年轻躯体——那些像珠宝一样娇嫩的孩子们——一个个最终都变成流出液体来的腐败的尸体和棺材里的臭气。他怀着痛苦难受的惊讶情绪注视着手中的碾锤，因为只有这块石头留存下来。

这时听到门口的脚步声，马龙突然之间被吓得惊慌失措，碾锤从他手中滑落。蓝眼睛的黑鬼已经到了他的面前，手里拿的一件东西在太阳光里闪烁。他又一次盯着这两个炯炯的

----

① 一种植物树脂，从前用作镇静药。——译注

眼睛,感觉到那奇怪的同情的目光,觉得那两个眼睛知道他不久即将死去。

"这个是我在这儿的门口捡到的,"那黑鬼说道。

马龙因惊恐而感觉视线模糊,于是他一时以为这件东西就是海顿大夫那把裁纸刀——然后他发现那是一串拴在一个银圈上的钥匙。

"这不是我的,"马龙说道。

"我看见克莱恩法官和他的小孩到这儿来过。也许这钥匙是他们的。"黑鬼把钥匙在桌子上放下来。然后他捡起碾锤,递给马龙。

"谢谢,"他说道。"我会问他们有没有遗失过钥匙。"

这孩子离开了,然后马龙看着他穿过马路。他因厌恶和憎恨而感到浑身发冷。

他坐在那里手中握着碾锤的时候,心里的紧张情绪已经镇定下来,于是觉得很奇怪,他那一贯温和的心里怎么会猛烈地产生这种很不相称的情绪。他心头有两种截然相反的情感,既有爱,也有恨——然而他爱的是什么,恨的又是什么,并不清楚。他第一次明白,死离他很近了。但是,使他感到窒息的恐怖情绪并不是因他认识到了自己的死而造成的。这恐怖情绪牵涉到现正在进行之中的某一个难以理解的紧张事件——尽管这一紧张事件是什么性质的,马龙并不明白。这恐怖情绪在询问,这几个月会发生什么事——多久? ——它竟然会怒气冲冲地盯着他已经所剩无几的日子。他现在是一个两眼望着一个没有指针的钟的人。

现在有的是老鼠的变化节奏。"爸爸,爸爸,救救我,"马龙大声叫道。然而他的父亲已经去世多年了。电话铃响了之后，马龙第一次告诉他太太说他病了，并且要她开车到药房来接他回家。然后他坐在那里，两手抚摩这把石头做的碾锤，仿佛在等他太太开车过来的时候也可有一些安慰。

第 二 章

　　法官一直遵守着老派的用餐时刻,而每逢星期天,他的正餐是在下午的两点。就在用餐的钟声敲响之前,厨娘维莉丽打开了餐厅的百叶窗,因为整个上午为了挡住耀眼的亮光,百叶窗是关闭的。仲夏时节的热浪和强光袭击窗户,而窗外是被烤焦的草坪和火热的花坛。草坪尽头几株榆树在午后耀眼的光亮里显得幽暗,但没有一丝风。听到用餐的召唤,那条狗第一个作出反应——它慢吞吞地走到餐桌的下面,脊背上拖着长长的提花餐桌布。然后是杰斯特下来了,他站到爷爷坐的椅子后面等候。等到老法官走进餐厅,杰斯特小心地让他坐下来,然后坐到自己的位子上。然后他们按照通常的习惯开始用餐,按照惯例第一道菜是蔬菜汤。与汤一起端上来的是两种面包——手工敲打的面粉做的软烤小圆饼和玉米棒。

老法官狼吞虎咽地吃着,咬几口面包就抿几下脱脂乳。杰斯特只喝了几汤匙的热汤之后就喝冰茶,并且不时地把冰凉的杯子贴在脸上,贴在额头上。按照这家人的习惯第一道菜即汤上来的时候是不可以说话的,不过在星期天就可听到法官习惯说的一句话:"维莉丽,维莉丽,我要对你说,你将永远住在耶和华的殿中。"①而且他还加了一个星期天的小笑话:"假如你菜烧得好的话。"

维莉丽没有接话——她只是噘起两片略微发紫的有皱纹的嘴唇。

"马龙始终是我最忠诚的选民和最有力的支持者之一,"在厨娘端上烤鸡、杰斯特开始切起来的时候,法官说道,"把肝留着你自己吃,孩子,你至少一个星期要吃一次肝。"

"行,爷爷。"

到这个时候为止这一顿正餐依然进行得很和谐,是与这个家庭的习惯吻合的。然而后来,一种奇怪的不协调气氛出现了,通常的和谐一致的气氛颤动了一下,有一种意图相左的感觉,于是交流偏离了方向,隔阂产生了。老法官和他的孙子两个人都不了解当时发生了什么事,然而等到这一顿又长、又热、又与惯常没有什么不一样的正餐用完之后,祖孙两人都感觉到,什么东西已经变了样,因此他们两人之间的关系再也不可能同原先一样了。

"今天的《亚特兰大法规报》说我是一个反动分子,"法官说道。

杰斯特轻声说道:"我觉得遗憾。"

---

① 法官这句话源自《圣经·诗篇》第二十三篇第六节大卫对上帝的歌颂:"仁慈与怜悯必将伴我以终生;我亦将永远住在耶和华的殿中。"——译注

"遗憾，"老法官说道，"这没有什么可以觉得遗憾的。我感到高兴！"

杰斯特递过一个持续很久、询问的眼色。

"如今哪，'反动分子'这个词儿，你必须从字面上来理解。所谓反动分子，就是在南方的年代久远的标准受到威胁的时候作出反应的公民。在南方诸州的权利受到联邦政府的践踏的时候，南方的爱国者作出反应是责无旁贷的。否则，南方的崇高标准就会遭到背弃。"

"什么崇高标准？"杰斯特问道。

"哎小子，用用你的脑子。我们的生活方式的崇高标准，我们南方的传统习俗。"

杰斯特什么也没有说，但是，他的眼睛里充满了怀疑，而且老法官，由于他对他孙子的反应非常敏感，因此已经注意到了这一点。

"联邦政府正试图就民主党初选的合法性提出质疑，因此，南方文明的整个平衡就将岌岌可危了。"

杰斯特问道，"怎样岌岌可危呢？"

"哎，小子，我所指的就是种族隔离。"

"你为什么老是没完没了地说种族隔离？"

"哎，杰斯特，你在开玩笑呢。"

杰斯特蓦地认真起来，"没有，我没有开玩笑。"

法官被难住了。"你们这一代人的这个时候会到来的——我相信我已经不在人世了——到时候就连教育制度也混合了——已经没有了肤色的界线。出现这样的情况你会觉得怎么样？"

杰斯特没有回答。

"看到一个笨手笨脚、胖大的黑人男孩,与一个秀气的白人小女孩同坐一张书桌,你会觉得怎么样?"

法官不可能相信会出现这样的情形;他只是想吓唬杰斯特,使他认识到事态的严重性。他的目光在向他的孙子挑战,希望他以南方绅士的态度作出反应。

"看到一个笨手笨脚、胖大的白人女孩与一个秀气的黑人小男孩同坐一张书桌,你会觉得怎么样?"

"什么?"

杰斯特没有重复他的话,而老法官也不想再听到让他感到无比惊讶的话。他仿佛觉得他的孙子精神错乱,做了一件极其荒谬的事,而且,承认自己亲爱的人发疯是非常可怕的。这真是太可怕了,因此老法官宁愿不相信他自己的听觉,尽管杰斯特的说话声仍然在他的鼓膜上振荡。他竭力要把这句话扭转到他自己的思辨上来。

"你是对的,小宝贝,每当我在报上看到这样的共产主义思想,我就觉得,这些观念是多么的不可思议。某些东西就是荒唐得没法加以考虑。"

杰斯特慢吞吞地说道:"我不是这个意思。"杰斯特习惯地回头看了一眼,看看维莉丽是否离开了餐厅。"我不明白为什么黑人和白人就不能待在一起做一个公民。"

"啊,孩子!"这是一声包含着惋惜、迷惑和恐怖的呼喊。许多年前,在杰斯特小的时候,他在餐桌上偶尔会突然发起病来,要呕吐。然后,慈爱克服了厌恶,而事后法官却因同情而感到恶心。此刻法官也以同样的方式对待这突然出现的情况。他举起那只健全的手捂住耳朵,仿佛他是耳朵痛,并且他放下刀叉不吃了。

杰斯特注意到了老法官内心的痛苦，于是他感到一阵同情。"爷爷，我们大家都有自己的信仰。"

"有些信仰是站不住脚的。究竟什么是信仰？信仰就是你心里所想的东西。而你现在年纪还太小，孩子，还不了解思想的模式。你是在拿那些荒唐话来折磨你的爷爷。"

杰斯特的同情心消失了。他在注视壁炉架上方的一幅画。这幅画画的是一个南方的桃园，一间黑人棚屋，一个多云的天空。

"爷爷，你在这幅画里看到了什么？"

法官心情放松了，紧张情绪终止了，他高兴得笑起来。"上帝知道这一幅画应该提醒我记起我做的蠢事。我种下了这片美丽的桃树，却亏掉了一小笔财富。你的姑婆萨拉去世的那一年画了这幅画。然后，就在不久之后，滩地退出了桃子市场。"

"我是说，你在这幅画里看到了什么？"

"哦，一片果园，天上的云，一间黑人的棚屋。"

"你有没有看到在棚屋和桃树之间有一头粉红的骡子？"

"一头粉红的骡子？"法官惊讶地瞪大了他的蓝眼睛。"哦，当然没有。"

"那是一片云彩，"杰斯特说道，"而在我眼里看来它就像一头粉红的骡子，套着灰色的笼头。在我这样观察这幅画的时候，我就不再以别的任何方式去看它了。"

"我看不出来。"

"哦，你不会看不出来的，它们都在朝上面飞跑——整个天空都是粉红色的骡子。"

维莉丽端着一盆玉米布丁走进餐厅："哦，天哪，你们一个个都是怎么啦？餐桌上的东西你们几乎没动过一点。"

"到现在为止我都是照萨拉姑婆画画的意图来看这幅画的。可是今年夏天，我就无法看到我应该在这幅画里看到的东西了。我试图回顾我过去常看到的东西，可是那样做已经无济于事了。我看到的仍旧是粉红的骡子。"

"你是不是觉得头晕了，小宝贝？"

"哦，没有。我是要设法解释给你听，这幅画是一个——象征——我想你可能会说。到现在为止，我看问题都是按照你和家里的人要求我的方法进行的。而今年夏天我不再按照过去常用的方法来观察事物了——因此我有不同的感情，不同的思想。"

"那也是理所当然的，孩子，"法官的口气听起来已经消除了疑虑，然而他的目光仍然是焦虑不安的。

"一个象征，"杰斯特说道。他又重复说着这个词语，因为这是他第一次在谈话中使用这个词语，虽然他在学校里写作文的时候，这个词语是他最喜欢用的字眼之一。"是今年夏天的一个象征。我过去有的思想与别人的一模一样。而现在我有了自己的思想。"

"比如？"

杰斯特一时没有回答。而在他说出话来的时候，他的说话声则因心情紧张和青春年少而突然变了音。"首先，我对白人至上的合理性持有异议。"

这句话的挑战性，就像在桌子上摔下一把装上子弹的手枪，是显而易见的。但是，这是法官无法赞同的；他喉咙干燥，胀痛，于是他无力地咽着口水。

"我知道这句话让你感到震惊，爷爷。可是我非得告诉你,否则的话你会想当前地以为我还是跟以前所表现的一样。"

"想当然,"法官纠正道。"不是想当前。你是在跟一些什么样的愚蠢的激进分子来往?"

"谁也不来往。今年夏天我一直都很——"杰斯特本来是要说我一直都很寂寞,但是他不愿大声承认,说出这句真话。

"呃,我说的话其实就是,这些关于黑人白人共同相处以及画里的粉红骡子的说法当然都是——不正常的。"

这个词语是给杰斯特下腹部的狠狠一击,因而,他脸涨得通红。痛苦迫使他进行回击:"我从小到现在都爱你——我过去甚至是崇拜你,爷爷。我过去以为你是天下最聪明、最善良的人。我过去听从你说的每一句话就像听从绝对真理一样。报纸杂志上有关你的文字我都曾加以收集。我刚开始识字就开始使用记载有关你的情况的剪贴簿了。我过去始终认为你应该当——总统。"

法官没有理会他说的是过去,相反,在他的血管里还有自尊心带来的温暖。镜子一样照射出来的形象,反映了他自己对于他的孙子的感情——他那肤色白皙的已故儿子的肤色白皙、正当花季的孩子。爱与怀念使他心胸开阔、毫无觉察。

"我听说那个古巴黑人在众议院发表谈话的那个时候,我为你感到非常骄傲。其他的议员都站起来的时候,你却坐在位子上靠着椅背,搁起两只脚,点上一根雪茄。过去我认为这非常地了不起。我为你感到非常骄傲。但是我现在的看法不同。那是粗鲁、没有礼貌的。我现在想起来为你感到羞耻。在我回想过去我常常是如何地崇拜你的时候——"

杰斯特无法把话说完,因为老法官内心的痛苦是一眼就看得出来的。他那只瘫痪的胳膊绷得很紧,而他的手则弯曲,紧张、痉挛,同时,肘关节因控制不住而屈起。杰斯特的话使他感觉到震惊,他手臂的瘫痪,这两者结合起来,促使他感情和机体的痛苦的泪水夺眶而出。他擤了一下鼻子,然后在沉默了一会儿之后说道:"生下一个忘恩负义的孩子,远比毒蛇的牙齿更伤人。"①

但是杰斯特感到非常气愤,他的爷爷非常脆弱。"可是爷爷,你一直以来想要说什么就说什么的。而我一直都是听从你,相信你的。可是,现在由于我说了一点自己的看法,你就不能容忍,开始引用《圣经》上的话。这不公平,因为这样一来自然就指责一个人是错误的。"

"我引的不是《圣经》——是莎士比亚。"

"我不是你的儿子。我是你的孙子,是我爸爸的孩子。"

电扇在热得让人透不过气来的午后不停地飞转,而太阳光已经照射到餐桌上的那一大盘切开的烤鸡上和黄油碟子里已经融化的黄油上。杰斯特把凉茶杯子贴在脸上,摆弄了一会儿之后说道:

"有时候我心中在想,我是不是开始怀疑我爸爸为什么——要做他所做的事。"

已故的亲人仍然活在装饰华丽、摆放着笨重家具的维多利亚风格的房子里。法官妻子的梳妆间仍然保持着她在世时候的原样,梳妆台上是银器摆设,壁橱里她的衣服没有搬动过,只是偶尔掸一掸灰尘。杰斯特是看着他爸爸的照片长大的,而在他的书房里,一个镜框里还放着他的律师资格证书。

---

① 原是李尔王受不了大女儿的虐待喊出的诅咒,但小说作者的引语与莎士比亚原文略有出入。见莎士比亚悲剧《李尔王》第一幕,第四场。——译注

然而，虽然整座房子到处都有死者生前留下的遗物，但死亡的实际情况却从来没有提起过，甚至连暗示都没有过。

"你说这个话是什么意思？"老法官担忧地问道。

"没有什么意思，"杰斯特说道，"只不过在这种情况之下，我自然会对我爸爸的死因感到好奇。"

法官摇响用餐的铃声，而铃声加重了室内的紧张气氛。"维莉丽，把我过生日的时候马龙先生送我的接骨木果酒拿一瓶来。"

"就现在，今天，先生？"她问道，因为果酒是只有在感恩节和圣诞节大餐上才用的。她从餐具柜里取出酒杯，并用她的围裙擦去上面的灰。她注意到大盘子里的东西没有动过，心里在想是不是做菜的时候有头发或者苍蝇掉进番薯的糖汁里或者落到烤鸡的填料里了。"这些菜肴烧得不好吗？"

"哦，很好吃。我看，我就是有点不消化吧。"

情况确实是这样，在杰斯特说到不同种族共同相处的时候，他的胃似乎就翻腾起来，什么胃口都没有了。他开了这瓶并不习惯喝的酒，倒出来，但是他喝得并不多，仿佛他是在守灵的时候喝酒。因为，相互理解的终止，思想感情上支持的终止，其实也是死亡的一种形式。法官感到痛苦，感到伤心。而在痛苦是由一个亲爱的人造成的时候，也只有那个亲爱的人才能安抚。

他慢慢地把他的右手放在餐桌上，手掌向上，朝他的孙子伸过去，而一会儿之后，杰斯特也伸出自己的手，把自己的手掌放在爷爷的手掌上。但是法官还是不满意；既然是言语伤害了他，他只有言语才能安慰。他绝望地握住杰斯特的手。

"你难道不再爱你的年老的爷爷了吗？"

杰斯特抽回了他的手,喝了几口酒。"我当然爱你,爷爷,可是——"

而尽管法官等着下文,但是杰斯特没有把话说完,而空气紧张的餐厅里激动情绪也有了控制。法官的手依旧伸着,而手指头却微微颤抖。

"孩子,你有没有想到过,我已经不再是一个富有的人了?我经受了好多的亏损,我们的祖先也经受过亏损。杰斯特,我是为你的受教育的问题担忧,为你的未来担忧。"

"别担心。我自己可以想办法。"

"有一句老话说得好,也许你也听说过,生活中最好的东西是免费的。像所有的一般规律一样,这句话既对又错。但是这一条是对的:你在美国可以完完全全免费获得最好的教育。西点军校就是免费的,我或许可以为你谋一个位子。"

"可是我不想当军官。"

"那你想当什么?"

杰斯特感到困惑,说不上来。"我也说不清楚。我喜欢音乐,我喜欢飞行。"

"哦,那就上西点军校,进空军部队。凡是可以从联邦政府得到的东西你都应该好好利用。上帝知道联邦政府给南方造成的损失是够大的了。"

"我要到明年才中学毕业,现在还用不着打算将来的事情。"

"我刚才要说的是,孩子,我现在的经济状况已经不再是往常那样了。但是,假如我的计划能够实现的话,那么有一天你就会成为一个富有的人。"法官常常会含含糊糊地暗示未来的财富。杰斯特对于这些暗示从来就不很重视,但是现在他问道：

"什么计划,爷爷?"

"孩子,我在想不知道你这个年龄是不是能够理解这个战略。"法官接着清了清喉咙。"你现在年纪还小,而这个梦想却很大。"

"是什么梦想?"

"这个计划是要挽回损失,振兴南方。"

"怎么进行?"

"这是一个政治家的梦想——并非仅仅是一个政治阴谋。这个计划是要纠正一个重大的历史冤案。"

冰淇淋端上了餐桌,杰斯特在吃,但是法官却听任冰淇淋在碟子里融化。"我仍然不知道您在说什么。"

"动动脑筋,孩子。在任何一场文明国家之间的战争中,没有赢得战争的那个国家的货币结果出现什么情况?就拿第一次世界大战和第二次世界大战来说吧。停战以后德国马克怎么样了?德国人有没有把他们的钞票烧掉?还有日元又怎么样了呢?日本人战败以后把他们的钞票烧毁了吗?他们有没有,孩子?"

"没有,"杰斯特说道,老人说话时语气之激烈让他感到迷惑不解。

"大炮没有了声音,战场上安静下来了,那么文明国家出现了什么情况?战胜国允许战败国为了考虑老百姓的生活,安定下来,恢复经济。战败国的货币无一例外都得到了兑换——虽然是贬值了,但是仍然可以兑换。可以兑换;看一看现在的德国的情况——还有日本。联邦政府已经兑换了敌国的货币,帮助战败国恢复经济。自古至今,一个战败国的货币都是任其流通的。还有意大利的里拉——联邦政府把里拉没收了吗？里拉也好，日元也好，马克也好——全部，全部都是可以兑换的。"

法官在桌子上俯身向前，于是他的领带擦着了他那一碟子冰淇淋，而他并没有觉察到。

"可是南北战争后的情况又是怎么样呢？美国的联邦政府不但把作为我们的棉花经济的 *sine qua non*[①] 的奴隶解放了，结果这个国家的资源就这样随风飘走了。只有《飘》[②]这本书才写出了当时的真实情况。看这部电影的时候我们都哭了，还记得吗？"

杰斯特说："我可没哭。"[③]

"你当然也哭了，"法官说道，"真希望这本书是我写的。"

杰斯特没有说什么。

"再回到这个问题上来。不仅国家的经济遭到了蓄意破坏，而且联邦政府还宣布全部的南方邦联的货币完全作废。一分钱都不可以兑换成南方邦联的财富。我听说过南方邦联的钞票被用来当作引火的柴禾。"

"过去曾经有满满一大箱子邦联钞票放在阁楼上。不知道这些钞票怎么了。"

"都在我书房的保险柜里放着。"

---

① 拉丁文，意即"必需的条件"。——译注
② 美国作家玛格丽特·米切尔（Margaret Mitchell，一九〇〇——一九四九）以美国南北战争及战后恢复为背景的小说 *Gone with the Wind*，傅东华译作《飘》，电影片名及近年出版的小说一般译作《乱世佳人》，但是为了与上文的"随风飘走"一致，故采用傅译。——译注
③ 根据《飘》这部小说改编的影片在美国是一九三九年上映的，那时小说中的杰斯特才三岁。——译注

"为什么要放进保险箱里？不是没用了吗？"

法官没有回答；而是从背心口袋里抽出一张南方邦联的千元纸币。杰斯特带着他儿时在阁楼上玩耍的时候那种惊讶心情，仔细查看这张钞票。这张钞票非常真，非常地绿而可信。但是这惊讶的心情只持续一忽儿，然后就消逝了。杰斯特把钞票递还给爷爷。

"这张钞票假如是真钞票，值好多钱哪。"

"将来总有一天这张钞票就像你说的，会是'真的'。一定会的，假若我的力量，我的努力，我的眼力能让它变成真的。"

杰斯特用冷漠、清澈的目光对他的爷爷提出质疑。然后他说道："这种钞票差不多有一百年历史了。"

"你想一想这一百年来，联邦政府挥霍的成千上万亿美元。想一想那些战争拨款和政府开支。想一想兑换并重又投入流通的其他货币。马克、里拉、日元——全都是外国货币。而南方，毕竟都是亲骨肉，原本是应该像亲兄弟一样对待的。南方的货币原本就应该兑换的，而不应该贬值的。小宝贝，你明白这道理了吗？"

"哦，是没有兑换，可是现在太晚了。"

这个谈话让杰斯特感到不自在，他只想站起来离开餐厅。可是他的爷爷做了做手势要他坐下来。

"你等一等。洗雪冤屈是不嫌晚的。我要出一份力，让联邦政府纠正这历史性的重大冤屈，"法官用自命不凡的口吻说道。"假如我赢得下一届选举，我要在众议院递交一份议案，将让全部南方邦联的款项得到兑换，并根据当今的生活费用的提高作出适当调整。这对于南方来说就是罗斯福总统想要推行的新政的内容。这样一来南方的经济将发生天翻地覆的变化。而你呢,杰斯特,将会成为一个富有的年轻人。那个保险箱里存放着一千万美元。你觉得怎么样?"

"那么多的南方邦联货币是怎么积累起来的?"

"我们家族里的祖先都是有眼力的人——记住这一点,杰斯特。我的祖母,也就是你的曾曾祖母,是一个了不起的夫人,一个有眼力的女人。战争一结束,她就做起交易邦联货币的生意来,隔一个时候就拿出几个鸡蛋和农产品来换钱——有一回她就告诉我说她甚至拿一只生蛋的鸡换了三百万美元。那个年代大家都饿肚子,大家都失去了信心。大家都没有信心,只有你的曾曾祖母一个人是个例外。我永远不会忘记她说的话:'会回来的,必定会的。'"

"但是一直没有回来,"杰斯特说道。

"到现在为止还没有——不过你等着瞧吧。它将是南方经济的新政,并且也将使国家整体受益。甚至联邦政府也将从中获益。"

"怎么受益?"杰斯特问道。

法官语气平和地说道:"对一方有益的,也对整体有益。这个很容易理解;假如我手头有几百万,我就会用来投资,雇佣许多人,刺激本地工商企业。而我仅仅是获得报偿的一个人而已。"

"还有一个问题,"杰斯特说道。"事情过去大约有一百年了。这个钞票怎么去追查?"

法官洋洋自得地说道:"那是我们最不用担心的。等到财政部发出通告,说南方邦联的货币将可以兑换,那这些钞票就会完好地找到。南方邦联的一捆捆钞票就会从整个南方的阁楼里冒出来,从粮仓里冒出来。从全国冒出来,甚至还会从加拿大冒出来。"

"钞票从加拿大冒出来会有什么好处啊?"

法官一本正经地说道:"那只是一个比喻说法——一个修辞实例而已。"法官满怀希望地望着他的孙子。"不过对于这个法规的整体你有什么看法?"

杰斯特避开了他爷爷的目光,并没有回答。而法官非常想获得他的赞同,于是又追问起来。"有什么看法,小宝贝?这是一个伟大的政治家的眼力,"他语气更加坚决地补充道。"《日报》多次提到我,说我是一个'伟大的政治家',而《信使报》一直把我看作是米兰的第一市民。有一回报上写道,我是'南方政治家光彩夺目的天空中的一颗恒星'。你不承认我是一个伟大的政治家吗?"

这个问题不仅是一个要得到肯定回答的恳求,而且还是一个要求加强感情的孤注一掷的命令。杰斯特无法回答。他心中第一次感到疑惑,不知他爷爷的思辨能力是否因中风而有了损害。而此时,他的心就在同情和把身体健全与年老体衰加以分隔的天生本能之间动荡不定。

因年事已高,而且心情又激动,法官太阳穴上的青筋都暴出来了,脸涨得通红。在法官的一生中,他曾经被人拒绝过两次:一次是他在国会的一个选举中败北,一次是他给《星期六晚邮报》寄去了他写的长篇新闻报道,后来稿件被退回来,并附上一封打印的函件。法官不相信稿子会被退回来。他把新闻稿又读了一遍,觉得他写的东西比刊登在《邮报》上的所有其他报道都要好。于是,因怀疑编辑没有仔细读过他的稿子,他就把稿子的某几页粘在一起再次寄去,而在稿子再次被退回来之后,他从此就再没有看过一份《邮报》,也没有再写过一篇报道。现在他无法相信他与他的孙子之间的沟堑是实际存在的。

"你小的时候常常叫我爹爹爷,你还记得吗?"

幼年时候的回忆并没有打动杰斯特,而他爷爷眼眶里的泪水反而让他生厌。"我什么都记得。"他站起身来,立在法官椅子的后面,然而他的爷爷不愿站起来,也不肯让他离开餐厅。他抓住了杰斯特的手,拿起来贴在自己的脸上。杰斯特很不自在地、僵直地站着,而且对他爷爷的手的爱抚也是无动于衷。

"我从来没有想过我自己的孙子会像你那样说话。你说你不明白不同种族的人为什么不可以共同相处。想一想这种相处的必然的结果。那就是会引起不同种族之间的通婚。这样一来你会喜欢吗?假如你有一个姐妹,你会让你的姐妹嫁给一个黑人男人吗?"

"我考虑的不是这个问题。我考虑的是种族的公正待遇。"

"可是假如你所谓'种族的公正待遇'导致了种族之间的通婚——因为按照逻辑的法则它会导致通婚的——你会与一个黑人结婚吗?要讲真话。"

杰斯特不由自主地想起了维莉丽以及在家里干过活的别的厨娘和洗衣女工,他还想起了煎饼广告里的珍妮大婶①。他的脸涨得通红,脸上的雀斑颜色加深了。他无法立即作答,因为这个形象让他感到惊恐万状。

"看见了吧,"法官说道,"你不过是嘴上说说罢了——而

————————

① 美国文化中与"汤姆大叔"相对应的扎一块头巾、逆来顺受的黑人女性形象。——译注

且是替北方佬说话。"

杰斯特说："我还是认为你这个法官在审案子的时候用的是两种不同的标准——根据作案的是一个黑人还是一个白人来审。"

"当然是的。他们是截然不同的。白的就是白的，黑的就是黑的——只要我能加以阻止，两者绝不可能走到一起来。"①

法官哈哈地大笑起来，而在杰斯特再次要把手抽走的时候，他紧紧地抓住不放。

"我这一辈子都在关心涉及公正的问题。而在你爸爸去世之后，我明白了，公正本身是一个幻想，一个妄想。公正并不是一根扁的尺，用同等的尺寸来测量同等的长度。在你的爸爸去世之后，我明白了，还有一个比公正更加重要的品质。"

别人一提到爸爸和他的死，杰斯特的注意就会被吸引住。"什么品质更重要，爷爷？"

"强烈的情感，"法官说道，"强烈的情感比公正更重要。"

杰斯特因尴尬而僵直地站在那里。"强烈的情感？那么，我爸爸他有强烈的情感吗？"

法官避而不答。"你们这一代年轻人都没有强烈的情感。他们脱离了先辈的理想，他们抛弃了家族的传统。有一次我到纽约，看到一个黑人男子和一个白人姑娘同坐一张餐桌，我血液里立即就生出厌恶来。我心中产生的愤怒与公正没有特别的关系——但是，当我看到这两个人有说有笑，同坐一张桌子进餐的时候，我的血液——我当天就离开了纽约，从此以后

---

① 英国作家、"帝国主义诗人"吉卜林（Rudyard Kipling，一八六五——一九三六）的《东西方之歌》第一句，"东方是东方，西方是西方，两者永远不会相撞"常为西方人所引用。由此可见法官种族偏见之根深蒂固。——译注

我再也没有回到那个嘈杂混乱的地方去过,到死我也不会去了。"

"我是不会在乎这些的,"杰斯特说道,"要不了多久,实际上,我就要到纽约去。"

"我刚才说的就是这个意思。你没有强烈的情感。"

这些话给了杰斯特极大的打击;他浑身颤抖起来,脸涨得通红。"我不明白——"

"将来有一天你可能会有这种强烈的情感的。等事情挨到你了,你那些半生不熟的关于公正的想法就会忘得一干二净。你会成为一个男子汉,我的孙子——我是称心满意的。"

杰斯特扶住椅子,这时候法官拄着手杖从餐桌前慢慢站起来,脸朝着壁炉架上的那幅画,挺直身子站了一会儿。"等一会儿,小宝贝。"他在竭力搜寻能让两个小时来他们之间出现的分歧弥合的几句话。最后他说道:"你知道,杰斯特,你刚才说的粉红的骡子,我现在看得出来了——在果树和棚屋上面的天空上。"

承认这一点改变不了什么,这是他们心里都明白的。法官慢慢地走着,而杰斯特就站在他的身旁,假如需要,随时都可以扶住他。他心中既有同情又有自责,两种情绪交织在一起,然而他讨厌同情,讨厌自责。待他的爷爷在书房的沙发上坐定,杰斯特说道:"我很高兴你了解了我的态度。我很高兴我向你表明了我的态度。"但是他爷爷眼睛里含着的泪水使他不知所措,于是他只好又加了一句:"我总是爱你的——我确实是爱你的——爹爹爷。"但是爷爷拥抱他的时候,那身上的汗味和过分的情感让他觉得很反感,而当他脱出身来的时候,他就有一种失败感。

　　他冲出房间,跑上楼梯,一步跳上三级。在楼梯间的尽头,有一扇装有彩色玻璃的窗,透过玻璃窗的光照亮了他的赤褐色的头发,而在他的屏息的脸上投下了灰黄的光线。他关上他卧室的门,扑到床上。

　　他没有强烈的情感,这是真实的。他爷爷说的话给他带来的羞辱感在他身上搏动,而且他还感觉到,老人明白他还是个童男。他那只男孩子的粗壮的手拉开拉链,做起自慰的动作。别的他熟悉的男孩子都已经恋爱了,甚至有的还上一个名叫丽芭的女人开的妓院里去逛。这个地方让杰斯特神魂颠倒;从外面看起来,这是一座普普通通的木板房,门口是一个葡萄架,爬着一串番薯藤。就是这座屋子的普普通通的样子使他神魂颠倒,让他感到胆战心惊。他会绕着这个街区走,于是他的心觉得受到了挑战,他被击溃了。有一回,在傍晚时分,他看到一个女人从这座屋子里出来,于是他就注意着她。她是一个平平常常的女人,穿一条蓝色的裙子,嘴上涂了厚厚的唇膏。他原是应该有强烈的情感的。但是在她朝他漫不经心地瞟了一眼的时候,他暗中的失败带给他的羞辱感使他迟疑了,他失去了勇气,而那个女人终于转身走了。然后他六个街区从头至尾一路奔跑着回到家里,扑倒在他现在躺的这同一张床上。

　　是的,他是没有强烈的情感,但是他有过爱。有时候,他的爱持续一天,有时候是一个星期,有时候是一个月,而有一次他的爱曾经持续了整整一年。那一年的爱的目标是泰德·霍普金斯,他是全校最优秀的全能运动员。杰斯特在走廊里会搜索泰德的目光,而且,尽管他的心怦怦直跳,但是他们在那一年时间里相互之间只说过两次话。

一次是在一个下雨天,他们两个人一起走进门厅的时候,当时泰德说了一句,"这么糟糕的天气。"

杰斯特含含糊糊地接话道,"很糟糕。"

另一次谈话时间长一点,也不是那样偶然的交谈,但是却让他丢尽了面子。因为杰斯特爱着泰德,所以他非常想送他一件礼物,想给他留下一个深刻的印象。在学校橄榄球赛季刚开始的时候,他在一家珠宝店里看到一个小小的金橄榄球。他把金球买来了,但是送这个足球花了他四天时间。他们两个人只有单独在一起的时候他才能送这个礼物,于是在杰斯特跟了他许多天之后,他们才在泰德那个班的更衣室里相遇。杰斯特颤抖的手拿着橄榄球递给泰德,这时泰德问道,"这是什么?"杰斯特不知怎么总有点觉得,他犯了一个错。于是,在匆匆忙忙之间,他解释道,"我捡的。"

"捡的为什么给我?"

杰斯特因羞愧而不知所措。"只不过是因为我拿着没什么用,我想我要把它给你。"

在泰德用讥笑和怀疑的目光注视着他的时候,杰斯特白皙的脸燥热而痛苦地涨得通红,而且他脸上的雀斑的颜色加深了。

"嗯,谢谢,"泰德说道,同时把这个金橄榄球塞进了他裤子的口袋里。

泰德是一个陆军军官的儿子,他父亲的部队就驻扎在离米兰十五英里的城市里,因此,一想到他父亲会调离,这种爱便会蒙上一层阴影。而尽管他的这种感情是偷偷摸摸、谁也不知道的,但是分手的威胁以及距离和冒险的预兆,反而加强了这样的感情。

在送金橄榄球这件事发生之后，杰斯特有意避开泰德，而且后来杰斯特一想到橄榄球，或者一想到"天气很糟糕"这句话，就有一种低三下四的羞辱感。

他还爱过英语老师帕弗德小姐，她头发有刘海，但是她不涂唇膏。杰斯特见了唇膏很反感，而且他不明白，女人涂了厚厚一层油腻的唇膏，叫人怎么亲吻。但是，由于几乎所有的姑娘和女人都涂唇膏，因此杰斯特的情人是非常有限的。

炎热、单调沉闷、让人提不起精神的午后，在他眼前一分一秒地挨着。而由于星期天的午后又是最长、最难熬的午后，因此杰斯特就来到了机场，一直到晚餐时分才回到家里。用了晚餐之后，他仍旧觉得闷闷不乐，情绪低落。他上楼回到自己的房间，又像午餐以后那样，倒在床上。

就在他浑身冒汗，而且仍然找不到安慰的时候，突然一阵音乐声提起了他的精神。他竖起耳朵听着远处传来钢琴弹奏的乐曲声，还有一个忧愁的声音在唱，尽管唱的是什么乐曲，这歌声又是从什么地方传来的，他并不知道。杰斯特用一只胳膊肘支起身子，静静地听着，并望着窗外的夜色。那是一支布鲁斯乐曲，放浪而令人悲伤。音乐是从法官家房子的背后黑人居住的巷子那边传来的。那孩子听着音乐，只感到爵士乐的悲伤弥漫开来，不断加强。

杰斯特起身，然后走下楼去。他的爷爷坐在书房里，于是他悄悄地走出门外，融入黑夜里，谁也没有觉察。音乐是从那条巷子的第三间屋子传出来的，而在他一而再，再而三敲门的时候，音乐停止了，门开了。

他没有想过到了那里自己要说些什么话，于是他站在门口什么也没有说，心里只知道他即将遇到他无法抵抗的事情。

他第一次与长一对蓝眼睛的黑人面对面站着,而这样面对面站着的时候,他浑身哆嗦起来。那音乐还在他身上颤动,而杰斯特面对着这两只蓝色的眼睛,不觉惧怕起来。眼睛在黑夜里,在这张阴沉的脸上,显得冷漠而又炯炯发亮。这两只眼睛使他想起了叫他因突然产生的羞愧而哆嗦起来的东西。他无言地查问这无法抵抗的感情是什么。是惧怕吗?是爱吗?抑或它是——终于有了——强烈的情感?爵士乐的悲伤变弱了。

杰斯特仍旧说不清那是什么感情,然而他走进了屋子,并随手把门关上。

第 三 章

在空气里散发着金银花香的同一个仲夏之夜，J. T. 马龙
未经邀请来到老法官家拜访。法官有早睡、早起的习惯；晚上
九点，他要哗哗地洗一个澡，早晨四点他也要哗哗地洗一个
澡。这倒不是因为他喜欢早晚各洗一回澡。他是巴不得早早
投入睡眠之神的怀抱，像别的人一样，一觉睡到早晨六七点
钟。但是，每天早早起床的习惯已经养成，要改也难了。法官
认为，像他这样肥胖而又很会出汗的人，一天必须要洗两次
澡，而他身边的人也都适应了他的习惯。所以无论是晚上还
是早晨天色昏暗的时候，老法官总是在哗哗地洗澡，嘴里还哼
哼呀呀，唱着歌——他洗澡时最喜欢唱的歌曲是《寻找一棵傲
然独立的劲松》和《我是佐治亚理工大学漂泊者队球员》。那
天晚上他唱得不如往常那样兴趣盎然，因为他与他孙子的谈

话使他感到烦恼,他也没有像通常那样洗完澡在两只耳朵后面抹一些花露水。他在洗澡之前曾到杰斯特的房间去看过,但是这孩子并没有在房间里,院子里也没有他的人影。法官穿一件衬衫式的麻纱长睡衣,手里抓着一件晨衣,就在这个时候,门铃响了。他以为是他的孙子回来了,就走下楼去,赤着脚穿过门厅,那件晨衣就顺手挂在手臂上。朋友两人见了面都感到意外。就在法官使劲穿上晨衣的时候,马龙竭力避开目光,没有注视非常肥胖的法官没有穿鞋子的两只非常小的脚。

"这么晚了是什么风把你吹来了?"法官说话的口气仿佛此刻早已过了午夜了。

马龙说道,"我正好出来到外面走走,心里想或许可以进来坐一会儿。"马龙是一脸惊恐的样子,神情绝望,因此法官没有被他的话所蒙骗。

"你看见了,我是刚洗完澡。来吧,我们到楼上稍微喝一点酒。过了八点钟我总是觉得待在自己房间里更加舒服一点。我就靠在床上,你可以躺在长躺椅上……要不我们换一个位子。怎么样,是什么事让你心烦?J.T.,看你的脸色好像是有个女鬼一路在追你。"

"我感觉是有鬼在追我,"马龙说道。马龙一个人已经承受不了事情的真相,于是那天晚上他就把他得了白血病的事告诉了玛莎。他在惊恐之中跑出了自己的家门,逃到随便什么地方,只要能找到安慰,找到慰藉。事情还没有发生他先就惧怕起来,他惧怕夫妻之间的亲热,因为这一件不幸的事可能会使他们婚后生活从疏远和冷漠,重又回到他们夫妻之间的亲热,但是那个平静的夏夜的实际情况远非如此,而是比惧怕更糟糕。玛莎大声吼叫起来,硬要在他脸上喷香水,还说到了孩子们的前途。事实上,他的妻子并没有对医院的报告提出疑问,她的一举一动看上去仿佛她认为她的丈夫已经病得无药可治了,而且认为他其实已经是一个一步步慢慢走向死亡的人了。她这样的悲痛和她对他的病的确信无疑,使马龙心里烦躁,使他感到恐惧不安。随着时间一个钟头、一个钟头地推移,情况变得越来越糟糕。玛莎谈到了他们在北卡罗莱那吹气岩的蜜月旅行,谈到了孩子的降生,谈到了他们走过的路,谈到了料想不到的人生变化。在说到孩子们受教育的问题的时候,她甚至提起了她购买的可口可乐股票。一个举止庄重、具有维多利亚时代特点的女性——有时候马龙似乎觉得她是一个无性的人。这种对于性的冷淡常常让他觉得自己粗俗、不文雅、没有教养。这天夜里最可怕的是玛莎出乎意料地、非常出乎意料地提到了性事。

就在玛莎拥抱心慌意乱的马龙的时候,她大声说道,"我能做什么?"而且她用了这句许多许多年来她已经没有再说过的话。这是过去常常用来指做爱的话。最早说这句话是在艾伦还很小的时候,当时她站在一旁观看其他几个比她大的孩子在马龙家夏天的草坪上做手翻。小艾伦看到她爸爸下班回家的时候,就会叫道,"爸爸,你要不要我做一个手翻给你看看?"在夏天的夜晚,在湿润的草坪上,在孩子们美丽的童年说的那句话,他们年轻的时候一直用来作为他们做爱的暗号。现在,结婚已经有二十年的玛莎用了这个暗号,而她的假牙已经小心翼翼地放在一杯清水里。马龙感到非常恐惧,心里明白不但他自己就要死了,而且他自身的某一部分在不知不觉之间早就已经死了。于是他急急匆匆地,一句话也没有说,就跑出家来,融入了这茫茫的黑夜。

老法官在前面领路,走在蓝色地毯上的两只光脚的粉红色看上去尤其明显,而马龙就在后面跟着。他们两个人待在一起给予他们的安慰,都使他们觉得高兴。"我跟我太太说了,"马龙说道,"这个——白血病。"

他们走进了法官的卧室,里面有一张四根床柱的很大的床,床的上方是一个顶篷,床上有羽绒枕头。厚重的垂帘颜色浓艳而散发着霉味,而在靠窗口处摆放着一张法国式的躺椅,法官用手指了指躺椅请马龙坐,然后他转身拿威士忌和倒酒的杯子。"J. T.,你有没有注意过,假如一个人有什么缺点,那么这个缺点就是他第一件要栽到另一个人身上去的东西,你注意过没有?比如说一个人心很贪——贪心就是他要指责人家的第一个不是,又比如说小气——那就是一个吝啬鬼看出来的最主要的毛病。"法官的话题他越说越起劲了,接着说的话几乎是在大喊大叫,"这就是所谓的贼要贼来捉——贼捉贼。"

"我知道,"马龙回答道,他有点摸不着头脑怎样才能接上话去。"我不明白——"

"我就要说到那件事上来,"法官很有说服力地说道,"几个月前你跟我说到海顿大夫和血液里的那些小小的古怪东西。"

"对,"马龙说道,心里仍然感到困惑。

"唉,今天上午我和杰斯特从药房回家的时候,我正巧看见海顿大夫,他让我大吃一惊。"

"为什么?"

法官说:"这人有病呀。我从来没见一个人的身体垮得这么快的。"

马龙竭力要领会这句话里包含的意思。"你是说——?"

法官说话时的语气镇静而坚定。"我的意思是说，假如海顿大夫得了一种古怪的血液毛病，他不说他自己而说你得了病，那也是世界上最有可能的事呀。"马龙仔细思考这一荒诞的理论，不明白是否这里可以抓住一线的希望。"J. T.，毕竟，我有丰富的医疗经验；我在霍普金斯医院差不多住了三个月。"

马龙想起了医生的双手和手臂。"是的，海顿的手臂很细，但长着很多毛。"

法官几乎对这样的话嗤之以鼻："别傻了，J. T.，毛的多少根本没有关系。"马龙自觉羞愧，这样一来更加愿意听法官的理了。"医生因为心理卑鄙，或者出于恶意，所以没有把事情说给你听，"法官继续说道。"不说你自己身上的坏事，这是可以推想必然会有的、人们的会传染的做法。今天我一看见他就知道出什么事了。我懂一个得了绝症的人的那种眼神——是斜看的，他的两只眼睛是在回避你，仿佛他感到很难为情。我在霍普金斯医院有好多回看到过那种眼神，因为我在那里是一个身体十分健康、不必卧床的病人，医院里的每一个人我都认识，"法官很坦率地说。"而你的眼神不同，你的眼神是非常正直的，尽管你也很瘦，应该吃猪肝。吃治肝盐①，"他说道，几乎是在大声喊叫，'有没有叫治肝盐的治血液毛病的药？"

马龙注视着法官，两眼闪烁不定，既有困惑，又有希望。

---

① 原文为"liver shots"，疑为"liver salts"（可治肝病、恶心及消化不良）之误，因为到底这种药叫什么名称，法官自己并没有把握，故如是译。——译注

"我一直不知道你在霍普金斯医院住过院，"他轻声说道。"我想你是因为你的政治生涯之故没有声张吧。"

"十年前我的体重是三百一十磅。"

"你的体重一直保持得很好。我从来没把你看作是一个很胖的胖子。"

"胖子？当然不是。我就是结实、肥胖而已——就是有一件事不好，我就是老要头晕。这件事总让密赛小姐放心不下，"他说道，一面朝对面墙上挂着的他妻子的肖像看了一眼。"她甚至还说过要找医生——实际上，她老是说个没完没了。我成年后可从来没有找过医生，骨子里总觉得医生嘛，要么骗你一通，要么要你节制饮食，都一样糟糕。我跟塔顿医生是老朋友了，那时候他常跟我去钓鱼、打猎，不过他跟别人不一样——要不然我就是不会去找医生，也希望医生不要来找我。除了我要头晕之外我的身体棒得很。塔顿医生去世的时候我的牙痛得厉害——我想这是身心失调的缘故吧，于是就去找医生的哥哥，他是县里最好的骡子医生。酒我喝了。"

"骡子医生！"他对法官的理论的信任带有很难受的惊愕。但是老法官似乎没有看出来。

"当然，那是在给医生办丧事的那一个礼拜，又是守夜，又是出殡一连串的事情，我的牙痛得我难受极了——结果医生的哥哥蒲克干脆把我的那个牙齿拔了——随便用上一点他治骡子的药，奴佛卡因和抗生素，因为骡子的牙齿很有力，而且骡子又犟，哪个人都不能随便碰它们的嘴巴，一碰就要跳的。"

马龙惊讶地点着头，而由于他心里仍然感到失望，他蓦地换了一个话题。"那幅肖像画把密赛小姐画得栩栩如生。"

"我有时候也这么想，"法官非常得意地说道，因为他这个人老是觉得他自己拥有的任何东西都比别人的东西好得多——即使那些东西都是一模一样的。他一边沉思一边又说道：

"有时候我感到伤心或者悲观了,就觉得萨拉画左脚的时候犯了一个很大的错误——在我心情最沮丧的时候,这只脚有时候就像一条奇怪的尾巴。"

"我一点也看不出来,先生,"马龙安慰他道,"而且,脸部,面部的表情才是最重要的。"

"不过我心里还是觉得,"法官带着强烈的情感说道,"真希望我太太的肖像是乔舒华·雷诺兹爵士①,或者别的美术大师画的。"

"呃,那就另当别论了,"马龙说道,一边望着法官的姐姐画的非常拙劣的肖像。

"我现在已经懂了,决不可以将就着接受最廉价的、粗制滥造的作品——尤其是在涉及艺术作品的时候。可是当时我做梦也没有想到密赛小姐就要去世,永远地离开我走了。"

泪水使视力模糊、衰老的双眼闪烁发亮,于是他沉默了,因为饶舌的老法官再也无法谈论他的妻子的死了。回想往事,马龙也沉默无语了。法官的妻子是患癌症死的,而且在她长期患病期间就是马龙接过医生的处方替她配药的,他还经常去看望她——有时候带着从他家菜园里采的花,或者带一瓶香水,仿佛是要缓和一下病情的严重性,因为他送来的是吗啡。法官常常会在屋前屋后一个人索然无味地蹒跚,马龙心想,他那是要尽量多与他妻子待在一起,即使这样一来会损害

① 乔舒华·雷诺兹爵士(Sir Joshua Reynolds,一七二三——一七九二),英国肖像画家。——译注

他的政治前途。密赛小姐得的是乳房癌,并且已经做了切除术。法官的悲伤是巨大的;市立医院的走廊里老是可以看到他的身影,见他缠着与这个病人毫无关系的医生,又是哭诉,又是询问。每个星期天他都安排在第一浸礼会教堂的祈祷,而且还在她的信封里放上一百块钱。在他妻子看上去有些恢复因而回到家里的时候,他真是非常高兴、非常乐观;而且他还买了一辆罗尔斯-罗伊斯汽车,雇了一个"可靠的黑人司机",让她每天出去兜风。他妻子知道她的病又复发了,却没有把真实的病情告诉她丈夫,而他有一个时期还是照旧高高兴兴、无所顾忌地过他的日子。在他妻子很明显是病情恶化了的时候,他也不想知道真情,并且竭力欺骗自己、瞒过他的妻子。他没有去找医生,没有去听他们问这问那,就同意让一个经过培训的护士成为家庭的一个成员。他教他的妻子打扑克,而且她身体好的时候常常打。在明显地看得出她非常痛苦的时候,法官就蹑手蹑脚走到冰箱那里,拿些东西随随便便吃一点,只想着他的妻子病得很重,动了大手术刚刚恢复。就这样他硬是坚持下来,顶住埋在心底里的每天的悲伤,自己也不想弄个明白是怎么一回事。

她去世的那一天是十二月的一个大冷天,蔚蓝的天空万里无云,寒冷的空气里飘荡着圣诞欢歌。法官由于精神恍惚、过分憔悴,已经不能放声大哭,只是不停地打嗝,到了宣读葬礼仪式的时候,感谢上帝,嗝呃才止住。那个冬日的黄昏,葬礼仪式结束了,客人们都已散去,他独自一人坐着罗尔斯-罗伊斯到了墓地(一个星期以后他把这辆车子卖了)。到了墓地,当最先的几颗寒冷的星星出来的时候,他用手杖捅了捅坟墓上新铺的水泥,看看水泥浇得是否结实,然后两脚缓慢地走回到"可靠的黑人司机"开的车子,而坐进车子他就因过分的疲惫而睡着了。

法官最后看了一眼那幅画像就移开了他那热泪盈眶的双眼。他从来没有遇见过这么完美的女人。

在一个时期的举哀之后,马龙和城里的别的人都认为法官还会再结婚;就连他自己,在偌大的屋子里哇啦哇啦大声说话的时候,感到又寂寞又伤心,也有一种对于陌生的期待的感觉。到了星期天,他穿戴整齐去做礼拜,而到了教堂他就神情严肃地坐到第二排长椅上,两眼紧紧盯着唱诗班。他的妻子就曾经是唱诗班的一员,而他又爱注视女人唱歌时候的喉咙和胸部。第一浸礼会教堂的唱诗班里有几个可爱的女人,尤其是有一个女高音,她是法官老是要注意的一个女人。这座城市里还有别的唱诗班。带着一种离经叛道的感觉,法官找到长老会教堂,因为那里的唱诗班里有一个女人是金发的——他的妻子是金发的——她唱歌时候的喉咙和胸部让他陶醉,尽管在其他方面她并不怎么符合他的口味。于是,法官穿得整整齐齐,并且特地坐在前排,就这样他去过城里的好多教堂,观看并评判那里的唱诗班,尽管他毫无音乐欣赏能力可言,而且唱歌总是走调,唱得又响。谁也没有问他为什么不停地调换教堂,然而他心里一定也有一些内疚,因为他常常大声地对人家说,"我想了解了解各种不同的宗教和信条是怎么一个情况。我和我太太心胸向来都是很开阔的。"

法官从来不曾有过想再婚的意思;实际上,他常常说到他的妻子,仿佛她现在仍旧在世。但是虽说如此,他还是有试图要借助酒肉、要借助观看唱诗班的女人来满足的这个迫切的渴望。而且他还在暗地里下意识地开始寻找他已经去世的妻子。密赛小姐是一个完美的女人，因此很自然他只考虑完美的人。一个在唱诗班里唱歌的人，只有在唱诗班里唱歌的人才吸引他。这些要求并不难满足。可是密赛小姐同时还是一个玩扑克的高手，而未婚又完美的唱诗班女人同时又是一个精明的扑克高手，那就有一点难找了。密赛小姐去世大约两年后的一个晚上，法官邀请凯特·斯宾纳小姐来共进星期六晚餐。他同时也邀请她年长的姑妈作陪，而且关于晚餐的安排事先早就有了完全像他妻子那种想法一样的打算。晚餐第一道菜就是牡蛎。第二道菜是烤鸡，以及密赛小姐最喜欢的待客菜之一，即一盆咖喱炖西红柿、醋栗和杏仁。每道菜都有葡萄酒，而冰淇淋甜点心之后上的是白兰地。法官花了好多天忙忙碌碌准备这顿晚餐，还特地关照要用最好的盘子和银器。这顿晚餐本身就是一大错误。首先，凯特小姐从来没有吃过一个牡蛎，而且法官想方设法哄她吃的时候，她还是很害怕动叉子。不习惯喝的葡萄酒弄得凯特小姐只是傻笑，但是这傻笑的样子在法官看来似乎又有一点挑逗，这就让法官在暗地里感到非常生气。而且，她的老姑娘姑妈还说她一生从来没有沾过一滴烈酒，所以她感到惊讶她的侄女竟然会喝这么多。到了这一顿沉闷的晚餐结束的时候，虽然法官的希望动摇了，但是还没有破灭，于是，他拿出了一副崭新的纸牌要与女士们玩一盘。这时候，他的脑海里出现了他的妻子戴着他赠送的钻戒的纤细的手。可是，后来才知道凯特小姐原来长这么大了却从来没有摸过牌，而她的老姑妈也说，对她来说，打牌是通向魔鬼游乐场的入口处。这顿晚餐会早早地就散场了，而法官把那瓶白兰地喝完才睡觉的。法官只怪斯宾纳家的人都是信义会教友，而对于他们，人们不可完全认为他们与到第一浸礼会教堂做礼拜的人是同一等级的人。他是这样安慰自己的,于是他天生的乐观又恢复了。

然而,他对于教派和信条的态度还没有达到如此宽容的程度。密赛小姐出生在新教圣公会教徒的家庭,是在他们结婚之后才改信了第一浸礼会的。海蒂·皮弗小姐是新教圣公会唱诗班的成员,她唱歌的时候喉咙起伏颤动。圣诞节会众们唱到赞美诗这一段的时候都起立——一年又一年他都会被这一段所困惑,像一个傻瓜一样坐在那里,等到他明白过来人人都已经站起来的时候,他才变成教堂里唱得最响亮的人来弥补过失……然而今年的圣诞节,在法官伸长了脖子注视海蒂·皮弗小姐的时候,赞美诗这一段在不知不觉之中已经全部唱完。做完礼拜之后,他叫住了她和她的老母亲,邀请她们下星期六晚上到他家共进晚餐。他又为请客忙碌了一番。海蒂小姐是个世家之女,身材矮胖;法官心里很清楚,她年龄不小了,但是他也不年轻,将近七十的人了。而由于海蒂小姐是一个寡妇,因此这不是一个涉及婚姻的问题。(法官在无意识地寻找爱情的时候,自然而然地排除了寡妇,而所谓寡妇当然是指离了婚的女人,因为他有一条原则,即对于一个女人来说,结两次婚是非常不妥的。)

那第二顿晚餐会与招待信义会教友的晚餐大不相同。他发现海蒂小姐原来非常喜欢牡蛎,而且她还竭力鼓起勇气把牡蛎整个儿吞下去。她的老母亲席间讲了一个故事,说她曾经烧了一顿牡蛎宴——有生牡蛎,有焙牡蛎,等等等等,老太太都一一道来——款待她的生意伙伴佩赛,即"我的另一半",结果倒好,原来她的合伙人根本就不吃牡蛎的。老太太酒一下肚,故事也就越讲越长,越讲越乏味,于是做女儿的想设法换一个话题，无奈一点也没有效果。用完餐之后法官拿出纸牌，老太太就说她是老眼昏花，认不出牌的，她只要把杯子里的葡萄酒喝完，然后坐下来望着壁炉里的火，也就心满意足了。法官教海蒂小姐玩纸牌二十一点，还觉得她机灵，一教就懂。但是他心里一直怀念密赛小姐的纤细的手和她手指头上的钻石戒指。还有一件事，海蒂小姐的胸部过于丰满，并不合他的意，而且他免不了要拿他妻子的纤小的胸部来和她的比较。他的妻子乳房非常娇小，而且实际上，他决不会忘记，她一个乳房已经切除。

情人节那一天，由于心头空虚，感觉苦闷，他买了五磅装的一盒心形糖果，倒叫 J. T. 马龙赚了不少，因为那是在他店里买的。拿着糖果到海蒂小姐家去的路上，他又谨慎地考虑了一下，结果还是慢慢地回家走了。他把糖果留给了自己。糖果吃了两个月才吃完。不过，后来又有过这样的几件小事，但是最终都没有什么结果，于是，法官就全身心地只关心他的孙子，把他的爱贡献给了他。

法官非常荒唐地宠爱他的孙子。全城都曾流传一个笑话，说有一回在教会的野餐会上，由于他的小孙子不喜欢吃胡椒，法官就动手仔仔细细地把这孩子的盘子里的胡椒一颗一颗全都拣出来。在爷爷的耐心教导之下，孩子四岁的时候，就能背诵主祷文和诗篇二十三，①于是，在市民们聚集在一起听这个小神童表演朗诵的时候，老人的心里是乐滋滋的。由于他心里整日想的是他的孙子，因此，他对于唱诗班的女人的迷恋消退了，因悲伤而造成的精神上的空虚感也越来越淡薄了。

---

① 主祷文和诗篇二十三均较短，主祷文七句话（见《圣经·马太福音》第六章第九—十三节），诗篇二十三共六节，十四句话。——译注

尽管他已经到了古稀之年，但是在实际上他也仍不服老，每天早晨他一早就出门前往他在法院大楼的办公室——早晨是走着去的，中午车子接他回家吃一顿花很长时间的正餐，然后车子又送他回去办公。他在法院广场上，在马龙的药房里，大声地与人争论不休。到了星期六的晚上，他就在纽约咖啡馆的后间举行的桥牌比赛中打扑克。

那些年里，法官有一个座右铭，那就是"*mens sana in corpore sano*"①。他得了"中风"之后仍然坚定不移，信守这一条座右铭，并没有像人们猜测的那样会动摇。在时好时坏休养了一段时候之后，他又回到他通常的生活规律；尽管他只有在上午去上班，而且也不忙什么，只是拆开日渐减少的邮件而已，然后翻阅《米兰信使报》、《花枝纪事报》以及星期天的《亚特兰大法规报》，但是《法规报》看了叫他暴跳如雷。法官是在浴室里跌倒的，在地上躺了几个钟头起不来，而杰斯特由于年少睡得香，并不知道发生了什么事，到后来终于听见了他爷爷的喊叫声。他的"小中风"来得突然，所以法官起先也希望，他这个毛病也会同样迅速地恢复。他不肯承认这是一次真正的中风——只说是"轻微的脊髓灰质炎"，"小中风"，等等。在他能够下床走动的时候，他说他就用手杖，因为他喜欢，还说这一回的"小中风"可能让他反而受益匪浅，因为他的思想由于多思和"新的研究"因而变得比以前更加敏锐了。

老人焦躁不安地等着听到门闩的响声。"杰斯特这么晚了还在外面，"他说道，话里听得出他是在埋怨。"平时他还是

①　源自古罗马诗人玉外纳（Decimus Junius Juvenalis，公元六十？——一四零？）的讽喻杂咏第十，意即"健康的心灵在于健康的身体"。——译者注

一个想得很周到的孩子,要是晚上出去他会告诉我到哪儿去的。在我去洗澡之前,我听到不远的地方有音乐的声音传来,我心里就想,他会不会到院子里去听了。可是,后来音乐声停了,而等我叫他的时候外边却是静悄悄的,没有人答应,现在已经早过了他的睡觉时间了,可是他还没有回家。"

马龙长长的上唇盖住了他的嘴巴,因为他并不喜欢杰斯特,不过他只是口气温和地说了一句:"哎,男孩子总归是男孩子嘛。"

"我常常为他操心,因为他是在一个悲痛之家长大的。是在名副其实的悲痛之家长大的。有时候我认为这就是他为什么喜爱悲伤的音乐的缘故,尽管他的母亲非常喜欢音乐,"法官说道,忘记自己说话的时候跳过了一代人。"我的意思当然是说他的祖母,"他又纠正道,"杰斯特的妈妈,只不过是在暴力、悲痛和混乱的时候跟我们一起生活的——所以她在这个家庭里有人没人大家都不注意,弄得我到现在还记不得她的面孔。浅色的头发,略带褐色的眼睛,说话声音很动听——尽管她父亲是一个有名的私酒贩子。尽管我们在感情上有隔阂,她倒是替我家带来了好运气,我们的的确确是因祸得福。

"问题是,她在我们家正好是处在约翰尼去世、杰斯特即将出生、密赛小姐的病复发这样一个时期。要做到不被这一切蒙住眼睛,那是需要一个个性非常坚强的人来对付的,而米拉贝尔不是一个个性坚强的人。"实际上,唯一他至今还记得的事情是一个星期天的那顿正餐,当时这位和蔼的陌生人说道:"我爱烘烤冰淇淋蛋糕,"而法官即刻开始纠正她的话。"米拉贝尔,"他态度严厉地说道,"你爱我。你爱你已经去世的丈夫。你爱密赛小姐。但是你不爱烘烤冰淇淋蛋糕,明白吗?"他带着非常喜爱的目光,注视着手中正在切的那块冰淇淋蛋糕,指出,"你喜欢烘烤冰淇淋蛋糕。明白这两者的区别吗,孩子?"她明白是明白了,但是她的胃口全没有了。"明白了先生,"她说道,一面放下手中的叉子。法官自知有错,很生气地说道:"吃呀,孩子。你有身孕就应该吃。"然而一说起她有身孕她反而哭起来了,接着她就起身离开了餐桌。密赛小姐用责备的目光朝她的丈夫看了一眼,立即站起来跟着走了,扔下他一个人气呼呼地闷吃。为了对她们表示他的严厉态度,他几乎整个下午都故意不出来见她们,一个人关起门来锁在书房里玩纸牌;他听见门把手上的声音而他仍旧坐着一动也不动,也不搭腔的时候,心里是得意洋洋。他们每逢星期天都要到约翰尼的坟上去看看,而这一回他甚至自己一个人到墓地,没有陪同他的妻子和儿媳一起去。到墓地走了一遭,也使他恢复了他往常的好心情。在四月的黄昏里散了一回步之后,他到整天都开的大型水果市场去买了一袋袋的糖果、柑橘,甚至还有一个椰子,那是他们家晚餐之后爱吃的。

"米拉贝尔,"他对马龙说道,"只要送她到霍普金斯医院去生孩子就没事了。可是克莱恩家一直都是在家里待产的,又有谁知道会是个什么情况。而且,人都是当时糊涂、事后清楚。"他说完了,不再提起他的产后去世的儿媳妇。

"米拉贝尔死得多伤心,"马龙说道,他是没话找话说,"在这一代,女人是很少生孩子去世的,真遇上了就格外伤心。她是每天下午都到我药房来买冰淇淋卷筒的。"

"她非常爱吃糖果,"法官说道,露出特别得意的样子,因为他曾经利用了他儿媳的这一点爱好,并且常常说,"米拉贝尔很喜欢草莓酥饼,"或者别的一些这一类美食,把他自己嘴馋说成是他怀有身孕的儿媳很想吃。他的妻子在世的时候，她既巧妙又很坚决地把他的体重控制在三百磅以内，尽管卡路里呀，节食呀，这些字眼从来不挂在嘴上。但是在背地里她查阅卡路里表上的数字，把它作为为依据安排每顿饮食，而法官一点都不知道。

"到最后城里的每一位小儿科医生都找过了，"法官几乎是为自己辩解地说道，仿佛他没有关心自己的亲人因而受到人们的责备。"可是，我们没有料到的是我们碰到了罕见的疑难杂症。我到死也会后悔，我们没有一开始就把她送到霍普金斯医院去。他们是专治疑难杂症，专治罕见病的。假如不是霍普金斯医院，我今天早已进坟墓了。"

在谈论别人的疾病中找到安慰的马龙，小心谨慎地问道："那么，你的病是疑难杂症、罕见病吗？"

"也不是什么疑难和罕见的毛病，而是怪毛病，"法官沾沾自喜地说道，"我的爱妻走了之后，我非常地伤心，结果我开始用自己的牙齿给自己掘坟墓。"

马龙吓得直哆嗦，眼前即刻浮现出他的朋友在墓地里，满嘴泥沙的痛苦样子，号啕大哭，悲痛欲绝。由于自己患病，他已经无力抵抗突然浮现的无规则的形象，不管这些形象是多么的令人厌恶。他对疾病的主观意识如此强烈，以致他对具有最平和、最客观含义的事物的所有方面，都会作出激烈的反应。举例来说，只要一提到例如可口可乐这样平平常常的事物，对他来说就意味着羞耻，就意味着自己不被看作是养家的称职男人的耻辱，就因为他妻子有一些可口可乐的股票，而且那是她用自己挣的钱买的，并存放在米兰银行与信托公司的保管箱里。这些反应，是来自内心深处的，本能的，马龙自己几乎没有一点觉察,因为这些反应只有潜意识的稍纵即逝的效力和姗姗来迟的影响。

"后来有一次我在你的药房里称体重,称出三百一十磅。不过三百一十磅也没有让我觉得有什么特别担心的,我所担心的只是头晕发作的时候。不过要等到发生稀奇古怪的事情,我才会认认真真地加以考虑。终于这稀奇古怪的事情发生了。"

"什么事情?"马龙问道。

"那是杰斯特七岁的那一年。"法官没有往下说,而是诉起那些年的苦。"啊,一个男人要抚养一个没有母亲的孩子经受的苦哇,而且不光是要抚养,而且还要培养他长大成人。啊,要买婴儿食品,还有到了夜里突然耳朵痛了,我就用浸了糖的止痛药给他吃,还在耳朵里滴香油。当然,这些事情大都是他的保姆克里奥佩特拉张罗的,可是我的孙子是我的责任,那是毫无疑义的。"他叹了一口气,然后接着又继续讲他的故事。"不管怎么说,在杰斯特还只是一点点大的时候,我就教他打高尔夫,于是在一个天气晴朗的星期六下午,我们就出发到米兰乡村俱乐部高尔夫球场。我当时兴致正浓,给杰斯特示范手如何握,身体如何站。我们走到那个——树林边的那个小池塘——J.T.,你是知道的。"

马龙从来没有打过高尔夫,因此也不是乡村俱乐部的会员,他只是带着几分自豪点了点头。

"不管怎么说,就在我挥杆的时候,我突然感到一阵头晕。于是,不偏不倚,我正好跌进池塘里。我淹在水里,附近谁也没有,只有一个七岁的孩子和一个黑人小球童可以救我。他们怎么把我拖出水塘的,我不知道,因为我全身湿透,头脑糊里糊涂的，自己是爬不上来的。我体重有三百多磅，把我拖出水塘一定不是一件容易的事情，不过那个黑人球童机智、聪敏，我终于得救了。但是，那一次晕倒之后我开始认认真真考虑要去看医生了。由于我不喜欢、不相信米兰的医生，我突然想起来了——约翰斯·霍普金斯医院。我知道他们专治像我得的这种难得碰到的罕见病的。我把一块金表送给救我命的球童，一块真金表，上面镂刻着拉丁文。"

"拉丁文？"

"*Mens sana in corpore sano*，"法官态度安详地说道，因为那是他懂的唯一一句拉丁文。

"非常贴切，"马龙说道，他也不懂拉丁文。

"我自己并不知情，但我和这个黑人男孩有一种奇怪的、你或许会说是不幸的关系，"法官缓慢地说着；他闭上他的眼睛，仿佛一张帘子遮掩了这个话题，最终没有满足马龙的好奇心。"不过，"他继续说道，"我现在就雇他来做我的贴身仆人。"这个过时的叫法对马龙触动很大。

"我掉进了水塘里之后，开始真正惊觉起来，亲自找到霍普金斯医院，知道他们是研究罕见病、疑难病的。我还带上了小杰斯特让他开眼界受教育，也算是奖赏他帮助球童救了我的命。"法官不承认他不带上他的七岁的孙子就无法面对看医生这样的可怕经历。"就这样终于那一天到了，我要面对休姆大夫。"

潜意识中出现的医生诊所的图像使马龙脸色发白，而且他闻到了乙醚的气味，听到了孩子的哭声，看到了海顿大夫的裁纸刀和一张治疗台。

"休姆大夫问我是不是暴饮暴食，我对他说我的食量都是通常的量。接着他的问题就越问越细。比如说他问我一餐要吃多少小圆饼，我就说，'就通常那个量。'他又用医生常用的口气问得更细了，问我，'那么通常那个量'又是多少。我对他说，'就十几二十来片吧'。这样一来，我当时立即感到我遭遇了滑铁卢——彻底完蛋了。"

顷刻间马龙看到了浸泡的小圆饼、丢脸的样子和拿破仑。

"大夫说了，摆在我面前的是两个选择——一个是继续照我现在这样生活下去，不过这样的日子是长不了的，一个是节制饮食。我承认，当时我惊呆了。我对他说，这个问题太重大，我不能立即作决定。我对他说，给我十二个小时仔细想一想，然后再作最后决定。'法官，我们会发现，节制饮食是不很难的。'在情况只适合你自己一个人的时候，医生却使用'我们'这个词儿，你难道不觉得讨厌吗？他可以回家大口大口地吃上五十个小圆饼，十个烧烤冰淇淋蛋糕——而我，我却要节制饮食，饿肚子，因此我是非常气愤地考虑这个问题的。"

"我非常讨厌医生用的'我们'这个词儿，"马龙表示赞同，同时还感觉到，上一次在海顿医生的诊所里自己的情绪和医生的判决，即"我们现在碰到了一个白血病病例"，给予他的沉重打击，现在仍在他身上隐隐作痛。

"而且，"法官补充说道，"在医生煞有介事地把所谓的事情真相告诉我的时候，我非常讨厌他们说这个话，妈的。我当时在考虑节制饮食的问题，心里想着想着怒气就上来了，完全有可能当场就中风的。"法官话刚说出口就改了一个说法，"完全有可能心脏病发作，或者来一个'小中风'的。"

"是啊，他们这样说很不对，"马龙表示赞同。他就曾经要求医生把真实的病情告诉他，而他提这个要求的时候，也不过是想得到安慰而已。他怎么能想到平平常常的春倦症会变成一个绝症了呢？他要的是同情和安慰，而他得到的却是一纸死亡执行令。"什么医生，上帝呀；只是没完没了地洗手，两眼望着窗外，手里摆弄凶器，而这时候你却直挺挺地躺在治疗台上，或者坐在椅子上衣裤还没有穿整齐呢。"他最后说话的声音听起来是带着软弱和愤慨的呜咽："我很高兴当年我没有读完医学院。我的灵魂深处、我的良心不会受到责备。"

"我说了我要花十二个钟头好好想一想，我真的整整想了十二个钟头。我人的一半说要节制饮食，而另外一半说，见鬼去吧，你来到这个世上只活一回。我心里在想着莎士比亚的那句台词，'是活着，还是不活，'我苦苦地思索。然后在黄昏时分，一个护士手拿托盘走进我的房间。托盘上放的是一块像我的手掌这么厚的牛排，卷心菜，生菜西红柿色拉。我眼睛看着护士。她有美丽的胸部，一个可爱的脖子……对一个护士来说是这样。我就跟她说了我的问题，并且非常坦诚地问她这是什么规定食谱。她说：'法官，这就是规定的食谱。'你听了她的话真的会大吃一惊。我弄明白了这确实不是在戏弄人之后，就捎话给休姆大夫说我现在照规定食谱进食，然后就大吃起来。我忘了说喝烈性酒或者来一点热甜酒了。酒我设法弄到了。"

"怎么弄到的？"马龙说道，因为他了解法官的这些小毛病。

"这就叫作上帝自有妙招。我把杰斯特从学校领出来，让他陪我到医院去的时候，大家都觉得非常奇怪。有时候我也这样想，但是我暗地里真有些害怕我会死在北方那家医院里。我事先倒没有想到过这个办法，但是一个七岁的孩子，到就近的酒店去买一瓶酒给他的生病的爷爷，那是道理十足的。

"生活的窍门就是要把伤心事变成开心事。我的肚子一旦缩小了，我在霍普金斯医院的日子就好过了，结果我在三个月里瘦了四十磅。"

法官见马龙双眼充满了渴望，心中突然感觉到一阵内疚，因为他说了这么多话都是关于他自己的健康状况。"J. T.，你也许会认为对我来说一切都非常美好，令人陶醉，可是事情并不是这样的，所以我要告诉你一个秘密，这个秘密我跟谁都没有说起过，一个严重、可怕的秘密。"

"哦，到底是——"

"饮食有了规定之后我很高兴身上这么多赘肉都掉了，但是这样的食谱对我的身体造成了影响，就在一年以后，在我一年一度到霍普金斯医院检查身体的时候，医生告诉我说我的血液里有糖，这就是说我得了糖尿病。"由于马龙多年来都卖胰岛素制剂给他，因此他并不感到意外，但是他听了这个话并没有说什么。"这不是什么致命的疾病，而是一种涉及饮食问题的病。我把休姆大夫骂了个狗血喷头，我对他说我要叫他吃官司，但是他与我讲了一大通道理，我呢，作为一个地地道道的执法者也知道，这事儿到了法庭上是站不住脚的。这样一些麻烦就跟着来了。你知道吗，J. T.，尽管这不是什么致命的疾病，但是每天必须打针。这也没有什么了不起的，但是我感到有这么多的对我不利的健康问题，公众不可能不知道。不管人们承认不承认，我现在仍然处于我政治生涯的巅峰时期。"

马龙说道，"我不会跟任何人说的，尽管这也不是什么没面子的事情。"

"肥胖,小中风,除此之外,还有糖尿病——对于一个政治家来说,已经太严重了。尽管有一个瘸子在白宫呆了十三年。"①

"我充分相信你的政治敏锐性,法官。"他是这样说的,但是那天晚上他非常奇怪地对老法官失去了信任——他不知道这是为什么——不管怎么说,疾病治疗问题上的信任是丧失了。

"多年来那些给我打针的医院的护士,我已经吃够她们的苦头,现在我有机会了,可以想别的办法来解决。我找到了一个可以照料我、可以给我打针的男孩子。他就是今年春天的时候你问起的那一个男孩。"

马龙突然记起来了,说道,"不会是那个蓝眼睛的黑人吧。"

"就是他,"法官说道。

"你对他了解多少?"马龙问道。

法官在思索他们家的悲剧,思索这个悲剧是如何围绕这个男孩而发生的。然而他对马龙只说,"他是我跌进高尔夫球场的那个池塘时救了我的命的黑人球童。"

然后朋友两人会心地大笑起来,笑他们遇上了巨大的不幸。他们都感觉到,他们是在笑一个体重三百磅的老头儿被拖出高尔夫球场的水塘那个情景,但是,他们两个人的狂笑却在昏暗的夜色里回荡。想起了巨大不幸的大笑要停下来又谈何容易,于是,他们大笑了好长时间,两人都在笑各自的巨大不幸。还是法官先停了笑。"说正经的,我是想找一个可以相

----

① 指美国第三十二任总统(一九三三——一九四五)罗斯福(Franklin Delano Roosevelt,一八八二——一九四五)。——译注

信的人,而除了相信救过我的命的小球童我还能相信谁呢?胰岛素制剂是一种要非常小心使用的神秘东西,必须由一个非常聪明、非常认真的人来注射的,针头要煮沸消毒,要注意好多问题。"

马龙认为这个孩子也许是很聪明,但是,难道就没有一个过于聪明的黑人孩子这样的事了吗?他在替法官担惊受怕,因为他看到了那两个冷漠、炯炯有神的眼睛,并由此而联想起了碾锤、老鼠以及死亡。"换成是我,是不会雇佣那个黑人孩子的,不过也许你知道得最清楚,法官。"

法官又想起了自己担心的事情来。"杰斯特一不跳舞,二不喝酒,就我所知道的,也不会找姑娘。那么,杰斯特这孩子,他到哪里去了呢?天色已经很晚了。J.T.,你觉得我该不该报警?"要报警的想法和这样的兴师动众的场面使得马龙有点心慌意乱。"呃,不晚,你也用不着多担心,我看我还是回家吧。"

"J.T.,叫一辆出租车,车费我来付,明天我们再来说说霍普金斯医院的事,因为说正经的,我认为你应该住进那里去。"

马龙说,"多谢了,先生,也不用坐出租车——呼吸点新鲜空气对我有好处。别为杰斯特担心。他很快就会回家的。"

尽管马龙说在外面走走对他很有益处,尽管天很热,但是他在回家的路上却只感到冷,觉得没有力气。

他没有发出一点声响,悄悄爬上他与他的妻子同睡的那张床。可是,在她的热乎乎的屁股碰到他的时候,他急忙缩回来,他因他们过去生活的富有生机而感到懊丧——因为,身边的死亡已经逼近,活人怎样才能继续活下去?

第 四 章

　　在那个仲夏之夜杰斯特和舍曼第一次见面的时候,九点钟还没有到,而且他们见面只不过两个小时而已。但是,在青春年少时期,两个小时可以是一个关键时刻,它可能扭曲整个人生,也可能启迪整个人生,而这样的一次经历那天晚上在杰斯特的身上发生了。当音乐激发的热情和首次见面稳定下来的时候,杰斯特才想到观察这间屋子。绿树种在一个角落里。他稳定自己的情绪,于是发现这个陌生的人打断了他的观察。注视着他的那两只蓝眼睛在等待他说话,但是杰斯特仍旧沉默无语。他的脸红了,脸上雀斑的颜色加深了。"对不起,"他用颤抖的声音说道,"请问你是谁,你刚才唱的是什么歌?"

　　另一个小伙子与杰斯特同年,他用一种有意让人听了会感到毛骨悚然的声音说道,"假如你是要知道赤裸裸、冷冰冰的真相,那我告诉你,我不知道我是谁,也不知道我的任何一个祖先。"

"你是说你是一个孤儿,"杰斯特说道,"嘻,我也一样,"他怀着热情又加了一句。"你不觉得这也可以说是一个预兆吗?"

"不对。你知道你是谁。是你的爷爷派你来的吗?"

杰斯特摇摇头。

杰斯特刚进门的时候,舍曼以为有什么口信带来,而现在时间一分一秒过去了,他觉得可能有什么诡计。"那你为什么闯进我的屋子?"舍曼说道。

"我不是闯进来的。我敲门了,然后说'对不起',然后我们交谈起来。"

多疑的舍曼心中纳闷,到底这是跟他玩什么鬼花样,因此他非常警惕,"我们并没有交谈。"

"你刚才说你不知道你的爸妈是谁。我的爸妈都去世了。你的爸妈呢?"

长着蓝眼睛的黑人孩子说道,"赤裸裸、冷冰冰的真相是,他们的情况我一点都不知道。我是被抛弃在教堂的长椅上的,所以,根据尼日利亚族人的做法,按照那种有点黑人特点和照实说来的方式,他们就叫我普友①。我的大名叫舍曼。"

只要是一个远不如杰斯特敏感的人就能明白,这另一个小伙子这个时候是故意对他表现得不礼貌的。他心里明白他应该回家去,但是他仿佛是被嵌在那张黑脸上的蓝眼睛施了催眠术,他着迷了。然后,舍曼什么也没有说,又开始弹琴、唱

---

① 英语 pew(教堂长椅)的音译。——译注

歌。他唱的就是杰斯特在自己房间里听到的那支歌，杰斯特觉得自己从来没有这样被打动过。舍曼有力的手指头在象牙色的琴键衬托下显得非常黑，而他在唱歌的时候，强壮的脖子则向后挺。唱完第一节歌，他将脑袋和脖子朝长沙发一扭，示意杰斯特坐下。于是，杰斯特坐下来听他唱。

整支歌唱完之后，舍曼双手动作花哨地来了一下滑奏，然后到隔壁房间的小厨房去，端来两杯已经倒好的酒。他递过一杯给杰斯特，杰斯特接过杯子问是什么。

"卡尔弗特勋爵，陈年纯酒，百分之九十八度。"①虽然舍曼没有明说，但是很显然，他是受到"名人"广告的影响，才买了这一年他喝的威士忌。他的穿着也是竭力模仿"名人"广告里那个人不修边幅的风格，但是挪到他身上，那样子就成了凌乱邋遢。他是城中衣着最刺眼的人之一。他有两件哈瑟维衬衫②，戴一个黑色眼罩，但是他戴了黑眼罩并没有让他气度不凡，倒反而显得模样可悲，并且老撞到东西。"这是最名贵的威士忌，"舍曼说道。"我不会给我的客人喝假酒。"但是他非常小心地在厨房里倒酒，生怕酒鬼把他的酒喝光；他也不给人人都知道的酒鬼喝卡尔弗特勋爵威士忌。他今晚的客人不是一个酒鬼；实际上他从来就没有喝过一滴威士忌。舍曼开始觉得他今晚的客人并没有替法官推行阴谋诡计。

杰斯特取出一包香烟，客气地递上。"我烟抽得很多，"他说道，"实际上还每天喝葡萄酒。"

"我只喝卡尔弗特勋爵，"舍曼态度坚定地说道。

----

① 这是一种加拿大威士忌，正确说法应该是"九十八度威士忌"，一般来说一百度标准烈度的酒，其酒精含量为50%。——译注

② 当时北美百年名牌产品。——译注

"我刚进来的时候你为什么态度那么粗鲁、叫人讨厌?"杰斯特问道。

"如今哪,你得非常小心那些分裂症的人。"

"小心什么?"杰斯特问道,感到有点不知所云。

"就是有精神分裂症的人。"

"那不是一种身体的疾病吗?"

"不对,是脑子的毛病,"舍曼理直气壮地说道,"一个分裂症的人就是一个疯子。我过去就真见过一个。"

"谁?"

"你不认识。他是个金色尼日利亚。"

"金色什么?"

"那是我加入的俱乐部。一开头是个抗议俱乐部,抗议种族歧视,有最崇高的目标。"

"是什么最崇高的目标?"杰斯特问道。

"起初我们去登记在一个团体参加选举,假如你觉得在美国参加选举不需要勇气,那你就什么都不懂。每一个会员都发给一只硬纸板做的小棺材,里边有你的名字和一张牌子,叫'选举提醒单'。真这么做的,"舍曼语气强调地说道。

杰斯特到后来才领会这短短一句话的意义,不过那也是在他对舍曼的实际生活情况和他的生活梦想有了了解之后。"你们以团体的名义登记参加选举,要是我也在场那就好了,"杰斯特怀着渴望的心情说道。"以团体的名义"这几个字对他尤其具有吸引力,于是霎时他的双眼充盈了崇高的泪水。

舍曼说话的口气生硬而冷漠,"不可能的。你会第一个做逃兵。况且,你还不到选举的年龄——第一个做逃兵。"

"说这话我很生气,"杰斯特说道,"你怎么知道我会做逃兵？"

"小博皮对我说过。"

虽然杰斯特很受伤害，但是他佩服那样回答，而且心想不多久他自己也会这样回答。"俱乐部许多会员都做逃兵了吗？"

"这个嘛，"舍曼有些犹豫地说道，"在这种情况之下，在门板下面塞一个纸棺材进去——我们继续我们的选举研究，了解所有总统的名字和日期，背宪法，等等，但是我们的目标是要选举，目标不是要做圣女贞德①，所以在这种情况之下——"他说话声越来越轻。他没有对杰斯特说起选举日临近时你来我往的相互攻击，也没有说自己是一个未成年人，不管怎么说都不可能参加投票选举的。而那一个秋日，舍曼确实遵循繁琐的程序一丝不苟地参加了投票选举——在想象中。而且在想象中他还随着《约翰·布朗的遗体》②的旋律被处以绞刑，做了他那个种族的殉难者，一听到这首战歌他总是会大哭，而那一天他更是放声大哭。没有一个金色尼日利亚俱乐部的会员参加了投票选举，于是选举的话题再也没有提起。

"我们当时有议会议事程序，大家在圣诞节俱乐部里都非常活跃，俱乐部代表穷苦孩子负责捐款的。那就是为什么我们都知道哈皮·亨德逊是个分裂症。"

"他是谁？"杰斯特问道。

---

① 圣女贞德(Jeanne d' Arc，一四一二——一四三一)，法国民族英雄，在百年抗英战争中被俘获，后被处火刑。——译注

② 约翰·布朗(John Brown，一八○○——一八五九)，美国废奴主义领袖，在弗吉尼亚的哈珀斯渡口军火库战役中受伤被捕，后被处绞刑。《约翰·布朗的遗体》是美国南北战争期间一首广为流传的歌曲。——译注

"哈皮是个主要的积极分子,负责圣诞节俱乐部的捐款,他在圣诞节前夜抢劫一个老太。他就是个分裂症,根本不知道他干了什么事。"

"我常常心里纳闷,疯子心里是不是知道自己是疯子,"杰斯特轻声说道。

"哈皮不知道,金色尼日利亚会员没有一个知道,要不然我们不会选他到俱乐部里管事。抢劫老太是他精神病发作。"

"我是真心同情疯子的,"杰斯特说道。

"最最深切的同情,"舍曼纠正道,"我们在花儿上就是这么说的——我是说花圈上这么说,他在亚特兰大处电刑的时候我们给他的家里人送了花圈。"

"他是处电刑的?"杰斯特问道,他惊呆了。

"那是没话说的,在圣诞节前夜抢劫一个白人老太。后来才知道,他在精神病院待了半辈子。没有作案的动机。实际上,他用棍子敲那个老太之后,并没有抢走她的钱包。他就是突然间发火,然后就精神分裂了——律师提出辩护,说了精神病院,贫困,压力——我是说州里面请来帮他辩护的律师——不过,横辩竖辩,不管怎么辩,哈皮还是被做了。"

"做了,"杰斯特惊叫起来。

"一九五一年的六月六日,在亚特兰大处电刑。"

"我觉得太吓人了,你居然说你的一个朋友和同一个俱乐部的会员是被'做了'。"

"哎,他是被做了,"舍曼没精打采地说道,"我们还是说说开心一点的事吧。你要不要看看奇泼·穆林的房间?"

他带着自豪感把这个拥挤、花哨、沉闷的房间里摆的每一件东西都指了一遍。"这块地毯是正宗威尔登绒头地毯,这张两用沙发花了一百八十块钱，二手货。需要的话可以睡四个人。"杰斯特打量着这张只有通常沙发四分之三大的沙发，心中纳闷四个人怎么睡。舍曼的手在抚摸一条铁做的鳄鱼，鳄鱼张开的大嘴里装着一只电灯泡。"搬新房子的时候奇泼的姑妈送的一件礼物，不怎么新式，也不怎么好看，要紧的是这个心意。"

"说得对，"杰斯特赞同地说道，新结识的朋友流露的每一点人情味都让他高兴。

"你看见了，这小茶几可都是正宗的古董。这棵植物是送给奇泼的一件生日礼物。"舍曼没有指出灯罩边缘破损的红色台灯，两把很明显已经坏了的椅子，以及其他模样可悲的家具。"我什么事也不会让它出在这个房的"（他说话省略）。"你还没参观这个房的别的——太棒了。"舍曼说起话来非常得意。"我晚上一个人在这里连这个门都不去开的。"

"为什么？"

"我怕背后有人敲我的脑袋，抢劫的人就会把奇泼的家具都搬走。"他又加了一句，心中的自豪让他说话声也变了，"你知道，我是奇泼的房客。"半年前他还说过他是在奇泼家里搭伙的，后来他听说了"房客"这两个字，很有魅力，就老挂在嘴上。"咱们再来看看这房的别的，"舍曼说话俨然是一个房东的口气。"瞧瞧厨房，"他洋洋自得地说道，"瞧瞧最最现代的设施。"他虔敬地打开冰箱的门给杰斯特看。"最底下的一格是放新鲜蔬菜的——新鲜的芹菜、胡萝卜、生菜什么的。"舍曼打开最底下一格的门，但是里面只有一棵干枯的生菜。"这里面我们是放鱼子酱的，"他毫无表情地说道。舍曼做着手势指指这个神秘箱子的其他部分。杰斯特只看到一盘冷豇豆，渗出的水已经变成胶冻，但是舍曼说道，"去年圣诞节的时候我们的香槟就放在这里冰的。"杰斯特自己的装得满满的冰箱难得会去开一下，而这个时候他就更是困惑了。

"你在你爷爷家里一定吃鱼子酱，喝好多好多的香槟，"舍曼说道。

"没有，我从来不吃鱼子酱，也不喝香槟酒。"

"也没喝过陈年纯酒卡尔弗特勋爵威士忌，也没喝过香槟，也没吃过鱼子酱——要说我嘛，这些东西我是狂饮、狂吃，"舍曼说道，鱼子酱他曾经吃过一回，而且心里还暗自想不通，为什么会把这种东西看得那么高档。"你看，"舍曼饶有兴趣地说道，"一个正宗的电动搅拌器——插这里。"舍曼把插头插上，搅拌器就开始啪哒啪哒不停地搅拌。"是本人送给奇泼·穆林的圣诞节礼物。我是从店里赊的。我是城里赊得最多的人，什么都买得到。"

这样在窄小、昏暗的厨房里站着，杰斯特已经厌烦了，而舍曼不一会儿也已经觉察到这一点，但是他的自豪感还是有增无减；于是他们走进了卧室。舍曼指了指靠墙的一个箱子。"这是箱子，"他说了一句多余的话，"里边我们放贵重的物品。"然后他又加了一句，"这事儿我不该告诉你。"

听了最后一句话杰斯特当然很生气，但是他没有说话。

卧室里有一对单人床，都铺了玫瑰色的床单。舍曼带着欣赏的眼光轻轻抚摸了一下床单，然后说道，"纯人造丝。"两张床上方各有一幅画像，一幅是一个上年纪的黑人妇女，一幅是一个年轻的黑人姑娘。"奇泼的妈妈和妹妹。"舍曼的手还在轻轻地抚摸床单，而这只黑肤色的手，在玫瑰色床单的衬托下，让杰斯特有一种毛发倒竖的紧张感。但是他不敢去触摸丝绸,而且他感到,假如他愿意去摸一下铺开的床单的话,他会感到像抓住电鳗一样有电击感,于是,他伸出双手小心翼翼地放在床头板上。

"奇波的妹妹是一个漂亮的姑娘,"杰斯特说道,因为他觉得舍曼希望人家说他朋友的亲戚几句好话。

"杰斯特·克莱恩,"舍曼说道,而虽然他的语气生硬,但是杰斯特又一回感到来自这一声叫唤的毛发倒竖的紧张感,"要是你对辛德莱拉·穆林有那么一丁点儿的下流念头的话,我就把你双脚捆住倒挂起来,把你双手也反绑起来,再点火烧你的脸,我就站在一旁看着你烤。"

杰斯特听了这一阵突如其来的气呼呼的言语,不觉紧紧抓住床头板。"我不过就——"

"住嘴,你住嘴,"舍曼大吼道。接着他又放低声音生硬地加了一句,"你刚才看着这画像的时候,我很讨厌你那面孔上的腔调。"

"什么腔调?"杰斯特问道,他被难住了。"你叫我看画像的,我就看了一眼。我还能怎么样? 哭吗?"

"你再说这种不三不四的怪话,我就要把你捆起来,点上火一块一块慢慢地烤,把火苗闷下去,烤得久一点,一直烤下去。"

"我不明白你为什么要把话说得这么恶狠狠,尤其是对一个你刚见面的人说这种话。"

"在事关辛德莱拉·穆林的贞操的时候,我要怎么说就怎么说。"

"我看你是爱上辛德莱拉·穆林了,非常地爱她,对吗?"

"你要是再问这问那的,我就把你弄到亚特兰大去做了。"

"傻不傻",杰斯特说道,"你怎么弄？这是个要依法办事的问题。"

两个孩子都被这最后一句话镇住了,但是舍曼只小声地嘟哝了一句,"我自己去把电送上,慢慢地烧。"

"我看说什么电刑呀、点火把人烤焦呀,这些话太好笑了。"杰斯特停顿了一下,然后给了一个痛得钻心的打击。"其实,我怀疑这是因为你词汇少得可怜的缘故。"

舍曼遭了狠狠的打击。"词汇少得可怜,"舍曼大声道,气得有点发抖。然后停了很长时间之后终于用好斗的口气问道,"你知道'stygian'①这个词的意思吗?"

杰斯特想了一下,然后只得承认,"我不知道"。

"——还有 epizootical, pathologinical,"舍曼还在往下说,绞尽脑汁造了几个假词。

"pathologinical 是不是说的什么病——"

"不对,"舍曼说道,"是我编造出来的。"②

"编造出来的,"杰斯特说道,他感到震惊。"这太不诚实了,你考一个人的词汇量的时候居然造出一些词来。"

"不管怎么说,"舍曼归结起来说道,"你的词汇少得可怜,很糟糕。"

杰斯特现在是处境尴尬,他要竭力证明自己有词汇量;他的努力依然没有结果,他要想出既长又花哨的词来,但就是想不出一个有些意思的词。

"得了,"舍曼说道,"咱们换个话题吧。你的卡尔弗特要

---

① 是"黑洞洞"、"阴森森"的意思,算是一个冷僻词。——译注
② 英语里有 epizootic(动物流行病的)和 pathological(病理学的)两个词,舍曼要造词恐难,而杰斯特猜词倒还接近。——译注

不要添一点？"

"甜一点？"

"对啊，傻冒。"

杰斯特抿了一口威士忌，呛着了。"这酒好像又苦又辣——"

"我刚才说添一点，你这个榆木脑袋以为我是要在你的卡尔弗特威士忌里加一点糖，对吗？我倒是越来越觉得你不会是从火星上来的吧。"

这又是一句杰斯特觉得他以后可以拿来用的话。

"多么富有夜色的夜，"①杰斯特为了证明自己词汇量之大，这样说道。"你一定很幸运，"他又加了一句。

"你是说奇泼的房？"

"不是，我刚才在想——你不妨说思考——在想你多么幸运，因为你知道你生活中打算要做的是什么。假如我有你那样的嗓子，那我就绝对不用再担心那个叫人头痛的事了。不管你自己明白不明白，总之你有一个金嗓子，而我呢，我什么才能也没有——不会唱歌，也不会跳舞，唯一会画的东西是圣诞树。"

"还有别的东西呀，"舍曼神气活现地说道，因为杰斯特的赞扬让他听了很得意。

"——数学不很好，这样一来核物理学就出局了。"

"我看你可以搞建筑。"

"我也这么想，"杰斯特苦恼地说。然后他又突然用很高兴的语气加了一句："不管怎么说，今年夏天我要上飞行课了。

---

① 为了证明自己词汇量之大，杰斯特在一句话里同时用了两个表示"夜"的意思的词。——译注

但是,那也不过是自我辩解而已。我觉得我们每一个人都应该学习飞行。"

"我绝对不同意你的说法,"舍曼说道,因为他恐高。

"假定你有一个婴孩就要死了,比方说就像你在报纸上看到的皮肤青紫的婴儿一样,也是这样一个小孩,那么,在他快要不行了之前飞去见他一面,或者假定你的瘸腿的妈妈病了,在她临死的时候要想见见你;除了这个之外,飞行还很好玩,我还把每一个人都应该学会飞行看作是在道义上应该承担的义务。"

"我绝对不同意你的说法,"舍曼说道,他讨厌没完没了地说那些他自己做不到的事。

"行了,"杰斯特接着说道,"今天晚上你唱的那支歌叫什么?"

"今天晚上我唱的就是普普通通的爵士音乐,不过下午我在练唱的是真正的地道的德语 lieder。"

"那是什么意思?"

"我知道你会问的。"舍曼的自负使他感到得意,他可以谈谈这个问题了。"Lieder,傻冒,意思是德语说的歌曲,德语那就是德语,就像说英语。"轻轻地,他开始边弹边唱,于是新奇的音乐在杰斯特身上颤动,他颤抖起来。

"用德语唱的,"舍曼自夸道。"他们说我唱的德语歌曲不带一点口音,"他撒了一个谎。

"英语是什么意思?"

"这是一种爱情歌曲。这个青年在给他的姑娘唱——歌词的大意是说:'我亲爱的人儿两只蓝色的眼睛,我从来没有见过这样美丽的大眼睛。'"

"你的眼睛是蓝色的。这听起来好像是一首歌唱你自己的爱情歌曲；其实，我知道了这首歌的歌词之后，就觉得毛骨悚然。"

"德语的抒情歌曲就是叫人觉得毛骨悚然的乐曲。我专这种音乐，道理就在这里。"

"你还喜欢别的什么音乐？我个人酷爱音乐，我是说，我是怀着强烈的情感喜欢音乐。去年冬天我学了《寒风凛冽》钢琴练习曲。"①

"我打赌你没有学过，"舍曼说道，他不愿意看到人家也与他一样享有酷爱音乐的美名。

"你觉得我会坐在这里撒谎说学过《寒风凛冽》练习曲吗？"杰斯特说道，他在任何情况下都决不撒谎。

"那我怎么知道？"舍曼回答道，他是天下最厚颜无耻的说谎大王之一。

"好久不弹，指法生疏了。"

杰斯特朝钢琴走去的时候，舍曼睁大两眼注视着，巴不得他不会弹。

《寒风凛冽》钢琴练习曲高亢、激越地在室内爆发。在弹了头几节之后，杰斯特飞快弹奏的手指迟疑了一下，于是他停下了。"你弹《寒风凛冽》一旦有一点差错，就很难再找回感觉。"

舍曼一直在嫉妒地听着，现在乐声戛然而止，他终于舒了一口气。杰斯特一开始就饱含激情弹奏这首练习曲。

"停，"舍曼大声嚷道，但是杰斯特没有停，他继续弹着，而

---

① 即肖邦(Frederic Francois Chopin，一八一〇——一八四九)钢琴练习曲第二十五号第十一首《寒风凛冽》。——译注

乐曲的弹奏却因舍曼的大声喊叫而受到了极大的影响。

"唔，一般般，"舍曼在乐声纷乱、无力地终止的时候这样说道。"不过，你的弹奏没有调。"

"我不是对你说过我会弹吗？"

"乐曲有各种各样的弹法。就我个人而言，我不喜欢你的弹法。"

"我知道这只不过是一种自我辩解，但我很喜欢。"

"那是你的权利。"

"比较起来，我喜欢听你弹爵士乐，不大喜欢你的德国抒情歌曲的弹奏手法，"杰斯特说道。

"我年轻的时候，"舍曼说道，"有一段时间就在这个乐队里演奏。演出非常火爆。团长是比克斯·贝德贝克，他短号吹得特棒。"

"比克斯·贝德贝克，哇，绝对不可能。"①

舍曼用拙劣的办法竭力纠正他说的谎。"对了，他的名字叫里克斯·海德霍恩。不管怎么说，我当时真的很想在大都会歌剧院唱特里斯丹②，但是这个角色不适合我。实际上，大都会的大多数角色对我这个种族的人来说都很有限；实际上，我现在脱口说得出来的唯一角色就是奥赛罗这个角色，因为他是一个黑人摩尔人。它的音乐我是很喜欢的，但是，在另一方面，我不喜欢他的感情。人怎么会为了一个白人少女冒出

---

① 比克斯·贝德贝克（Bix Beiderbecke，一九〇三——一九三一）美国爵士乐短号演奏家、钢琴家、作曲家。舍曼与杰斯特同年，在比克斯死后五年才出生。——译注

② 德国作曲家、剧作家瓦格纳（Richard Wagner，一八一三——一八八三）根据中世纪传奇故事于一八五九年创作的歌剧《特里斯丹与伊瑟》（一八六五年首演）中的男主角。——译注

那么大的醋劲,我想不明白。我会想黛丝德蒙娜①吗——我——黛丝德蒙娜——我?不会,我不喜欢这样。"他开始唱"啊!别了,平静的心,永别了。"②

"你一定有一种莫名其妙的感觉,竟然会不知道自己的母亲是谁。"

"没有,不是的,"舍曼说道,他整个童年时代都在设法找他的母亲。凡是个性温柔,说话轻声低语的女人他都会一个一个地辨认。这个是我的母亲吗?他在沉默的期待中常会这样想,然而这期待的结局又总是悲伤。"你一旦习惯了,也就什么烦恼都没有了。"因为他从来就没有习惯过,所以他才说这样的话。"我过去非常爱斯蒂文斯太太,但是她明明白白地对我说,我不是她的儿子。"

"斯蒂文斯太太是谁?"

"一个我在她家寄宿了五年的女人。就是斯蒂文斯先生,他腌臜了我。"

"这是什么意思?"

"性骚扰,傻冒。我十一岁那年遭到了性骚扰。"

杰斯特一时说不出话来,但是他终于还是说,"我不知道会有人对一个男孩子性骚扰。"

"啊,他们会的,我就遭遇了。"

杰斯特常常会犯推动性呕吐,这时候突然间开始呕吐了。

舍曼大声道,"啊,奇泼的威尔登绒头地毯,"一边脱下衬衫来擦地毯。"到厨房去拿毛巾,"他对还在呕吐的杰斯特说

---

① 黛丝德蒙娜,莎士比亚悲剧《奥赛罗》的女主角,死于因爱而生嫉妒的奥赛罗之手。——译注
② 见《奥赛罗》第三幕第三场。——译注

道,"要不就到外面去吐。"

杰斯特一面吐,一面跌跌撞撞朝外面跑。杰斯特坐在门口,直到停止了呕吐,然后他回来帮着舍曼擦干净被污物弄脏的地方,尽管他闻到自己吐出来的东西的臭味又想吐。"我刚才心里在纳闷,"他说,"既然你不知道你的妈妈是谁,既然你有你这样的一副嗓子,会不会你的妈妈就是玛丽安·安德森?"①

舍曼对于人家对他的恭维是来者不拒,就像海绵吸水一样,因为他听到的恭维话太少了,但是真正让他心动的这是第一次。他在寻找他的母亲的过程中,从来没有想到过玛丽安·安德森。

"托斯卡尼尼②说过她有一副百年一遇的嗓子。"

舍曼感到这个说法太打动人了,简直叫人不敢相信,因此他想一个人待着仔细想一想,而且,其实,他是要把这个想法独自享用。舍曼突然调转话题。"我被斯蒂文斯先生腌臜了以后,"——杰斯特脸色煞白,拼命地咽口水——"我谁也不能告诉。斯蒂文斯太太问我,为什么我老是要打斯蒂文斯先生。我不能告诉她。那是你无法跟一个女人说的事情,所以那个时候我说话开始结巴。"

杰斯特说,"我弄不明白你怎么还好意思说它。"

"唉,事情发生了,我那时还只有十一岁。"

---

① 玛丽安·安德森(Marian Anderson,一八九七——一九九三),著名美国黑人女低音歌唱家,生前热心维护黑人权益,并于一九五八年被任命为美国驻联合国人权委员会代表。——译注
② 托斯卡尼尼(Arturo Toscanini,一八六七——一九五七),意大利指挥家。——译注

"多怪呀，做这种事情，"杰斯特说道，他还在那里擦铁鳄鱼。

"明天我去借一个吸尘器，把地毯好好吸一吸，"舍曼说道，他还在为弄脏的家具犯愁。他扔给杰斯特一块毛巾，"要是你觉得还会再那么来一下的话，就请你用这个……因为我说话结巴，又老是要打斯蒂文斯先生，所以有一天威尔逊牧师大人找我谈话。起初他还不相信我，因为斯蒂文斯先生是教堂的执事，又因为我编造过许多事情。"

"还编过别的什么事？"

"跟人家说过关于我妈妈的谎话。"他又记起了关于玛丽安·安德森的想法，于是他要杰斯特回家，这样他就可以静静地思索这个问题。"你什么时候回家？"他问道。

杰斯特由于还在为舍曼难过，因此不想去领会他的暗示。"你有没有听过玛丽安·安德森演唱《我主耶稣钉十字架时你在场吗》这首歌？"他问道。

"圣歌，那是又一件让我恼火的事。"

"我好像觉得你动不动就会恼火。"

"跟你有什么关系？"

"我刚才是在说我多么喜爱玛丽安·安德森唱的《我主耶稣钉十字架时你在场吗》。每次听这首歌我真的会哭。"

"行，你哭去吧。那是你的权利。"

"——实际上大多数的圣歌我听了都会哭。"

"我嘛，我不会浪费我的时间和精力。不过，玛丽安·安德森会唱叫人毛骨悚然的那种德国抒情歌曲。"

"她唱圣歌我就哭。"

"哭去吧。"

"我不明白你的观点。"

圣歌始终会伤害舍曼的感情。首先，一听到圣歌他就会哭，一听到圣歌他就觉得自己受了愚弄，这让他感到非常讨厌；第二，他经常抨击圣歌，说这是黑人音乐，可是，要是玛丽安·安德森是他的真正的母亲他又怎么能说那样的话呢？

"你怎么会想到玛丽安·安德森的？"既然那个没事找事的杰斯特不愿领会他的暗示回家去，让他安安静静地沉湎想象，他也就想议论议论她。

"那是由于你们的嗓子的缘故。两个百年一遇的金嗓子，那是非常巧的。"

"唉，她为什么要抛弃我？我在什么地方看到过，说她是非常爱她自己的老母亲的，"他带着挖苦的口吻加了一句，仍然不能放弃他的美梦。

"也许她已经爱上了，我是说，怀着强烈的情感，爱上了这个白人王子，"杰斯特说道，他被这个故事深深地打动了。

"杰斯特·克莱恩，"舍曼语气温和而坚决，"千万不可以那样大声地说'白人'这个词。"

"为什么？"

"就说高加索人种，要不然你说我的人种就是有色人种，甚至就是黑人血统了，而我的人种确切的叫法是尼日利亚人，或者就叫阿比西尼亚人。"

杰斯特点头，并咽了一下。

"——要不然你会伤了人家的感情的，而你是一个心肠温和的懦弱的人，我知道你不会做出这样的事来的。"

"我很生气，你说我是一个心肠温和的懦弱的人，"杰斯特反对道。

"嗜，你就是这样的人。"

"你怎么知道？"

"小博皮这样对我说的。"杰斯特并没有因为以前听到过这句话而减弱了对这句话的赞赏。

"即使说她迷上了这个高加索人，我也不明白她为什么要把我扔在教堂的长椅上，还偏偏挑中佐治亚的米兰耶稣升天教堂，把我抛弃。"

由于杰斯特根本无法理解舍曼在整个童年急切而默默地寻找生母的举动，因此他感到困惑，他随便说出口的一句话竟然被夸大成了如此肯定的一件事。于是，杰斯特很认真地说，"也许她并非就是玛丽安·安德森；要是确实没错，她一定是全身心投入到事业里去了。不管怎么说，那样做也同样是一件很卑鄙的事，而我从来就不认为玛丽安·安德森会是个有丝毫的卑鄙行为的人。实际上，我非常崇拜她。我是说，怀着强烈的情感崇拜她。"

"你为什么老是说'怀着强烈的情感'这句话？"

杰斯特醉了整整一个晚上，而且是第一次怀着强烈的情感喝醉了，但是他却回答不出来。因为花季少年的强烈的情感播种的时候是稀疏的，但是很强烈。夜晚听到的一首歌，听到的一个人的说话声，看到的一个陌生人，都会使这种强烈的情感油然而生。强烈的情感使你浮想联翩，强烈的情感使你不能集中注意力思考数学题，而且在你最想诙谐幽默一番的时候，它使你变成一个愚蠢的人。在青春时期，强烈的情感的典型即一见钟情会使你变得木讷，于是你甚至不知道自己是坐着，还是躺着，而且记不起来自己为了拯救生命刚才吃的是什么东西。杰斯特是刚开始了解强烈的情感,心里非常害怕。他从来没有喝得醉醺醺的,也从来不想喝醉。高中学业除了几何和化学有少数 B 之外其他都是 A 的一个男孩,他只有躺在床上的时候才会想入非非,而早晨闹钟闹响之后决不会沉溺在想入非非之中,尽管有的时候他也真很想这样做。这样的一个人当然惧怕一见钟情。杰斯特感觉到,假如他去碰一下舍曼,这就会引出一个滔天大罪,但是这个罪恶是什么,他又并不知道。他只不过是小心翼翼的,不去碰他,只是用充满了强烈情感的木讷的双眼注视着他。

突然间,舍曼开始敲打中央 C,一遍又一遍地敲打。

"这是什么?"杰斯特问道,"光敲打中央 C?"

"最高声部振动多少次?"

"你说的是哪种振动?"

"在你敲打中央 C 或者随便哪个音的时候发出振动的最最弱小的声音。"

"这个我不知道。"

"哦,我来告诉你。"

舍曼又敲打中央 C,先伸出右手的食指,然后用左手的食指。"在男低音部你听见多少次振动?"

"没有振动,"杰斯特说道。

"最高声部有六十四次振动,低音部也有六十四次,"舍曼说道,根本没有意识到他自己的无知。

"那又怎么样?"

"我是要告诉你,我听得见整个音阶每一个微小的振动,从这里,"舍曼敲出了低音部的最低音,"到这里,"他敲出了高音部的最高音。

"你为什么要跟我说这些？你是钢琴调音师吗？"

"的确，我是做过钢琴调音师，聪明。不过我现在说的不是什么钢琴。"

"那你到底是在说什么？"

"说我们的种族，是说我怎样记录我的种族发生的每一个振动。我把这个叫作我的记过簿。"

"记过簿？——我明白了，你说的钢琴是象征性的，"杰斯特说道，他很得意用了一个很有学问的字眼。

"象征性，"舍曼重复说道，他读到过这个词，但自己从来没有用过，"啊，哥们，是这个意思——我十四岁的时候我们一帮子人见了珍妮大婶广告牌非常地光火，所以我们突然决定把广告撕下来。我们又是凿，又是刮，要把广告牌扯破。结果——我们正在撕扯的时候被警察逮住，一伙四个人被送进监狱，以毁坏公物罪，判了服苦役两年。我没有被抓去，因为我只是个望风的，不过发生的事情都在我的记过簿里写着。有一个人干苦活累死了，另外一个人两年后放回来，变成了一个活死人。尼日利亚人和亚特兰大采石场，你听说过没有？他们用铁锤把自己的腿敲断，这样一来他们就不会干苦活干得累死。他们当中有一个人就是在撕珍妮大婶广告牌的时候被抓住的那一个。"

"我在报纸上看到的，看了叫人难受，可是那是千真万确的吗？他是你的金色尼日利亚人俱乐部会员朋友当中的人吗？"

"我没说过他是金色尼日利亚人俱乐部的会员，我就说他是我认识的一个人，这就是我说的振动的意思。我的种族遭受的不公正对待一发生我就振动。振动——振动——振动，明白吗?"

"假如我是你们种族的一员,我也会的。"

"不会,你不会……性格温和,胆小,懦弱。"

"说这种话我很生气。"

"行,生气吧——生气吧——生气吧。你什么时候回家?"

"你不要看到我吗?"

"对。最后说一遍,不要——不要——不要看到你。"他用恶狠狠的口气低声说道,"你这个白痴、白皮、红头的人。白痴",舍曼说道,他把一个肚子里有许多很有学问的字眼的男孩骂他的话拿出来用。

杰斯特不觉自然地伸手去摸他胸腔以下的肚子。"我一点都不胖。"

"我没有说胖子——我是说白痴。因为你的词汇量太糟糕,太可怜,那我就告诉你,这是说你傻——傻——傻。"

杰斯特倒退着走出门去,同时举着双手,好像是要挡开对准他的打击。"哼,浑球,"他一边逃跑一边尖声大叫。

他一直朝丽芭的妓院跑去,他到了门口举起手来气呼呼地用力敲门。

进了门之后他发现里边并不是他所想象的那样。这是一间平平常常的屋子,而一个妓女问他,"你几岁了,孩子?"杰斯特从来不撒谎,而这时他什么也不管,说道,"二十一。"

"要喝什么?"

"多谢,多谢,不喝,我什么也不喝,今天晚上我戒酒了。"气氛这么好,那个妓女带他上楼的时候他没有哆嗦,而他跟一个头发橘红、牙齿金黄的女人躺在床上的时候,也没有哆嗦。他闭上了他的双眼,而在此同时,他心里想着一张黑脸,两只闪烁的蓝眼睛的时候,他也就能成为一个男人了。

而就在这个时候,舍曼·普友用冰冷的暗黑墨水在写一封信;信的开头是:"亲爱的安德森夫人"。

第 五 章

　　尽管前一天晚上法官在早已过了他的就寝时刻还没有睡
觉,而且后来即使去睡了,也是翻来覆去的并没有睡好,但是,
他像通常一样早晨四点钟就已经醒了。他洗澡时在浴缸里发
出哗哗的声音,把他的孙子吵醒了,因为他的孙子也度过了一
个不眠之夜。哗哗地洗完澡之后,他慢慢地擦干身子,穿好衣
服,因为体虚无力,主要靠右手用力……鞋带没法系,他只好
让它松开……洗完澡,穿好了衣服,头脑清醒了,于是他蹑手
蹑脚地下楼来到厨房。他看看天空,又将是一个大好晴天;黎
明时天空的灰暗正渐渐转为太阳升起来之前的玫瑰色和黄
色。尽管厨房里光线还很灰暗,法官并没有开灯,因为他喜欢
看看这个时候的天空。他一边哼着不成调子的小曲,一边放
上咖啡壶,开始烧早餐。他在冰箱里挑了两个颜色最深的鸡

蛋,因为他深信外壳褐色的鸡蛋比白色的鸡蛋更有营养。经过了好几个月的实践,而且在这个时间里还打滑了好多的鸡蛋,他现在已经学会了敲开鸡蛋,小心地放入煮蛋锅里。鸡蛋在锅里煮的时候他给面包涂上薄薄的一层奶油,然后放入烤箱,因为他不喜欢吃烘烤器烘的面包。最后,他在早餐桌上铺一块黄颜色的布,放好装有盐和胡椒的蓝色调味瓶。虽然只是他一个人用餐,但是法官不想让早餐的气氛显得郁闷。早餐烧好以后,他一样一样搬到餐桌上,只用一只好手来回搬动。这时咖啡已经煮沸。现在到了最后一道工序,他从冰箱里取出蛋黄酱,小心地在每一只水煮蛋上浇一点半流质的酱。这蛋黄酱用的是石蜡油,感谢上帝,没有多少卡路里。法官觅到一本很好的书,书名叫《轻松节食》①,一遍又一遍地阅读。只有一个问题,石蜡油是致泻的,你要非常小心,不可吃得过量,以免突然腹泻,因为突然腹泻对于一个执法官来说,他知道是万万不可以的——尤其是在法院大楼办公时间,因为厕所一天只开放两次。由于法官非常在意他的个人尊严,因此他很小心地节制可口、低热量的蛋黄酱的食用。

小小的一块黄色的桌布,以及其他同样大小的布他都是非常珍惜地使用,并且都是仔仔细细地搓洗的,因为这些都是他每天早晨端上楼去给他妻子的早餐盘子上用的。那一套放盐和胡椒的蓝绿色调味瓶,以及他现在做早餐用的银制咖啡壶,也是当年他妻子使用的。在过去的岁月里,在他渐渐地成了一个早起的人的时候,他都是习惯自己做早餐,做完自己的早餐,接着非常爱护地忙他妻子的早餐,而且做早餐的时候他

---

① 《轻松节食》(*Diet without Despair*,1943),马里恩·怀特(Marion White)著,认为要降低热量的摄入,也不必光"吃草"。——译注

还会停下来,到花园里去采几朵花,来点缀一下她的早餐盘子。然后他会端着她的早餐,小心翼翼地上楼去,而假如他的妻子还睡着,他就会用亲吻来唤醒她,因为他在离家上班之前不喜欢没有听到她的温柔的声音、看到她动人的微笑,就开始新的一天。(除了在她生病卧床的时候,他才不会叫醒她;但是他没有看到她,他是不会去上班的,这就是说,有时候到最后他会直到下午才赶到办公室。)

但是,在他妻子生前使用的物品中忙碌的时候,由于悲伤随着岁月的流逝已渐渐消退,因此法官也很少有意识地想起密赛小姐,尤其是在做早餐的时候。他只是使用她的物品,而有时候他会盯着那一套蓝绿色调味品用具因伤心而两眼发愣。

忧愁往往会叫法官食欲大增,而今天早晨他尤其感觉饥饿。前一天夜里他的孙子回到家的时候已将近一点钟,他一到就去睡觉,而当法官跟到他的房间,这孩子用愤怒无情的语气,几乎是大声地喊叫道:"别来烦我,请求你,不要来烦我。为什么不能让我一个人安安静静地待着?"这怒气的爆发是如此大声、突如其来,法官悄悄地、低三下四地,光着一双粉红的脚,披着一件麻纱睡衣,走开了。甚至在夜间听见杰斯特在抽泣的时候,他也没有胆量进房间去看看。

所以,正是因为这些充足正当的理由,法官今天早晨吃起早餐来是狼吞虎咽的。他先吃了蛋白——这是他早餐最不好吃的部分——然后他仔仔细细地捣糊放了胡椒和蛋黄酱的鸡蛋黄,均匀地摊在他的面包上。他有滋有味地小心吃起来,他那只残疾的手悉心曲起,护着那份定量食物,仿佛是要防止哪个人来抢走。鸡蛋和面包都吃完了,他现在要喝咖啡了,因为咖啡早已经小心翼翼地倒在他妻子的银咖啡壶里。他在咖啡里放了糖精，嘴对着吹气让它凉一点，一小口、一小口慢慢地、很慢地喝起来。喝完第一杯咖啡，他准备好了早晨第一支雪茄。此时已接近七点钟，天空是一片淡淡的蓝色，晴朗灿烂的一天就要降临。法官非常殷情周到地交替关注他的咖啡和他的第一支雪茄。自从他小中风、塔顿医生不许他抽烟喝酒以来，法官起初是愁得发慌。他偷偷地跑到厕所里去抽雪茄，躲到餐具室里喝威士忌。他还跟医生争吵，接着就发生了医生去世的讽刺事件——医生是一个滴酒不沾、从不吸烟的人，只是难得嚼一回烟草。尽管给塔顿医生守夜的时候，法官非常伤心，心头的悲痛难以抚慰，但是，死亡给予人的打击过去之后，法官感觉到一阵暗中的、如此深刻的暗中的宽慰，他几乎没有察觉发生的是什么事情，也从来不理会所发生的事情。而在医生去世还不满一个月，他又像以前一样，在大庭广众面前抽起雪茄来，公开地喝酒，但是他还算谨慎，雪茄一天减到七支，酒减到一杯波旁威士忌。

早餐用完了，老法官仍旧不饱。他顺手拿起放在厨房搁板上的《轻松节食》那本书，开始专心致志、如饥似渴地阅读。他几乎感到有了极大的安慰，知道鳗鱼，即使是大的，也只有二十卡路里，一根芦笋才五卡路里，而中等大小的一个苹果是一百卡路里。但是，虽然知道了这一点几乎让他感到有了安慰，他仍然不怎么放心，因为他要的是再多吃点面包，涂满奶油和维莉丽做的自制黑刺莓酱。他在脑海里可以看到微黄的吐司面包，嘴巴里可以尝到颗粒状的甜黑刺莓酱。尽管他无意用自己的牙齿去给自己挖掘坟墓，但是，增强了他的食欲的忧愁同时也削弱了他的意志力；他偷偷摸摸地、一瘸一拐地朝面包箱子走去，而就在这时肚子低声叫了一下，他停下了脚步，手还朝面包箱子伸着,于是他朝厕所走去,那是他"小中风"之后为他安装的。他绕了一个弯拿起《轻松节食》,万一有时间等。

他急忙脱下裤子,用他的好手平衡了身体,很小心地坐到马桶上;这样感觉放心了之后,他宽大的屁股放松下来,坐稳了。他也没有等很久;他只读到柠檬无硬皮馅饼的制作法(用上苏克莱甜味料也只有九十六卡路里),心中欢欢喜喜地想着当天中午就叫维莉丽做这道食品吃午餐。他感觉大便通畅,也就很放心,同时想到"mens sana in corpore sano",他微笑起来。厕所里冒出臭气他也不觉得讨厌;由于凡是他自己的都让他满意,就连粪便也不例外,于是臭气也让他放心。就这样他坐在那里,身体放松,一边思索,一边沾沾自喜。他一听到厨房里的一阵响声,就急忙擦了屁股,整理好裤子,出了厕所。

他的心情突然变得像孩子似的轻松,他还以为那是杰斯特的声音。可是,他一边走一边动作笨拙地束紧皮带,来到厨房,却没有见到人。他只听到维莉丽在前屋做着星期一早晨的清扫工作。他觉得有点儿上当(他本来还可以在厕所里多待一会儿),这样想时他一边抬起头来望着天空,已经是灿烂的大白天了,蔚蓝的天空没有一朵云彩,从打开的窗子他嗅到了夏日花朵的清新幽香。老法官感到遗憾,准备早餐、上厕所等每日例行琐事都结束了,因为现在他没有事情可做,只等待送来《米兰信使报》的邮件。

由于老年人和小孩子一样,坐着干等会叫他们生厌,因此他找来了厨房用的眼镜(他除了法院办公室的眼镜之外,还备有书房眼镜、卧室眼镜),开始阅读《女人之家》杂志[①]。其实,

---

① 美国著名的家庭类杂志,月刊,创刊于一八八三年二月。——译注

也不能叫阅读，而是看看图片罢了。比如，杂志上有一张很诱人的巧克力蛋糕的照片，翻过来一页有一张照片是让人看了直流口水的炼乳椰蓉馅饼。一张照片接着一张照片，法官都依依不舍地细看。然后，仿佛为自己的贪婪感到难为情，他自己又觉得，除了这些照片之外，《女人之家》杂志也是一种非常优秀的杂志。（远远要比《星期六晚邮报》优秀得多，因为他上次寄去的稿子他们的那些无能的编辑连看都没有看过。）上面有写妇女怀孕和生产的严肃文章，他非常爱读，此外还有言之有物的育儿经，而法官觉得这些文章言之有物是因为他在这方面有自己的经验。此外还有关于结婚和离婚的文章，作为一个执法官读这些文章他也是会受益匪浅的，假如他的用心不在规划成为伟大的政治家上面的话。最后，在《女人之家》杂志里，在版面中还有另行编排和插入的一些文字——爱默生①、林语堂，以及世界哲人的语录。几个月之前他就在这样的插行文字里读到这样的话："死者仍在我的心中行走，他们怎么可能真是死者呢？"这句话出自一个古老的印第安传奇故事，法官无法忘却。在他的脑海里他看到了一个赤脚的、古铜色的印第安人在森林里默默地行走，听到了独木舟在寂静中发出的声音。他从来没有因妻子的辞世而哭泣，甚至也不再为需要节食而流泪。在他的神经系统和泪腺叫他哭泣的时候，他就会想起他的兄长波，而波就像避雷针一样，会把他的眼泪接到地上，安全地引开。波比他大两岁，十八岁那一年去世。福克斯·克莱恩很小的时候，非常崇拜他的哥哥，甚至还崇敬他哥哥双脚踩过的地面。波演过剧，还会朗诵，是米兰表

---

① 爱默生(Ralph Waldo Emerson，一八〇三——一八八二)，美国思想家、散文家、诗人。——译注

演者俱乐部的主席。波做什么都可能成功。然后在有一天夜里他回家,觉得喉咙胀痛。第二天的早晨他说胡话了。那是喉咙发炎,而且他嘴里含含糊糊地说着,"我就要死去,埃及,就要死去,红色的生命之潮在迅速退去。"接着他开始唱起来,"我就像,我就像,我就像那启明星;我就像,我就像,我就像那启明星。嘘,飞走,别来打扰我;嘘,飞走,别来打扰我。"到最后波开始大笑起来,虽然那不是笑声。小弟福克斯浑身剧烈地发抖,他妈妈只好把他打发到后屋里去。那是一间光溜溜、凄惨惨的病房,是得了麻疹、腮腺炎或者其他小儿疾病的孩子玩耍的地方,也是他们病愈了以后可以随便打打闹闹的地方。法官还记得一只破旧、废弃的木马,记得一个十六岁的男孩抱着木马大哭——就算是一个八十五岁的老人,一想到童年时候的伤心事,只要想哭他也会哭。那个印第安人在森林里默默地行走,那条独木舟在寂静中发出的声音。"死者仍在我的心中行走,他们怎么可能真是死者呢?"

杰斯特嘭嘭嘭嘭走下楼来。他打开冰箱,倒了一点橘子汁来喝。就在这个时候,维莉丽走进厨房,开始给杰斯特做早餐。

"今天早晨我要三个鸡蛋,"杰斯特说道,"嗨,爷爷。"

"今天好了吗,孩子?"

"那当然。"

法官没有提起夜里的哭泣,杰斯特也没有说。法官甚至硬憋住没有问杰斯特,昨天晚上到哪里去了。可是,在杰斯特的早餐端过来的时候,他的意志力又垮了,他伸手拿过一片金黄色的吐司面包,涂了更多的奶油,又摊了黑刺莓酱。禁止不许再吃的吐司面包还更加严重地摧毁了他的意志力,他还问道,"昨天晚上你跑到哪儿去了?"而实际上他在说这个话的时候,心里很清楚,这句话他本来就不应该去问的。

"不管你是明白还是不明白,总之,我现在是一个成年男人了。"杰斯特说这个话的时候,声音有点尖利,"世上有一样东西叫作性。"法官对于这种话题态度谨慎,但是在杰斯特给他倒了一杯咖啡的时候,他心头舒了一口气。他默默地喝着,也不知道该说些什么。

"爷爷,你看过《金氏报告》①这本书吗?"

老法官曾经以色迷迷的心态读过这本书,起先他拿来《罗马帝国衰亡史》②的封面纸套换下那本书的护封。"那都是些无聊下流的东西。"

"那是科学的研究。"

"科学?瞎扯。我观察人之罪恶和本性将近九十年了,可从来没有见过那样的东西。"

"也许你应该戴上眼镜去看。"

"你怎么胆敢这样对我顶嘴,约翰·杰斯特·克莱恩。"

"将近九十岁了,"法官重复道,因为自己的高龄有点倚老卖老似的,"我以执法官的身份观察过人之罪恶,以天生好奇的普通人的身份观察过人性。"

"一部大胆而无价的科学研究著作,"杰斯特说道,他引述了一篇书评的说法。

"淫秽下流的书。"

---

① 《金氏报告》指的是美国动物学家、人类性行为学家金赛(Alfred Charles Kinsey,一八九四———一九五六)所著《男人的性行为》(一九四八)一书。——译注

② 《罗马帝国衰亡史》,六卷,英国著名历史学家吉朋(Edward Gibbon,一七三七———一七九四)著。——译注

"一部研究男人性活动的科学著作。"

"一个无能下流老头的书,"老法官曾经在《罗马帝国衰亡史》封面纸套的掩护下既好奇,又津津有味地读过这本书,而那本衰亡史却从来没有读过,是放在律师事务所资料室里用来炫耀的。

"它证实,我这样年龄的男孩子就有性事,甚至比我还要小的男孩也有,但是到了我这个年龄,那就是必不可少的——我的意思是说,假如他们有强烈的情感。"杰斯特在公共图书馆里读过这本书,读了让他感到震惊。后来他又读了第二遍,读后非常地担忧。他害怕,非常地害怕,是怕自己不正常,这种恐惧感绞着他的心。不管他绕着丽芭的屋子转多少圈,他从来没有感到性的冲动,他的心因这种恐惧而颤抖,因为他尤其渴望要与别人完全一样。他读到"长一对钻石般眼睛的妓女"几个字,非常动听,并且触动了他的感官;但是今年春天的一个午后他看见离开丽芭妓院的那个女人长的却不是"钻石般的眼睛",而只是两个呆滞、浮肿的眼睛,而由于他渴望释放欲望,证明自己是一个正常的人,他只能看到黏糊糊的唇膏和茫然的微笑。至于他昨天晚上睡的那个头发橘红的女人,根本就没有"钻石般的眼睛"。杰斯特肚子里暗忖,性是个骗人的东西,但是今天早晨起来,他由于已经成了一个男人,因此感到非常自信,毫无拘束了。

"那就很不错,"法官说道,"不过我年轻的时候,我们去做祷告,出席浸礼教会教友青年会的集会,过得非常愉快。我们求爱,我们跳舞。信不信由你,孩子,不过在那个时候,我的确是花枝城最出众的舞者之一,像柳枝那样灵活,是翩翩风度的代表。那个年代华尔兹非常流行。我们跳的舞曲是《维也纳

森林的故事》、《快乐的寡妇》、《霍夫曼的故事》——"大腹便便
的老法官停止说话,随着华尔兹节拍挥起双手,用单音调唱起
他想象的旋律

　　美丽的夜晚,啊,美—丽—的夜晚。

"你一点都不内向,"杰斯特在爷爷放下挥动的双手,停止
声音沙哑的歌唱的时候,这样说道。

法官感觉这个话其实是说他唱得不好,于是他接话道,
"孩子,大家都有权利唱歌,每一个人都有权利唱歌。

　　美丽的夜晚,啊,美—丽—的夜晚。"

这就是他所能记起来的全部旋律。"我跳起舞来像柳枝,
我唱起歌来像天使。"

"可能。"

"不是什么可能不可能。我年轻的时候也是步履轻盈,光
彩照人,跟你和你爸爸一样,后来身上长了一层又一层的膘,
开始发福了,但是我曾经也唱歌,曾经也跳舞,也有快乐的时
光。我从来不是萎靡不振、没精打采的,偷偷地读下流的
书籍。"

"我说嘛,你也不是一个生来就内向的人。"杰斯特又加了
一句,"不管怎么说,我可不是偷偷地读《金氏报告》的。"

"当时我禁止在公共图书馆出借这本书。"

"为什么?"

"因为我不仅是米兰的重要市民,而且还是最负责任的市
民。我要负起责任,确保天真烂漫的眼睛不受到这本书的伤
害,平静的心不被这本书所打扰。"

"我越是听你说话,就越是觉得你是不是真的是从火星上

来的。"

"火星?"老法官感到茫然,杰斯特也不再说下去。

"假如你再内向一点,你就会更了解我了。"

"为什么这个词会让你那样沮丧?"

杰斯特在书上看到过这两个词,但是他从来没有从嘴巴里说出来过。他非常后悔前一个晚上没有用一用这个词。

美丽的夜晚,啊,美—丽的夜晚。

由于他的爷爷不是一个性格内向的人,因此他从来没有想过自己到底是正常还是不正常。他唱歌的时候,他跳舞的时候,心里从来没有想过,他是一个正常的人还是一个怪人。

杰斯特立过誓,假如他被证明是一个像《金氏报告》里的男人一样的同性恋者,他就会自杀。不是,他的爷爷绝对不是一个性格内向的人,而杰斯特也真心希望前一天的晚上他把这个词说出来。性格外向,这个词的反义词——而他却是一个内向的人。那么舍曼呢?不管怎么说,他两个词都会用。

"这本书我自己也会写。"

"你?"

"唔,当然。说实话,杰斯特,假如我下决心的话,我是可以成为一个非常伟大的大作家的。"

"你?"

"别老坐在那里一个劲地说,'你?你?'像个低能儿一样,孩子。要做个大作家,你必须具备的就是勤奋、想象力以及语言天赋。"

"你确实有想象力,爷爷。"

法官心里在想的是《飘》,他认为他可以轻而易举地写出这本书。他不会让邦妮死的,还有白瑞德①,他也会换一种写法;他会写出一本更好的书。《永远是安珀》②嘛,他甚至用他的左脚也写得出来——写出一本好得多的书,精妙得多。《名利场》③他也会写;哼,那个贝基,他不费吹灰之力就将她看穿了。托尔斯泰的小说他也会写,因为尽管他居然没有读过小说,但是他看过电影。那么,莎士比亚呢? 他在法学院的时候读过莎士比亚,而且在亚特兰大看过上演的《哈姆莱特》。都是英国演员,当然,说的都是带英国口音的英语。那是他们结婚的第一年,密赛小姐还戴着珍珠项链,以及第一次戴的结婚戒指。在看了亚特兰大莎士比亚戏剧节的三场演出之后,密赛小姐非常喜欢,印象非常美好,在他们回到米兰的家以后的一个月里,她说起话来都带着英国口音。但是他说得出"是活着还是不活"这样的台词吗? 有时候他在考虑这个问题的时候觉得他能做到,而有的时候觉得他做不到;毕竟,即使是天才,也并非什么事都能做,而莎士比亚从来没有当上过国会议员。

"关于莎士比亚剧本的作者的问题一直就有学术争论。他们争论说,一个不通文墨的流动演出的演员绝不可能写出这样的诗歌来。有人说写这些剧本的人是本·琼生。我很清

---

① 邦妮和白瑞德均为小说《飘》中人物。——译注

② 美国女作家凯瑟琳·温莎(Kathleen Winsor,一九一九——二〇〇三)著。——译注

③ 英国小说家萨克雷(William Makepeace Thackeray,一八一一——一八六三)的主要作品之一,贝基是小说的女主人公。——译注

楚,我也会写'我只要你用你的双眸为我祝愿,我也会举杯用
我的双眼来回报'①。我相信我也写得出这样的诗句。"

"哦,你会创造奇迹,也会吃烂黄瓜,"杰斯特嘟哝道。

"你说什么?"

"没说什么。"

"——假如说本·琼生写了'我只要你用你的双眸为我祝
愿',又写了莎士比亚剧本,那么——"在想象来了一个大飞跃
之后,法官沉思了。

"你的意思是你把自己跟莎士比亚相比啰?"

"呃,也许不是跟诗人莎士比亚相比,可是毕竟本·琼生
也是个凡人。"不朽,这才是法官所关心的。他觉得很难想象
他自己会真的死去。他可以活到一百岁,假如他坚持他的节
食措施,并且管住自己——他非常后悔今天又多吃了吐司面
包。他也不想把自己的寿命只限定在一百岁,报纸上不是说
有一个南美的印第安人活到了一百五十岁吗? ——一百五十
岁就够了吗? 还不够。他想要的是不朽。像莎士比亚那样的
不朽,假如"迫不得已",那也要像本·琼生。不管怎么说,他
不要福克斯·克莱恩的尸骨和遗骸。

"我心里一直知道你是天底下最最自以为是的一个人,但
是我从来没有做过异想天开的乱梦,觉得你可以拿你自己去
跟莎士比亚相比,去跟本·琼生相比。"

"我没有将自己与诗人莎士比亚相比较;其实,这一点谦
逊态度我还是有的。不管怎么说,我从来没有准备当一个作

---

① 本·琼生(Ben Jonson,一五七二——一六三七),莎士比亚同时代的剧
作家、诗人、评论家,剧作如《炼金术士》。此处引的诗句是琼生《森林》诗集(一六
一六年出版)中的《致西丽娅》诗的头两行,有一词出入。——译注

家,而且你不可能是万能的。"

杰斯特由于前一个晚上受到了极大的伤害,因此他对爷爷也非常不留情面,有意不考虑爷爷是个老人。"没错,你的话我越往下听,我越觉得你是不是从火星上来的。"杰斯特起身离开,他的早餐几乎还没有动过。

法官也站起来跟在孙子的后面。"火星,"他重复道,"你的意思是说你认为我应该离开地球到别的星球上去吗?"他突然提高了嗓门,几乎是在尖叫。"哼,我告诉你,约翰·杰斯特·克莱恩,我不会到别的星球上去的,我就是要待在这个地球上,我是这里的人,我就想待在这里。我在地球的中央已经牢牢地扎根了。也许我现在还不能说是不朽的,但是咱们走着瞧吧,我的名字也将会与乔治·华盛顿一样响亮,与亚伯拉罕·林肯一样响亮——比林肯的名字还要亲切,因为我就是将在我的祖国实现平反昭雪的人。"

"啊,南方邦联的钞票——我现在就走。"

"等等,孩子,今天那个黑人孩子要来,我觉得你可以帮我一起看一看这个人。"

"我知道的,"杰斯特说道。他不想在舍曼来的时候到场。

"他是一个有责任心的孩子,我很了解他可以帮助我节食,给我打针,帮我收邮件,做我的专门处理一般事务的文书。他来了我就有了宽慰。"

"假如这个舍曼·普友给你宽慰了,你可得告诉我。"

"他将给我诵读——他是一个受过教育的孩子——不朽的诗篇。"他的话音突然变得尖利。"不是像我禁止在公共图书馆出借的那本书一样的污秽下流书籍。我要禁止出借这本书是因为作为一个负责任的人,我决心要整顿这个城市、这个州的状况，还有这个国家，这个世界，假如我能办到的话。"

杰斯特已经嘭的一声关上门出去了。

尽管他晚上没有设定闹钟，完全可以漫无边际地在床上久久地纵情想象，然后再起来，但是那天早晨，活力和生气被极大地激发了。他正享受着金色的夏日，而且他依然是无拘无束的。杰斯特嘭的一声关上大门，走出屋子之后并没有快跑，而是从从容容的，因为毕竟现在是暑假期间，他也不是要去救火。他可以停下脚步看看这周围的世界，他可以纵情想象，他可以带着暑假的逍遥自在的心情观察车道边沿的马鞭草。他甚至弯下腰来，仔细研究一朵生气勃勃的花儿，心情非常地愉快。杰斯特那天早晨穿得整整齐齐，一套白帆布衣服，而且还有一件外套。他就希望胡子快快长出来，这样他就可以剃胡子了。但是假定他永远不蓄胡子，人们会怎样看他？这样想时，暑期的喜悦一时也变得黯淡，直至他想起了别的事来。

他穿得这样山青水绿，是因为他知道舍曼要来，而他走出屋子把门关得震天响，是因为他不想这样碰见舍曼。昨天晚上他说话一点都不风趣，很没有表现出自己的才华；实际上，他那是在打发时光，而他要等到自己显得风趣幽默，显得很有才华了，才肯见一见舍曼。杰斯特今天上午怎样才能做到这一点，他自己也不知道，但是，他会谈谈性格内向的人和性格外向的人的问题……这样的谈话结果又会是什么样的，他心中纳闷。尽管舍曼非常不同意他的关于学习飞行的理论，也并没有把杰斯特的飞行当一回事，但是他不觉自然地还是来到了 J. T. 马龙药房边，站在街角，等候到机场去的公共汽车。他满心的喜悦，非常地有信心，无拘无束的样子，举起双臂像翅膀一样拍打了几下。

J. T. 马龙透过药房的窗子看到了这个动作,心里说不明白,这孩子究竟是不是疯癫了。

杰斯特要竭力表现得风趣幽默和才华横溢,而他认为只要他一个人坐在飞机上,他就能做到这一点。这已经是他第六次一个人驾驶飞机了。他思想的大部分是集中在飞机的仪表上。在风力巨大的蓝色的空中,他的情绪十分高涨,但是要在谈话中做到风趣幽默、才华横溢……他不知道能不能做到。当然,这在很大程度上取决于舍曼自己说些什么,因此他必须要接得上谈话,他真的非常希望自己能在谈话中表现出风趣和才华。

杰斯特驾驶的是一架敞开的莫斯飞机,因此强有力的风贴着头皮把他的头发往后拉。他故意不戴头盔,因为他喜欢风和太阳给他的感觉。他走进家门,去会一会舍曼的时候,他会戴上他的头盔。他会表现出毫不在乎、非常繁忙、戴着头盔回家的飞行员的英姿。在风力巨大的钻蓝色的天空和太阳照射下飞行了半个小时之后,他开始想着陆。他小心地将飞机拉起,飞了一个弧线,保持一个正确的距离,因为他要对自己的生命和这架莫斯教练机负责。飞机着陆颠簸了几下,但是当他带上头盔,风度翩翩地小心跳出飞机的时候,他多么希望有一个人能看见他:

从机场乘公共汽车回城他总有一种被挤压的感觉,而且破旧的公共汽车缓慢地爬行,与天空相比,车内又非常窄小;他飞行的次数越是多,他越是相信每一个成年人都有义务飞行,不管舍曼·普友在这件事情是怎么想的。他在地处市中心的马龙药房的街角跳下公共汽车。他望着这座城市。隔壁的街区就是魏德威尔棉纺厂。从打开的地下室窗口冒出来的大染缸的热气，在闷热的空气里形成了一股热浪。为了放松两条腿，他在这座小城的商业区周围漫起步来。路上的行人都凑到遮阳篷的下面走，而这时已经是近正午时分，遮阳篷投在耀眼的人行道上的影子收缩得越来越小。他的不常穿的外套在身上非常热，他在城中走着，向他认识的人挥手，而当第一国民银行的汉弥尔顿·伯里德勒提了提草帽向他打招呼的时候，他因感到意外与自豪而绯红了脸——做出这样的举动很可能就是因为他穿了外套。杰斯特绕了一个圈子又回到马龙的药房，想喝一杯冰凉的冰末樱桃可乐。在靠近他等候公共汽车那个地方的街角，一个外号大车的城中的怪人，坐在遮阳篷的阴凉里，身边的人行道上放着他的帽子。大车，一个肤色淡黑的黑人，在锯木厂的一次事故中失去了双腿，现在每天坐在一辆大车上，由大小孩拉着，到有遮阳篷的商店外乞讨。然后在商店关门以后，又让大小孩拉回家。杰斯特在帽子里扔下一个镍币，他注意到帽子里已经有好几个硬币，还有一个五角的。五角的始终是大车事先放好的，那是希望人们多多施舍。

"今天怎么样，大叔？"

"就这么混吧。"

大小孩往往到了午餐时分就来了，站在一旁傻看。大车今天吃的是炸鸡，而不是平日的腊肉三明治。他吃鸡跟所有的黑人一样，不慌不忙，津津有味，啃得一干二净。

大小孩问，"为什么不给我一块鸡肉？"尽管他已经吃过午餐了。

"走吧，黑鬼。"

"要不给我几块小圆饼和糖蜜,行吗?"

"什么也不会给你。"

"要不给我五分钱买蛋卷冰淇淋,行吗?"

"走吧,黑鬼。像小飞虫一样在眼前晃,烦不烦人。"

杰斯特心里知道,情况还会这样烦下去。这个傻乎乎、呆头呆脑的男孩问乞丐去乞讨。摘下的巴拿马草帽,法院大楼广场上白人和黑人分别使用的饮水池,饲料槽和拴骡子的柱子,平纹细布、白内衣和破破烂烂的工装裤。米兰。米兰。米兰。

在杰斯特折入光线黯淡、闻得到开着电扇的药房时,他正好面对着饮料机后面只穿衬衫的马龙。

"先生,请给我来一杯可乐,行吗?"

男孩衣着整齐,态度又过分礼貌,于是马龙记起在他这儿等车到机场去的时候拍打双臂那个疯样子。

在马龙先生制作可口可乐的时候,杰斯特慢悠悠地朝磅秤走过去并站到上面。

"秤已经坏了,"马龙先生说道。

"对不起,"杰斯特说道。

马龙看着杰斯特,心里纳闷。为什么他说这样的话,说这样的话难道不是疯了吗,药房的磅秤坏了他也要道歉。肯定是疯了。

米兰。有些人在米兰活上一辈子,最后在这儿死去,一生中只有短时间的外出,到花枝、山羊岩或者到附近还要小的城镇走亲戚什么的,他们这样就满足了。还有一些人活在米兰,死在米兰,葬在米兰,也很满足。杰斯特·克莱恩不会做这样的人。也许没有人会支持他,但是非常肯定,他不会做这样的人。杰斯特在等可乐的时候不耐烦了,在药房内踱起步来,而马龙则在一旁看着他。

结满霜的可乐放到了柜台上,马龙说道,"你的可乐。"

"先生,谢谢。"马龙又回到配药间,这时杰斯特轻轻吸着可乐,心里仍在思索米兰。现在正是大热天,人人都只穿一件衬衫,只有那些固执刻板的人,到板球茶室或者到纽约咖啡馆吃午餐的时候,才穿上他们的外套。杰斯特的可乐仍拿在手上,一边毫无目的地走到敞开的门口。

接下来的几分钟时间将永远在他脑子里留下烙印。这几分钟是事情发生复杂变化的可怕的几分钟,来得太快、太猛烈,当时根本无法完全弄明白是怎么一回事。事后杰斯特才知道他对打人致死这件事负有责任,而他对于这件事的了解又造成了进一步的责任。那个时刻是冲动和无知受到玷污的时刻,那是一切都了结的时刻,而且,这个时刻将使他在许多个月之后,避免了又一件凶杀案——事实上,将拯救他的灵魂。

在事情发生之前,杰斯特手里拿着可口可乐,望着火焰一样蓝的天空和炽热的正午的太阳光。中午的汽笛从魏德威尔纺织厂传来。纺织厂的工人三五成群地走出厂房到外面吃午餐。"大地的情感渣子,"他的祖父是这样称呼这些人的,尽管他在魏德威尔纺织厂的股份里有很大的份额,而且非常令人满意地升值。工厂增加了工资,所以,工人们用不着带午餐,在餐馆里也吃得起了。杰斯特从小就害怕、憎恶"工厂标签",因为他被他所见到的纺织城的肮脏和悲惨吓坏了。就是现在,他也不喜欢身穿蓝色劳动布工装裤、嘴里嚼着烟草的纺织厂的工人。

在事情发生之前,大车只剩下两块炸鸡——鸡颈和鸡背。他有滋有味地先啃鸡颈,那上面有很多带筋的骨头就跟五根弦的班卓琴一样,也一样的美妙。

"就一点儿,"大小孩恳求道。他两只渴望的眼睛直盯着那块鸡背,而且他一只铁锈一样的手已经伸过去了。大车迅速咽下,并朝鸡背吐了一口,以便确保它不被抢走。鸡壳背上的痰液激怒了大小孩。杰斯特注视他们的时候,看见那两只黑色、贪婪的眼睛紧紧盯住乞讨用的帽子里的硬币。突然的预兆促使他大叫起来,"不许动,不许动",但是城中的大钟敲响了十二点,他的警告被淹没了,根本不起作用。强烈的阳光,大钟嗡嗡的响声以及正午宁静中的回声造成了闹哄哄的感觉;接着事情发生得那么迅速,那么猛烈,杰斯特还没有弄明白是怎么一回事。大小孩俯冲过去,抓起帽子里的硬币,拔腿便跑。

"抓住他。抓住他,"大车尖叫起来,他撑起有皮"鞋"保护的锯断一截的腿,在无济于事的怒吼声中两腿直跳。这个时候杰斯特正在追赶大小孩。纺织厂的工人看见一个身穿白色外套的白人在追一个黑鬼,也都跟着一起追赶。第十二街区大马路上的警察看到了这里的骚乱,立即赶到现场。杰斯特抓住大小孩的衣领,拼命要从大小孩握紧的拳头里夺回钞票的时候,有六七个人也挤进来,尽管他们没有一个人知道到底是为了什么事。

"抓住这个黑鬼。抓住这个黑鬼王八羔子。"

警察手握警棍拉开围观的人群,在大小孩惊恐地挣扎的时候,警棍最后敲在他的脑袋上。几乎没有人听见警棍敲在脑袋上的声音,但是大小孩身体发软,立即瘫倒在地上。围观的人往后退去，站在一旁观看。黑色的头皮上只有一股细小的鲜血，但是大小孩已经死了。这个活蹦乱跳、嘴馋的低能男孩子，从来就没有过自己的理智，现在躺倒在米兰的人行道上——永远无声无息了。

杰斯特扑到这个黑人孩子的身上。"大小孩？"他恳求道。

"他死了，"人群中有人这样说。

"死了吗？"

"是死了，"过了一会儿警察说道，"大家走开吧。"他履行自己的职责，走向药房旁边的电话亭，打电话叫救护车，尽管他已经看到死相。警察回到现场的时候，人群都退到靠近遮阳篷的地方，只有杰斯特还在尸体边上站着。

"他真死了吗？"杰斯特问道，一边伸手去碰了一下脸，还是热的。

"别去碰他，"警察说道。

警察询问杰斯特事情的经过，并掏出他的记事本和纸。杰斯特开始茫然不知所措的讲述。他感到脑袋眩晕，像一只气球。

救护车在宁静的午后发出尖利的叫声。一个穿白大褂的实习医生跳下车来，把听诊器放到大小孩的胸口。

"死了？"警察问道。

"没有一点气了，"实习医生答道。

"你肯定吗？"杰斯特问道。

实习医生望着杰斯特，注意到了打飞在地上的他那顶巴拿马草帽。"是你的草帽吗？"杰斯特接过满是尘土的草帽。

几个身穿白大褂的实习医生把尸体抬上了救护车。这一切是那样地冷酷，那样地迅速，那样地恍若梦境，杰斯特还没有想明白,他只是转过身来,拖着步子朝药房走去,双手捧着脑袋。警察跟在他的后面。

大车还在那里吃他的吐了痰的鸡壳,这时说道,"出什么事了?"

"不知道,"警察说。

杰斯特感到头晕。他要昏过去了,会吗?"我觉得不舒服。"

警察很高兴总算可以做点事了,他这时扶着他坐到药房的一把椅子上,说道,"坐这儿,把你的脑袋贴在两条腿之间。"杰斯特照办了,在血液回流到头部的时候,他坐起来,尽管脸色非常苍白。

"这都是我的过错。要是我不去追他,要是那些人也没有紧跟着我们追上来,"他转身对警察说道,"你为什么要用那么大的力敲他?"

"你用警棍驱散人群的时候,根本就不知道你用了多大的力。我跟你一样也不喜欢用暴力。也许我本来就不该去当警察。"

这个时候马龙已经打电话给法官,叫他过来把孙子领回家,而杰斯特因为惊吓只是哭。

在舍曼·普友开车来接他回去的时候,杰斯特也不再想着要让舍曼刮目相看了,而这时警察在讲述发生的事情,杰斯特也被扶着坐进了车子。听了警察的说明之后,舍曼只说,"哦,大小孩历来就是个傻子,换成是我,要是我是个傻子,要是这事让我碰上了,我才高兴呢。我把自己放在别人的位置上去想。"

"你就不能闭上嘴巴,"杰斯特说道。

在法官家里,他们到的时候只听见伤心的哭声,一切都乱了套。维莉丽在为她的外甥哭泣,法官动作笨拙地轻轻拍着她的肩膀。她被送回家去,跟她的亲人们一起,为正午的突然死亡而悲痛。

这个消息还没有来的时候,法官上午过得非常愉快、非常有成果。他整个上午工作得很高兴;那一天一点都不觉得无聊、沉闷,一点都不觉得时间没完没了,因为对老年人来说,就跟小孩子一样,最难挨的是时间。事实证明,舍曼·普友最符合他的期望。他不但是一个聪明的黑人男孩子,一旦对他介绍了情况并要他绝对保守秘密,他就了解了胰岛素制剂,懂得了打针的要领,而且非常富有想象力,他大谈特谈节食和卡路里的替代品,等等等等。在法官尤其强调糖尿病不会传染之后,舍曼说道,"我对糖尿病非常了解。我哥哥就有糖尿病。他吃的东西都要在小小的天平秤上称一称。每一口吃的东西都要称。"

法官突然想起来,舍曼是一个弃儿,于是对他提供的情况迟疑了一会儿,但是什么也没有说。

"关于卡路里我都知道,先生,因为我是奇泼·穆林家的房客,他妹妹过去就节过食。我替她打过脱脂乳加松软的土豆泥,做过苏克莱果冻。没错,先生,关于节食我什么都知道。"

"你说说你能不能当好我的文书?"

"当好什么,法官?"

"文书也就是秘书。"

"啊,是最好的秘书,"舍曼说道,说话的声音柔和富有魅力。"我会非常喜欢的。"

"啊嗯,"法官说道,把自己的喜悦掩盖起来。"我的信件量非常地大,严肃、深奥的信函,还有虽不重要但又要谨慎处理的信件。"

"我很喜欢写信,字也写得很好。"

"书写是很有象征意义的。"法官又加了一句,"书法。"

"先生,信件在哪里?"

"在法院大楼我办公室的铁文件柜子里。"

"要我去拿吗?"

"不必,"法官急忙说道,因为每封信他都已经回了;实际上,他每天上午去上班,主要忙的就是这件事——给人回信,然后就是翻阅报纸,《花枝纪事报》和《米兰信使报》。上星期有一天连一封重要的信都没有——只收到一封无忧露营设备公司的广告信,可能对杰斯特还有用处。法官见没有什么重要的信件,就回了一封信给广告公司,就睡袋的种类和烧锅的质量提出了尖锐的问题。老境的静止沉闷常常困扰着他。但是今天却没有;今天上午与舍曼在一起,他感到飘飘然,脑袋里真的装满了今后的计划打算。

"昨天夜里我写信写到下半夜,"舍曼说道。

"是写情书吗?"

"不是。"舍曼又想着他上班路上寄出的那封信。起初这封信的地址让他颇费了一番心思,然后他把信寄到了下面的地址:"林肯纪念堂台阶,玛丽安·安德森女士收。"假如她不在那里,他们会把信转交给她的。母亲……母亲……他心里在想,您这么出名,不可能找不到您的。

"我亲爱的妻子常说我会写世界上最最讲究的情书。"

"我不会花费时间去写情书。我昨天夜里写的这封长信是一封查询信。"

"写信本来就是一种艺术。"

"今天你要我写什么样的信?"舍曼胆怯地加了一句,"我看,不是情书。"

"当然不是,傻瓜。是跟我孙子有关系的信。也不妨说是请人帮忙的信。"

"请人帮忙?"

"我要请一个老朋友和国会里的同事把我的孩子弄到西点军校去。"

"我懂了。"

"这封信我先要仔仔细细打一个腹稿。这种信是最需要好好斟酌斟酌的……请人帮忙的信。"法官闭上双眼,伸出食指和拇指顶在眼皮的上方,沉思起来。这是一个体现内心痛苦的姿势,但是那天上午法官没有一点痛苦;相反,在过了多年的无聊乏味和没完没了的单调沉闷的日子之后,现在有了构思重要信件的无比喜悦,而且还有一个真正的文书可以差使,法官的心情又像一个孩子一样轻松愉快。他这么长时间坐在那里皱着眉头,一动也不动,舍曼倒担心起来。

"是头疼吗?"

法官抽动了一下,挺直身子。"哦,没有,我是在想这封信怎么开头怎么写。我在想写给谁,在想他目前和过去的种种情况。我是在想我要写信去的那个人。"

"他是谁?"

"佐治亚州的托马斯参议员。地址写:哥伦比亚特区,华盛顿。"

舍曼拿起笔来在墨水池里蘸了三次,很小心地把信纸摊平,一想到要给一个参议员写信心情异常激动。

"亲爱的朋友和同事梯普·托马斯。"

舍曼又用笔在墨水池里蘸了一下,用花哨的字体动笔写起来。"还有呢,先生?"

"别说话,我在思考——接着写。"

舍曼把这几个字也写下来,但被法官阻止了。"这几个字不要写。重新写过。我说'接着写'这样的话的时候,不可以真写下来的。"

"我是你说什么就写什么的。"

"可是,上帝,用用脑子。"

"我是用脑子了,可是你说了要记下来的话,那我就记下来了。"

"再从头写。称呼是这样的:我亲爱的朋友和同事梯普·托马斯。记下了吗?"

"我不用写下来,对不对?"

"当然不用。"

法官心中疑惑,这个文书是否真像当初他所想的那样聪明,而舍曼暗中也感到疑惑,这个老头儿是不是真就这么啰嗦。所以,两个人都在怀疑对方脑子有毛病。这项工作起初进行得并不顺利。

"这几个字不要写在信上。我想咱们两个人就把这件事说说清楚。"

"哎,咱们说说清楚。"

"一名真正的文书,他的窍门就是在一封信或者一个文件里一字不漏地把要记的都记录下来,但是,人在思考的东西可不能记下来,换句话说,我脑子里想的、跟要写的这封信几乎没有关系的东西;你不要记下来。我的问题是,小子,我的思维太快了,于是,跟一个具体思路毫不相干的许许多多杂乱的思绪都涌进了脑海。"

"我理解,先生,"舍曼说道,他心里在想,这个活儿跟他原先所想的不一样。

"理解我的人并不很多,"法官直率地说。

"你的意思是要我猜透你的心思,信里要写什么,不写什么。"

"不是要你猜我的心思,"法官气愤地说道,"而是根据我的语调来猜想,哪些是人家心里的思考,哪些不是。"

"猜人家的心思我最行了。"

"你是说你有敏锐的洞察力吗?嘻,我也有。"

舍曼不懂这个词是什么意思,但是他心里在想,假如他继续与法官待下去,他的词汇量会大大增加。

"再回到信上来,"法官严肃地说道。"称呼之后写,'近来我注意到——'"法官说到这里停下了,放低了声音继续说着,而舍曼这时在猜想法官的心思,没有记下他的话。"近来有多近,小子?是一年——两年——三年?我想那是十年前。"

"要是这样的话我就不会说近来。"

"你说得很对,"法官语气很坚定地说。"那么这封信就换一种完全不同的写法。"

书房镀金的钟敲响了十二点。"正午了。"

"嗯,"舍曼说道,笔捏在手中,等待下文。

"到了正午我就要中止我的活动,喝上今天的第一杯香甜热酒。那是一个老人的特权。"

"是不是要我去为你调酒?"

"那就太好了,小子。你要不要来一点波旁威士忌加清水呢?"

"波旁威士忌加清水?"

"我不是一个喝闷酒的人。我不喜欢喝闷酒。"的确,在过去,他常常会把园丁,把维莉丽,或者把随便哪一个人叫进来跟他一起喝酒。因为维莉丽不喝酒,那个园丁又已经去世,所以法官有许多回只好一个人坐下来喝,但是他不喜欢一个人喝酒。"喝一点香甜热酒陪陪我。"

这倒是舍曼没有想到过的做这件活儿让人高兴的时刻。他说,"我很乐意,先生。你要加几份水呢?"

"一半对一半,水不能加得太多。"

舍曼连忙赶到厨房去调酒。他本来已经在担心这顿午餐该怎么办。假如他们一起喝了酒,两人交上了朋友,那么他就不喜欢被人打发到厨房里去跟厨子一起去用餐了。他心里明白是会有这种事情的,但是他讨厌这样。他心里仔细想了一遍到时候该怎么说。"我从来就不吃午餐",要不就说"我早餐吃得饱饱的,现在不饿"。他一半酒一半水调好了两杯,端着回到书房。

法官呷了一口酒,咂了咂嘴,说道,"我现在说的话是权威性的。"

"是什么?"舍曼说。

"这是教皇毫不加掩饰地说话的时候说的。我的意思是,我现在喝酒的时候对你说的话都不可以写到信里去的。我的朋友梯普·托马斯给自己找了一个叫什么 helpmeet,还是应该叫 helpmate①? 我说这个话的意思是,他娶了第二任妻子。

① 意即"终身伴侣",源自《圣经·旧约·创世纪》第二章第十八、二十节,原是"合适的帮手"的意思。第二个写法是十八世纪初才有。似乎法官有故意卖弄学问之嫌。——译注

一般来说，我是不赞成结第二次婚的，但是我这样想的时候，只是觉得，'自己活也让人活'①。你听得懂吗，小子？"

"不懂，先生。不完全懂，先生。"

"我心里还在想，是否别去管他的第二次婚姻，就说说他的第一任妻子。就来赞扬赞扬他的第一任妻子，第二任妻子就不提了。"

"为什么只可以提一个呢？"

法官的脑袋后仰。"写信的技巧是这样的；你首先客气地询问个人情况，健康状况呀，妻子呀，等等，然后，询问了这些情况之后，你再来探究这封信所要写的正题。"

法官高高兴兴地饮酒。就在他饮酒的时候，一个小小的奇迹发生了。

电话铃响的时候，法官一下子简直没法理解。J. T. 马龙在电话里跟他说话，但是他所说的话又听不出一个所以然来。"大小孩在街头斗殴中被打死了——杰斯特也参与了？"他重复了一句。"我派一个人到药房来接杰斯特。"他转身对舍曼说，"舍曼，请你开车到马龙先生的药房去把我的孙子接回家，行吗？"舍曼有生以来从来没有开过车，但是他却欣然答应了。他观察过别人开车，于是他想他知道开车是怎么一回事。法官放下手中的酒，走到了厨房。"维莉丽，"他这样开头，"有一个严重的消息要告诉你。"

维莉丽看了一眼法官的脸，说道，"是谁死了？"见法官没有回答，她说道，"是布拉大姐吗？"

法官告诉她是大小孩死了，这时她把围裙朝头上一甩，大

---

① 英语谚语，意思是，对人家的意见与行为宽容一点，那么人家也会对你自己的意见和行为表现出宽容。——译注

声哭泣起来。"这么多年来他从来没有过自己的头脑。"她说了这句话,仿佛对于这件使她万分震惊的很不合乎情理的事情,这句话是最心酸、最能说明道理的话。

法官伸出熊掌一样的手轻轻地拍着她,竭力来安慰她。他走进书房,喝了他自己的那杯酒,又喝了舍曼走的时候没有喝干的酒,然后来到门口,等着杰斯特回来。

然后他明白了刚发生的这个小小的奇迹。十五年来的每天早晨他都在百无聊赖地等着《米兰信使报》的投递,在厨房里等,或者在书房里等,听见报纸轻轻落在地上的啪的一声响,他的心就会猛地一跳。但是,今天,在等过了这些年之后,他竟然忙得把报纸都忘记了。老法官高高兴兴地蹒跚着步子走下台阶,从地上捡起《米兰信使报》。

第 六 章

　　由于人生在世都是由无数日常奇迹所构成,而且这些奇迹又大抵不为人所注意,因此,马龙在那个悲伤的时节注意到了一个小小的奇迹,于是心中感到无比惊讶。那年夏天,每天早晨他醒来的时候总有一种说不清的恐惧感。将要发生在他身上的可怕事情是怎么回事?这到底是怎么回事?什么时候?在什么地方?最后意识形成之后,他觉得太残酷无情了,他已经不能再静静地躺着;他必须起身,在客厅里,在厨房里,走过来又走过去,毫无目的地走过来又走过去,就这样走来走去,等待着。等待什么?在与法官交谈之后,他就在冰箱的冷冻室塞满了小牛肝,菜牛肝。就这样一天又一天,在电灯还没有熄,天还没有亮的清晨,他就切下一块可怕的牛肝来油炸。他历来就讨厌吃牛肝,就连星期天孩子们争抢的鸡肝他也讨厌。厨房里在烧牛肝的时候,整个屋子弥漫了一股臭味,就像扔了一颗臭弹,但是马龙都吃了,尽管讨厌,还是吃得一口不剩。正因为这东西讨厌,他才觉得有一些安慰。他甚至把一根根筋都吞下去,而这些东西人家都是从嘴里拿出来,放到盘子边上的。蓖麻油味道也很怪,而它的效果却很好。海顿医生也有问题,他从来没有提出过什么治疗的手段,不管是讨厌的还是不讨厌的,来医治这个——白血病。告诉人家说得了致命的疾病,又不给人建议,哪怕是最无效的治疗方法——马龙的整个身心都受到了伤害。他做药剂师差不多有二十年了,他倾听过多多少少病人的诉说,替他们开过多多少少的药:便秘,腰子病,眼睛里进了煤灰,等等。假如他坦白地说这个病他治不了,他也会告诉顾客要去看医生,但是这种情况并不多见——马龙觉得在米兰,自己就像真正的医学博士那样优秀,他给多多少少的病人开过药。马龙本人就是一个很好的病人,只要有用,他自己就配很难吃的治肝盐①,用施龙跌打搽剂,因此,他会吃下每一口难吃的肝。吃完以后他就在灯火通明的厨房里等着。等什么? 等到什么时候?

夏末的一个早晨,马龙正要醒来又不想醒来。他竭力要回到温柔、甜蜜的梦乡去,但是他再也回不去了。发出尖利叫声的鸟儿已经起来,朝着他不停地叫唤,将他甜蜜温柔的睡眠撕得粉碎。那天早晨他非常地疲倦。意识带来的恐怖笼罩了他倦怠的身体和疲沓的精神。他要强迫自己入睡。想到要数羊——黑羊、白羊、红羊,一头头活蹦乱跳、尾巴又壮。准备想到什么都不存在了,哦,温柔甜蜜的睡眠。他不愿意起床,打

---

① 原文为 Sal Hepatica,一种矿物盐通便剂,溶于水,味似矿泉水。比较第五十四页注。——译注

开电灯,在客厅和厨房里走来走去,走呀、等呀、怕呀。他不愿在天刚亮就炸那个讨厌的牛肝,弄得一屋子就像扔了臭弹一样弥漫了臭气。再也不愿起来了。再也不愿起来了。马龙扭亮了床头灯,打开了抽屉。抽屉里放着他给自己配的吐诺尔[①]胶囊。他知道,里面总共有四十粒胶囊。他颤抖的手指头在红蓝两色的胶囊中摸索。他知道,里面有四十粒。他再也不用在天还没有亮的时候就起床,怀着恐惧的心情在屋子里走过来又走过去。用不着再到药房去了,而他到药房去一直也因为他那样做是为了他的生计,为了供养妻子和子女。即使J. T. 马龙不是家中唯一挣钱养家的人,因为还有他的妻子用她自己的钱认购的可口可乐公司的那些股票,因为她从她母亲那里继承了三处房屋——可亲的老人格林拉弗太太十五年前去世——即使因为有她太太的种种经济来源,他不是这个家庭的绝对和唯一提供经济来源的人,药房也是这个家庭的经济支柱,而他也是一个提供可靠经济来源的人,不管人家会怎样想。他的药房是米兰第一家开门、最后一家关门的商店。待人以诚,听取顾客意见,为病人开药,制作可乐和圣代冰淇淋,照方配药……不再有了,不再有了! 他为什么坚持了这么久? 就像一头坚持不懈的骡子绕着高粱磨子,不停地转呀转的。而每天晚上他还要回家。还要跟他早就不再爱的妻子同睡一张床。为什么? 因为除了药房他没有可以去的合适的地方吗? 因为除了在床上睡在妻子身旁就没有别的合适的地方可以睡吗? 到药房去工作,与他的妻子一起睡觉,不会再有了! 他的手指头抚摸着钻石一样亮的吐诺尔胶囊的时候,他

---

① 药品商标名,是一种由阿米妥及速可眠合成的镇静剂和催眠剂。——译注

单调乏味的人生在他眼前展现。

马龙将一粒胶囊塞进嘴里,并且喝下了半杯水。假如他要吞下四十粒胶囊,他要喝多少水?

他吞下第一粒胶囊之后,接着又吞第二粒,然后是第三粒。然后他停住了,再拿杯子倒满水。他重又回到床上的时候,他想着要抽烟。他一边抽烟一边觉得头晕。他抽第二支烟的时候,烟从他毫无知觉的手指头中间落下来,因为 J. T. 马龙终于又睡着了。

那天上午他一直睡到七点钟,而等到他来到忙碌的厨房的时候,全家都已经醒了。他有生以来难得有一次早晨起来没有洗澡也没有刮胡子,他生怕到药房上班迟到。

那天上午他亲眼看到了那个小小的奇迹,但是他当时心情焦躁,脑子里想的事情太多,根本就没有看出来外面发生了什么。他抄近路从后院走,出了后门。这个小小的奇迹就发生在那里,但是他大步朝后门走去的时候,他的两只眼睛根本就没有看见什么。然而他到了药房之后心里又纳闷,为什么要这样急急忙忙地赶路;没有人等他开门。但是他已经做一天的准备工作了。他用力拉下遮阳篷,然后打开电风扇。第一位顾客进门的时候,他的一天已经开始了,尽管这第一位顾客是隔壁的珠宝商赫尔曼·克莱恩。赫尔曼·克莱恩整天总是在他的药房进进出出的,来喝可口可乐。他还在药房的配药间里存放了一瓶酒,因为他的太太讨厌酒,不允许他在家里喝。于是赫尔曼·克莱恩整天在他的商店里守着,并且频频光顾药店。赫尔曼·克莱恩与米兰大多数的店老板不同,他中午不回家吃午餐;他备了一个小口酒杯,然后吃一个马龙太太供应的精包装鸡肉三明治。赫尔曼·克莱恩的需求照顾好了之后,接着闹哄哄地进来了一群顾客。一个母亲抱着一个尿床的孩子走进药房，于是马龙售给她一个欧罗通，用了这种装置之后，晚上床尿湿了，铃声就会响起来。他出售过欧罗通给好多家长，但是，他暗地里常纳闷，为什么铃响了会真的有作用。暗地里他常纳闷，哗啦一声铃响会不会把睡得正香的婴孩吓出病来，他还常常觉得，就因为小约翰尼在睡梦中悄悄地尿尿了，结果弄得全家都被吵醒，那又有什么意思呢？他暗地里在想，还是让小约翰尼不受干扰、静静地尿尿的好。马龙很明智地劝过妈妈们：'我出售过好多这种装置，但是要紧的是，我总觉得，大小便的训练还要孩子的配合。'马龙仔细观察这个孩子，是一个性格倔强的女孩，一点都不像肯配合的样子。他给一个患有静脉曲张的女人穿一只治疗长袜。他耐心地听顾客诉说头疼、腰疼、肚子不舒服。他仔细观察每一位顾客，然后诊断，然后售药。没有一个人得白血病，也没有一个人是空手而归的。

下午一点钟那个怕老婆、老是提心吊胆的小个子赫尔曼·克莱恩进来取三明治的时候，马龙已经疲惫不堪了。而且他还在沉思。他心里纳闷，这个世界上还有谁处境比他更糟糕。他两眼看着那个小个子赫尔曼·克莱恩站在柜台前大嚼三明治。马龙厌恶这个人。厌恶他没有骨气，厌恶他工作这样卖力，厌恶他不像别的不回家吃午餐的大大方方的店老板那样上板球茶室或者纽约咖啡馆去用餐。他一点都不同情赫尔曼·克莱恩。他蔑视这个人。

他穿上外衣，回家吃午餐去。那是个闷热难熬的一天，天空就像白炽的闪电。这一回他是慢慢地走着，感觉到了他的白色亚麻外套的分量，或者说不知怎么的感觉到了压在肩上的重量。他总是不慌不忙地，吃一顿自家做的午餐。不像那个鬼头鬼脑的小个子赫尔曼·克莱恩。他从后院的门走进去，然后，尽管很疲倦，他认出那个奇迹了。他草草地播了种子，而在那个漫长的恐惧季节里早已遗忘的菜园，已经苗壮地生长起来了。瞧那紫色卷心菜，胡萝卜小小的羽状复叶，那些绿叶菜，绿油油的芜菁甘蓝，还有那些西红柿。他停下脚步望着菜园子。就在这时，一群孩子从开着的园门涌进来。他们都是兰克家的孩子。兰克家也真是稀奇古怪。他们每次生小孩都是多胞胎。双胞胎，三胞胎。他们租的是他妻子继承的房子中的一处——一间破旧的老房子，挤了这么多的孩子，那情景你是会想见的。萨米·兰克是魏德威尔纺织厂的一个工头。他有时暂时失业，马龙也就不去催讨房租。马龙现在住的房子也是玛莎从格林拉弗老太太（上帝保佑她）那里继承的。这是一座地处街角的房子，面向一条非常体面的大街。而其他三座相互比邻的房子就在附近，但是那个地段已经败落。兰克一家租住的房子是最后一座，也就是说，是马龙太太继承的一排三座房子的最后一座。所以说马龙经常可以看到兰克家的一群孩子。他们面目肮脏，不停地吸着鼻子，在外面游荡，因为他们在家里没有事情可做。有一年尤其寒冷的冬天，兰克太太生了双胞胎在家坐月子，马龙送了一点煤过去，因为他很喜欢孩子，知道他们没有煤会冻着。这些孩子名字叫尼普和塔克，西里利和西蒙，以及罗丝玛丽、罗莎梦和罗莎。最大的三胞胎都已经结婚并且有了他们自己的孩子，而他们就是在狄盎五胞胎①出生的同一个晚上出生的。《米兰信使

_____

① 狄盎五胞胎于一九三四年五月出生在加拿大安大略省一个叫卡兰达的村子，她们的出世引起了世界各地的关注，来看望狄盎五胞胎的人络绎不绝，都说从此这个村子也与尼亚加拉瀑布一样闻名世界。——译注

报》还就"我们米兰的三胞胎"刊登过一篇小文章,兰克夫妇把
这篇文章配了镜框,放在厅里。

马龙又望着他的菜园子。"亲爱的,"他叫唤道。

"哎,亲爱的,"马龙太太答应道。

"你有没有看过菜园子?"马龙走进屋子说道。

"什么菜园子?"马龙太太问道。

"嗐,我们家的菜园子。"

"我当然去看过,亲爱的。整个夏天我们吃的都是我们菜
园子里的菜。你是怎么了,这么问?"

马龙这些天来胃口一直不好,一点都不记得吃了什么,于
是他不说话了,不过真是一个奇迹,这个菜园子他是随随便便
种了点东西,也没有好好伺候过,现在居然都长得这么好。羽
衣甘蓝发了芽就一个劲地猛长。在园子里栽下一棵羽衣甘
蓝,它就疯长,远远超过其他的蔬菜。它的长势就跟心形叶的
牵牛一样——要说长势,不是羽衣甘蓝,那就是心形叶牵牛。

这顿中午正餐大家很少有话交谈。他们吃肉馅面包,吃
多味烤红薯①,然而尽管菜都烧得很好,可是马龙碰都没碰。
"我整个夏天都在跟你说,我们吃的蔬菜都是自家种的,"马龙
太太说。这话马龙是听见的,但是他并没有听进去,更不用说
接她的话了;许多年以来他太太的话对他来说好比是锯板机
一样,那种声音他听是听见的,但是他根本没有理会。

---

① 原料:红薯两磅,沸水,黄油一大汤匙,红糖1/3杯,柠檬汁1又1/2大汤
匙,盐、胡椒适量。制作方法:置红薯于沸水中,待稍软去皮,然后取出,沥干。切
成片,放在干烘平锅里。融化黄油,加糖、柠檬汁、盐和胡椒。然后将黄油等浇在
切好的红薯片上。然后放入烤箱三百五十度烘烤二十分钟取出,即可。这是简单
的家常做法。——译注

爱伦和托米三口两口就吃完午餐,正准备要跑。

"宝宝,你们吃东西要嚼啊。要不然谁也说不清会有什么样的肠胃病在等着你们呢。在我还小的时候,他们就有一种叫弗莱彻矫正法的东西,你要嚼上七遍嘴巴里的东西才可以真的咽下去。要是你们再这样狼吞虎咽的……"但是她话还没有说完,马龙家的孩子已经说过"对不起",跑出了屋子。

孩子走了以后这顿午餐便悄无声息了,夫妻俩谁也没有把心里想的事说出来。马龙太太在琢磨她的"马龙太太三明治"——肉头厚、符合犹太教规的洁净可食的鸡(这种鸡是否犹太种倒无所谓),她在大型食品商店 A&P 精心挑选的母鸡、小火鸡、二十磅大火鸡。她把她的火鸡三明治贴上"马龙太太火鸡色拉三明治"的标签,尽管这也是一件令人吃惊的事,到底有多少人能吃得出火鸡色拉和鸡肉色拉的不同。而与此同时,马龙的脑子里在想着他自己药房的销售上的问题;今天上午的欧罗通该不该销售? 他已经忘记了几个月前一个妇女曾经来投诉过欧罗通。似乎是这么一回事,她的小欧斯特斯在欧罗通的铃声响了一遍又一遍之后就是不醒,而全家人倒都被吵醒了,一个个围在小欧斯特斯旁边,瞧着他一边熟睡、一边没事儿似的只管尿尿,而这时候欧罗通的铃声还在哗啦啦地响。似乎最后爸爸将孩子一把从床上抱起来,当着全家人的面打他的屁股。这样做公平吗? 马龙在思考这个问题,并且认为这很明确是不公平的。他从来没有伸手打过他的孩子,不管是该打还是不该打。马龙太太惩罚过孩子,因为马龙觉得惩罚孩子是妻子的责任,而且在打一个孩子成了她的明明白白的责任的时候,她总是哭。马龙迫不得已举起手来这样做的唯一一次是四岁的爱伦在外婆的床底下偷偷地生火的那一回。格林拉弗老太太哭得非常伤心,一来是她自己吓坏了,二来是她疼爱的外孙女受到了惩罚。但是小孩子玩火是马龙亲自处理的唯一的坏事,因为这件事太严重,是决不可以交给心肠软的母亲的,因为她总是会一面惩罚孩子,一面自己哭泣。是的,不允许玩的火柴和火是非得由他自己出面解决的唯一问题。那么,欧罗通呢?尽管这是一种推荐产品,但是他很后悔今天上午把这个产品出售给人家了。马龙痛苦地咽下最后一口,他的喉结也在脆弱的喉头挣扎着,于是他原谅了自己,然后站起来,离开餐桌。

"我现在就去打电话,叫哈里斯先生下午来照看一下药房的生意。"

马龙太太平和的脸上隐约间可以看出她的焦虑。"你是不舒服吧,亲爱的?"

心中的怒火促使马龙握紧了拳头,连手指头的关节都发白了。一个得了白血病的人感到不舒服吗?这个女人到底以为他得了什么……是出水痘,还是犯春倦症?但是尽管他怒气冲冲,紧握的拳头连指关节都发白,可他只说了一句话,"我就是这个样子,身体不好也不坏。"

"你是太劳累了,亲爱的。总之是太劳累了。不停地忙,活像一匹干活的马。"

"活像一头骡子,"马龙纠正道,"一圈又一圈绕着榨汁机碾甘蔗的骡子。"

"J. T.,要不要我放一浴缸舒舒服服、不冷也不热的水让你泡一泡?"

"我是不需要的。"

"别犟了,亲爱的。我不过是要让你感觉舒服一点。"

"在自己家里,我想睪就睪了,"马龙固执地说道。

"我只是要让你舒服一点,不过我知道,说了也是白说。"

"白说,"他用尖刻的语气回答道。

马龙淋了一个热水浴,洗了头,刮了胡子,拉上卧室的窗帘。但是,他心里有气,睡不着。他听见马龙太太在厨房里打鸡蛋面粉糊,要做婚礼蛋糕什么的,听到这声音他火气更大了。他走出屋子来到耀眼的午后的太阳里。

他错过了那年的夏天;蔬菜生长起来了,又不知不觉地拿来吃了。夏日的强烈的日光晒得他精神有些蔫。法官硬说不管你身上有什么不舒服,晒一会儿米兰夏日的太阳,没有治不好的病。心里想到法官,他于是就来到后门的门廊,找了一个大纸袋。虽然他整下午都没有事情可忙,但是他一点都感觉不到情绪的放松。他疲惫地开始剥一些绿叶菜,送去给法官,芜菁甘蓝,还有羽衣甘蓝,都有。然后他又加了一个最大的西红柿,站在那里把西红柿拿在手上掂了一会儿。

"亲爱的,"马龙太太在窗口喊道,"你在那儿干什么呢?"

"什么? 什么?"

"午后太阳这么热你在那儿干站着做什么呢?"

一个男人要找一个理由,说明自己为什么独自站在他自家的后院里,到了这个时候,事情已经很僵了。但是,尽管他心里恶狠狠的,但他只回答道,"摘菜呢。"

"假如你要在火辣辣的太阳下待上一会儿,你可要戴一顶草帽才是。否则你要中暑的,亲爱的。"

马龙脸色发白,一面叫喊,"妈的,关你什么事?"

"J. T. ,上帝,你别骂人哪。"

结果,马龙反而在火辣辣的太阳下多待了一会儿,就因为他的妻子质问他,就因为她管闲事。然后,他草帽也不戴,抱着一大纸袋蔬菜,踏着艰难的步子来到法官家的屋子。法官在蒙着窗帘的书房,而那个蓝眼睛的黑鬼也在里面。

"嗨,J.T.,嗨,我的老伙计。我刚才正找你呢。"

"有什么事吗?"因为马龙既高兴又吃惊,受到这样热情的接待。

"现在是朗诵不朽的诗篇的时刻。我的文书在给我朗读。"

"你的什么?"马龙厉声问道,因为这个字眼让他联想起欧罗通和小孩晚上尿床。

"这是我的秘书。舍曼·普友。他是个优秀的诗歌朗诵者,朗读的时刻是一天中最愉快的时候。今天我们朗读的是朗费罗①。继续,麦克达夫②,"法官心情快活地说道。

"什么?"

"恕我直言,我刚才是在套用莎士比亚的说法。"

"莎士比亚?"舍曼感到自己变得格格不入,像个土包子一样被冷落了似的。他讨厌马龙在这个朗读诗歌的时刻闯进来。这个整天绷着个脸的老东西为什么不在他该待的药房里

---

① 朗费罗(Henry Wadsworth Longfellow,一八〇七——一八八二),美国诗人。一八五四年诗人辞去哈佛大学教职,专门从事创作,并于次年发表《海华沙之歌》(*The Song of Hiawatha*)。这是美国文学史上第一部描写印第安人的史诗。诗中写西风之子即印第安人领袖海华沙克敌制胜的一生的英雄业绩。诗发表时很受赞赏,但后来的批评家并不看好。本书下面的诗句即引自这部史诗。——译注

② 麦克达夫是莎士比亚悲剧《麦克白》中苏格兰王国的贵族,是他第一个发现国王邓肯被杀,于是他发出清晨的恐怖的叫喊声,国王的将军班科对他说:"到哪里说都是太残酷了。/亲爱的达夫,请你收回你的说法,/就说没有被杀。"(见莎士比亚《麦克白》第二幕第三场)——译注

待着？

"再回到：

> 在基奇古米河的岸边，
> 在晶莹闪烁的大海边，
> 在他家棚屋的前门口……"

法官两眼紧闭，随着诗歌的节奏轻轻地摇晃着脑袋。"接着朗读，舍曼。"

"我不想读了，"舍曼赌气似的说道。他为什么要当着多管闲事的马龙先生的面让人笑话呢？妈的，他才不愿意呢。

法官感觉到是什么好玩的事儿卡住了。"唔，就朗诵，'我朝空中射出一箭。'"

"我不想读了，先生。"

马龙注视着，听着这场对话，他那一纸袋绿叶蔬菜还放在他的膝头。

法官感觉到是什么非常好玩的事儿卡住了，但是他非常想把这首优美的诗读完，于是就自己接着读起来：

> "月亮的女儿纳科弭丝
> 身后高耸的是一片黑森林
> 是一片黑黝黝的松树林
> 面前拍打着清澈明亮的海水
> 拍打着清澈晶莹的海水
> 拍打着金光耀眼的大海……

在这间黑洞洞的屋子里我的眼睛也累了。你接过去读，好吗，舍曼？"

"不读，先生。"

　　"哎，伊瓦，我的小猫头鹰

　　照亮那间棚屋的人他是谁

　　他两只大眼睛把棚屋照亮……

啊，这亲切感，这诗句的节奏和亲切感。你感觉不到吗，舍曼？不朽的诗篇你一直都朗诵得很漂亮。"

　　舍曼撅起屁股，没有说话。

　　马龙的一纸袋蔬菜仍旧放在膝头上，但是他感觉到了屋子里气氛的紧张。很明显，这种情况每天都有。他不明白到底是谁疯了。是老法官吗？蓝眼睛的黑鬼吗？他自己吗？是朗费罗吗？他小心而婉转地说道，"我从自家菜园子里弄了一些芜菁甘蓝给你送来，还有一些羽衣甘蓝。"

　　舍曼语气傲慢无礼地说道，"他不可以吃这些东西的。"

　　法官语气很是惊愕。"喂，舍曼，"他恳求地说道，"我非常喜欢芜菁甘蓝，非常喜欢羽衣甘蓝。"

　　"规定的菜谱上没有这种菜，"舍曼坚持道。"这些菜适合跟腊肉一起烧的，一层瘦肉，一层肥肉。所以这样吃法菜谱上没有。"

　　"那么就薄薄一片一层瘦肉、一层肥肉，可以吗？"

　　舍曼还是怒气冲冲的，觉得马龙先生不该在他最喜欢的朗读时间闯进来，而且，这个整天绷着个脸的药房配药的老东西两个眼睛注视着他们，好像他们两人都是蠢货，还搅了他们欣赏不朽诗篇的时刻。不过还好，他没有朗读《海华沙之歌》。他没有让人笑话自己；他把它交给老法官了，而法官好像也不在乎人家是不是觉得他是刚从米里奇维尔①逃出来的。

---

　　① 米里奇维尔(Milledgeville)是佐治亚州南北战争时的首府。——译注

马龙用抚慰的口吻说道，"北方佬吃绿叶菜放黄油或者放醋。"

"我当然不是北方佬，但是我会放醋吃吃看。我们在新奥尔良度蜜月的时候我就吃过蜗牛。就一个。"老法官加了一句。

从客厅里传来了钢琴声。杰斯特在弹《菩提树》①。舍曼是怒不可遏的样子，因为他弹得这样好。

"蜗牛我一直都吃。那是我在法国的时候学会的习惯。"

"我倒不知道你在法国待过，"马龙说道。

"那当然。我在那里服过短期的兵役。"事情的真相是，奇泼·穆林在那里当过兵，并且给舍曼讲过许多故事，而大多数故事舍曼听了都是半信半疑的。

"J. T.，我知道你走了这么热的路需要喝一点饮料。喝点杜松子酒就加奎宁水，怎么样？"

"那太好了，先生。"

"舍曼，请你给我和马龙先生倒一点杜松子酒加奎宁水，好吗？"

"奎宁吗，法官？"他的话音听起来他有点怀疑是否听错了，因为即使这个老东西马龙先生是个开药房的，在休息日他肯定也不喜欢奎宁这么苦的东西。

法官说话的口气不容分辩，仿佛是在吩咐一个仆人，"都在冰箱里，瓶子上写着'汤尼水'。"

舍曼心里不明白，为什么他一开头不这么说。汤尼水跟

---

①　《菩提树》(*Der Lindenbaum*)是奥地利作曲家舒伯特（Frantz Schubert，一七九七——一八二八）后期代表作声乐套曲《冬之旅》二十四首歌中的第五首。——译注

奎宁是不一样的。他知道,因为自从他跟了法官以来,他几乎没有喝过酒。

"多放点冰在里面,"法官说道。

舍曼非常地恼火,不光是因为他的朗读诗歌的时刻被搅了,而且是因为他让人像一个仆人一样被差来差去的。他急急忙忙地进来要把气出在杰斯特的身上。"你弹的是'摇滚宝贝'①吗?"

"不是,这是《菩提树》;我是从你那儿借的。"

"呃,这是德国抒情歌曲的最高目标。"

杰斯特弹这首歌的时候眼眶里含着激动的热泪,此时停了下来,这倒让舍曼感到高兴,因为他弹得太好了,尤其他是见谱即奏,事先没有练习过的。

舍曼走进厨房,拿了很少的冰放在酒里。他是什么人,可以让人差来差去的吗?那个一脸孩子气的杰斯特竟然把正宗的德国抒情歌曲弹得这么好,尤其是见谱即奏的,这是怎么回事呢?

那天他什么事都为老法官做了。大小孩死的那天下午,晚餐是他自己做的,在餐桌前来回伺候;但是他不愿吃他自己做的晚餐。他不愿吃这顿晚餐,即使是在书房里。他替他们找了厨子。维莉丽回家了,他给他们找了辛达莱拉·穆林来顶替。

在此同时,法官在跟他的朋友马龙说,"这孩子真的是个宝,是一个宝贝。替我写信,替我朗读,更不必说给我打针、叫我坚持规定的食谱了。"

---

① 流行的摇篮曲。——译注

马龙心中的狐疑在脸上流露了出来。"你是怎样遇上这个什么都好的人的?"

"我可不是碰巧遇上的。他还没有出生就已经开始影响我的人生了。"

对于这句难以理解的话就连猜测一番马龙也还有一些犹豫。这个高傲自大的蓝眼睛黑鬼是法官的亲生儿子,这可能吗? 尽管事情似乎事实上并不真的可能,但是理论上说起来也是可能的。"可是他不是在黑人教堂的长椅上拣到的吗?"

"没错。"

"可是这又如何影响了你的人生呢?"

"不仅影响了我的人生,而且影响了我人生的血脉——我自己的儿子。"

马龙竭力思索约翰尼与一个黑人姑娘发生性关系的问题。那金发、正派的约翰尼·克莱恩,他跟他曾经有许多回一起在塞莱诺打猎。这种事在事实上绝对不可能,但是在理论上又不是不可能。

法官似乎看出了马龙心里的疑惑。他的好手紧紧地捏着手杖,手都捏得变成紫红色了。"假如你有一刻的怀疑,认为我的约翰尼曾经跟黑人姑娘睡过觉,或者做过这样的不道德的勾当……"法官非常气愤没有再说下去。

"我从来没有这么想过,"马龙安抚他道,"是你说得那样神秘。"

"这确实是一桩神秘的事,要说有什么神秘的事物的话。但是这是一件非常糟糕的事,就连我这样的一个爱说话的老头子也没法拿出来讨论讨论。"

然而马龙知道他是想再谈下去的,但是就在这个时候舍曼·普友把两杯饮料啪的一声放到了书房的桌子上。舍曼一溜烟出了书房,法官又继续说道:"然而现在这孩子为我晚年增添了光彩。他替我写信,而且书法漂亮,他给我打针,要我坚持规定的食谱。午后又给我读书。"

马龙没有点穿那天下午这孩子拒绝了朗读的要求,结果法官只好自己把朗费罗的诗读完。

"舍曼朗读狄更斯的小说是那样富有感染力。有时候我会不停地哭。"

'这孩子哭过没有?'

'没有,不过读到幽默有趣的地方他常常笑。'

马龙仍然是疑惑不解,他在等着法官说一点跟他已经暗示过的神秘的事关系更紧密的东西,但是他只说,"唉,这事到头来还是说明,'在这危险的荨麻上,我们摘得了安全之花'。"①

"呃,这是怎么回事,先生?你那时是在危险当中吗?"

"也不完全是在危险当中——那不过是莎翁的说法而已。不过,自从我的妻子去世之后,我就一直非常地孤单。"

马龙不但对法官感到疑惑不解,而且还突然间为他担心起来。"你孤单,先生?你还有你的孙子,而且你是全米兰最受人尊敬的公民。"

"你可以是市里的最受人尊敬的公民,或者是州里的最受人尊敬的公民,而你仍然感到孤单。上帝,就孤孤单单吧!"

---

① 引自莎士比亚历史剧《亨利四世》第一部第二幕第三场。伯爵之子、谋反的急性子亨利·帕西爵士读拒绝合作的贵族的信:"你做的事是危险的;——"读了这句话他说道:"那当然;受冷是危险的,睡觉是危险的,饮酒是危险的;但是,我对你说,傻瓜,在这危险的荨麻上,我们摘得了安全之花。"——译注

"可是你有你的掌上明珠你的孙子啊？"

"少年时期的男孩子本性是自私的。男孩子我是看透了。杰斯特的唯一问题就是——青春期。所有的男孩子我是彻底了解的,归结起来是两个字——自私,除了自私还是自私。"

马龙很高兴听到法官对杰斯特的批评,但是他也很注意分寸,什么话也没有说。他只问了一句,"你用了这个黑人男孩有多久了？"

"大概两个月。"

"两个月就在家庭中牢牢地立足,那是很短时间……亲如一家,人家会说。"

"感谢上帝,舍曼是亲密的。尽管他和我的孙子一样正处于青春期,但是我们的关系是完全不同的。"

听了这个话马龙很欣慰,但他还是很注意分寸,什么话也没有说。他了解法官性格的变化无常,他会突然间表现得非常高兴,也会突然间变得非常沮丧,因此,他心中纳闷这个状况会维持多久。

"真正难得的宝贝,"法官热情洋溢地说道。"确实是一个难得的人。"

这个时候,"难得的宝贝"在看一本电影杂志,一面喝着掺了奎宁水的杜松子酒,杯子里堆满了冰。他是一个人坐在厨房里,因为老太婆维莉丽在楼上打扫。尽管他尽情地品味,尽情地想象——这是一篇写他最喜欢的影星之一的很好的文章——但是他的心里却非常非常恼火。

不光是他这一天的特别时刻被马龙先生这个好事的人搅乱了,而且三个月来他一直就生活在焦急等待之中,这焦急等待逐渐逐渐地变成了焦虑不安。安德森太太为什么不给他回信？就算是寄错了地方，他们也会把信转寄过去给她的，因为他的母亲这么有名，是不可能找不到她的。杰斯特的狗泰琪走进房间的时候，舍曼踢了它一脚。

维莉丽从楼上下来，看他在翻阅杂志，一边喝杜松子酒。她本来想要上前说他几句的，但是看到他黑脸上的两只眼睛的凶相，她打消了这个念头。她只说，"我年轻的时候从来不闲坐着看书、喝酒。"

舍曼说道，"你可能生来就是个奴隶胚，老婆子。"

"我爷爷是奴隶，我倒不是。"

"他们可能就在这座城里把你拍卖的。"

维莉丽开始洗盘子，并且把水龙头开得很响。然后她说，"要是我知道你的妈是谁，我一定会叫她狠狠地揍你一顿。"

舍曼又回到客厅，去找杰斯特胡闹了一阵，因为他没有别的事可做。杰斯特又在弹琴，舍曼真想知道他弹的是什么曲名。假定他说几句这个作曲家的坏话，可是又不是这个作曲家的曲子。是肖邦，是贝多芬，还是舒伯特？因为他不知道是哪个作曲家，所以他就无法去说什么坏话，因此他更加感到恼火。假定他说，"你把贝多芬弹得太糟糕了"，杰斯特说"不是弹贝多芬，是肖邦"。舍曼心思已经用尽，还是不知道怎么办才好。这时候他听见前门开了，又关上了，他知道那个多管闲事的人马龙先生走了。舍曼感到十分尴尬，走进书房来到法官那里，表现出非常顺从的样子。他自觉地又拿起朗费罗的诗，从下面这一句开始朗读：

　　　　我朝空中射出一箭。

马龙从来没有体验过今年夏天这样的酷热。他一边走一边感到那火辣辣的天空,那太阳,直逼他的两个肩膀。他是一个平平常常、讲究实际的人,从来不异想天开,然而他现在却在想入非非,今年秋天他打算到北方去,到佛蒙特州去,到缅因州去,在那边又可以看到雪了。他要单独一个人去,不与马龙太太同行。他要叫哈里斯先生替他看店,这样他可以在那边待上两个星期,或者两个月,待多久谁知道,一个人,安安静静的。他眼前浮现出北方迷人的雪景,感觉到了雪地的清凉。他就一个人住进旅馆,那是他从来没有经历过的,要不就找一个滑雪的胜地? 一想到雪他就有一种获得自由的感觉,同时,他在酷热的太阳下弓起两只肩膀一边走,一边感到内疚的心情在困扰着他。曾经有一回,就一回,他经受过因获得了自由而造成的负疚。那是十二年前,他把妻子和小艾伦送到塔路拉瀑布城①去过一个清凉的暑假,而就在她们走了之后,他在一个偶然的机会遇上了他的罪过。起初他认为这根本不是什么罪过。那是一个年轻的女子,在药房遇见的。一粒煤灰落进了她的眼睛里,她走进了药房,于是他用干净的手帕非常小心地把煤灰取出。他还记得在他扶住她的脑袋要把煤灰取出的时候,她身体在哆嗦,乌黑的眼睛里滚动着泪水。她离开了,而他那天夜里想起了她,但是事情似乎就这样结束了。然而,事情真巧,第二天他买了服装去付款又遇见了她。她是那里的职员。她说了一句,"昨天你待我真好。我真不知道该怎么谢你?"他说,"呃,那就我们明天一起吃顿午餐,不可以吗?"而她也接受了邀请,一个娇小可爱的年轻女子,在一家服装纺织品商店工作。他们在板球茶室里用午餐,那是城中一家非

---

① 塔路拉瀑布城(Tallulah Falls)在佐治亚州北部,有大峡谷、国家公园等旅游度假胜地,人称南方尼亚加拉。——译注

常体面的餐馆。他跟她说起了他的家庭，从来没有想过这样一来会有什么别的事跟着发生。然而，事情发生了，过了两个星期之后他犯下了罪过，而且可怕的是，他很高兴。他刮胡子的时候还唱歌，每天穿上他的最好的衣服出门。他们到城里看电影，甚至还带着她乘公共汽车到亚特兰大去，带她去参观环形全景画①。他们在亨利格雷狄酒店②用餐，她点了鱼子酱。很奇怪他对于这一越轨行为感到高兴，尽管他知道这一件事不久就将结束。九月里他妻子和孩子回家后这件事就结束了，而且罗拉也很谅解。也许像这样的一件事她过去也曾经有过。十五年之后他仍旧想着她，尽管他已经不到那家服装纺织品商店去买东西，而且也一直没有见过她。后来得知她结婚了，他很伤心，但是在他心灵的另外一半又觉得松了一口气。

想到了自由就像想到了白雪。很肯定，到了那一年的秋天，他要叫哈里斯先生来看药房，他要去度假。他要再次体验悄悄地潜入的飞雪，感受沁人心脾的寒冷。就这样马龙拖着疲惫的脚步回到了自己的家。

"你有了今天这样的一个休息日，亲爱的，又到城里吃力地奔走，我觉得这算不上是真正的休息日，可不能在这么热的天跑到外面去。"

"我倒没有想着这天的热，尽管到了夏天这个地方热得像

① 所谓环形全景画(cyclorama)是指亚特兰大格兰特花园(Grant Park)室壁上的一幅巨画，高四十二英尺，周长三百五十八英尺，是十九世纪末叶的绘画作品，描绘的是美国内战时一八六四年七月二十二日的亚特兰大东部的一个战役。——译注
② 亨利格雷狄酒店(Henry Grady Hotel)，原是亚特兰大标志性建筑之一，建于一九二四年，十三层，后于一九七二年拆除。——译注

来到地狱之门。"

"唉,艾伦在自己折磨自己。"

"你说什么?"马龙说道,感到非常惊讶。

"她就在那里折磨自己,整个下午在她自己的房间里哭呀哭的,老哭个不停。"

马龙立即上楼来到艾伦的房间,马龙太太则在后面跟着。艾伦在她有蓝有粉红颜色的漂亮小围房的床上躺在那里抽泣。马龙是受不了看见艾伦流眼泪的,因为她是他的心肝宝贝。他疲惫的身躯一阵颤抖。"宝贝,宝贝,怎么回事。"

艾伦转过脸来对着他,"唔,爸爸,我恋爱了。"

"哎,恋爱了我的宝贝为何要哭呢?"

"因为他甚至不知道这世上还有我这个人。我们在马路上,还有别的地方遇见了,他随随便便地把手一挥,就走了。"

马龙太太说道,"行了,宝贝,等你长大了,总有一天你会碰上你的白马王子的,那时候一切都会称心遂愿了。"

艾伦抽泣得更厉害了,马龙讨厌他的妻子,因为做母亲的说这样的话是最愚蠢的。"宝贝,宝贝,他是谁呀?"

"杰斯特。我非常地爱杰斯特。"

"杰斯特·克莱恩!"马龙大吼道。

"是他,杰斯特。他长得多帅。"

"宝贝,亲爱的,"马龙说道,"杰斯特·克莱恩连你半个小指头都不值。"艾伦还是抽泣个不停,这时他真后悔不该拿着绿叶菜去送给老法官,尽管他并不知道这一切。他竭尽全力要做些补救,说道,"宝贝,毕竟这种事只不过是少男少女短时间的爱慕而已,谢天谢地。"然而,他说着这些话的时候也知道他这些话也像马龙太太说的话一样,既愚蠢,也起不到安慰的作用。"宝贝,我们为什么就不能待下午天气凉爽一点,到药房去弄一个夸脱的波纹乳脂软糖冰淇淋回来晚餐的时候吃呢?"艾伦哭了一会儿,然而傍晚时分,那时天气还没有凉爽下来,他们坐上家里的汽车,来到药房,取回一些波纹乳脂软糖冰淇淋。

第 七 章

　　J.T.马龙并非是这几个月来替法官担心的唯一的一个人；杰斯特也开始替他的爷爷操心起来。尽管他除了自私还是自私，而且他自己也有许许多多的问题，然而他仍然在为他的爷爷操心。法官对于他的"文书"心中充满了火热的感情，他因此头脑发昏了。于是，他整天这个是舍曼，那个也是舍曼。杰斯特的爷爷上午口授信函，然后到了中午两个人就一起饮酒。然后，他和他爷爷在餐厅用午餐的时候，舍曼就自己做一个"薄薄的三明治"，坐在书房里吃。他告诉法官说，他要思考上午写好的信函，不想因在厨房里与维莉丽的交谈而分心，而且中午的正餐吃得太饱也会影响他的工作，使他不能集中注意力。

　　这样的安排法官欣然应允，对他的信函能够这样认真地加以思考他感到非常满意,这些天来他对一切都非常地满意。他对仆人们一直都非常娇宠,送他们的圣诞礼物和生日礼物都非常的昂贵,但又非常地古怪。(尺寸完全对不上号的化妆舞会上穿的一条裙子,或者谁都不会戴的一顶帽子,或者一点都不合脚的崭新的鞋子。)尽管大多数的仆人都是从不饮酒、到了规定时间就上教堂的女人,但是也有少数几个是完全不同类型的人。然而不管他们是滴酒不沾的也好,要喝酒的也好,法官从来不去检查餐具柜里的酒柜。其实,老花匠保罗(培育玫瑰和花圃的能手),在法官家做了二十年的花匠,也喝了二十年的酒,最后死于肝硬化。

尽管维莉丽明白法官生来就是一个爱宠人的人,但是她对于舍曼以及他在法官家的放肆行为还是感到惊讶。

"不愿在厨房里用餐因为他说他想考虑写的信,"她嘟哝道。"是因为他太自以为是了,不肯到他该待的厨房里跟我一块儿吃。他拿了一份三明治就到书房去吃,你说怪不怪!书房的桌子会弄得一塌糊涂的。"

"怎么会呢?"法官问道。

"拿了一份三明治就该放在盘子上,"维莉丽固执地说道。

虽然法官对于自己的举止态度的庄严非常地敏感,但是他对于别人的举止态度却并不敏感。舍曼在法官的面前抑制住了心中的怒火,却把气出在新来的园丁古斯身上,朝维莉丽发泄,尤其是老把气出在杰斯特的身上。然而虽然怒火压下去了,心里的愤怒却并没有消歇,而实际上反而增添了。比如说,他很不喜欢朗读狄更斯的小说,因为狄更斯的小说里有很多的孤儿,而舍曼就讨厌写孤儿的书,因为他感到在他们身上他照见了自己。因此在法官为孤儿、扫烟囱的孩子、继父以及所有这些令人恐怖的人大声哭泣的时候,舍曼就用冷漠而没有变化的语调朗读,并且在这个愚蠢的老头失态的时候,他就在一旁冷眼斜睨。而法官由于对旁人的感情历来不敏感,因此这些表现他一点都没有注意到,倒反而觉得很满意。法官他大笑,饮酒,为读狄更斯而哭泣,写一叠叠的信件,却感觉不到有一刻的厌倦。舍曼依然是他的宝贝,依然是难得的人,依然是在家里谁都说他不得的人。而在此同时,在舍曼闷闷不乐但又胆怯的心中,情况已经急转直下,变得越来越糟糕,结果到了中秋时节,他对法官的感情变为憎恨,虽然掩盖起来,但心中一直怀着这种憎恨。

尽管有轻松、干净、可以指挥人的活儿,尽管有可以找愚蠢、胆小的杰斯特·克莱恩胡闹的乐趣,但是那一年的秋天却是舍曼有生以来最痛苦的一个秋天。他一天天地等待,而他的生命则处在悬而未决的空虚环境之中。他一天又一天地等待着回信,然而一天天过去了,一个星期又一个星期过去了,他还是没有听到回音。然后有一天一个偶然的机会他遇见了奇泼·穆林的一个乐师朋友,这个人居然认识玛丽安·安德森,而且他有一张玛丽安·安德森亲笔签名的照片,如此等等,而从这个让人讨厌的陌生人那里他得知了事情的真相:安德森女士并不是他的母亲。她不但将自己的一切献给了事业,而且忙于学习,根本没有时间与名人谈情说爱,更不用说生下他来,并且那样奇怪地将他丢弃在教堂的长椅上,因为她从来没有到米兰来过一回,决不可能与他的一生有任何的牵连。原先他曾经抱有的希望,使他寻母的热情不断高涨,使这样的热情变得非常地明晰,然而,现在这样一来,这样的希望被粉碎了。永远粉碎了吗?他当时是这样想的。那天晚上他取下玛丽安·安德森灌的德国抒情歌曲唱片，摔在地上踩踏，他非常绝望，非常愤怒地用脚踩踏唱片，连一条完整的唱片纹道都没有留下。然后，由于希望与音乐毕竟又无法完全压制，因此，他扑倒在铺着人造丝床单的床上，沾满烂泥的鞋子也不脱，一边大声号叫，一边身体在床上搓着。

　　第二天上午他无法去上班，因为恶劣的情绪使他精疲力竭，嗓子沙哑。但是中午时分法官派人送来了一盘盖起来的新鲜蔬菜汤和滚热的玉米棒还有柠檬味的甜点，这时他也恢复得差不多了，于是就慢慢地、没精打采地吃起来——为有这样的感觉而高兴——生病的感觉，同时娇滴滴地曲起他的小指头，吃着玉米棒。后来他在家待了一个星期，由别人为他做吃的，加上休息，他完全恢复了。然而他的光洁圆润的脸蛋出现了棱角，而尽管他不会有意识地去想一个叫玛丽安·安德森的骗子似的讨厌的人，但是过了一段时间之后，他觉得自己遭了劫，也不让别人有好日子过，他渴望报复。

　　那年秋天的最初的日子是杰斯特所遇见的最快活的日子。起初他的激情载上歌曲的翅膀而腾飞，而现在已经平静下来，转变为友情。舍曼现在天天待在他家，可是，始终在家这一情况给予他的安全感却使激情发生了转化，因为这激情就是因风险而起，因害怕变故、害怕失落而起。舍曼现在天天到他家来，但是也没有理由认为激情的转化这一情况就不会永远继续下去。不错，舍曼故意地侮辱他，结果伤害了杰斯特的感情。但是随着日子一星期一星期地过去，他也学会了不让这些伤人的话语太往心里去，也不会老记着那些话；实际上，他开始学会保护自己。尽管要杰斯特编造狂放地伤害人的话实在是强人所难，但是他也在这样学着做。而且，他也开始学着去理解舍曼,而这种与激情的有力冲击相抵触的理解,既产生了同情,也产生了爱情。然而,在舍曼不到他家来的那个星期里,杰斯特又有稍稍解脱的感觉;他不必时时都要谨小慎微,注意自己的一举一动、一言一行,他可以放松警惕,不必担心随时要捍卫自己的尊严。他们两人之间的关系的另外一个基本因素是,杰斯特隐约之间感觉到他是被盯住的那个人;觉得在舍曼想要对世人进行抨击的时候,他就是舍曼常常要抨击的对象。因为杰斯特朦朦胧胧地知道,面对自己关系最亲近的人,心中的怒火更容易发泄——由于关系非常亲近,因此双方相互信任,怒气冲冲与丑陋的行为会被谅解。杰斯特自己会跟爷爷发脾气,只因为他是一个孩子——他毫无理智地发脾气只是冲着他的爷爷的——不是冲着维莉丽、保罗或者任何别的人的——因为他知道他的爷爷会原谅、会爱他的。所以,虽然舍曼的伤人的话语毫无疑问不是好东西,但是他感觉得到,这些话语中也包含着某种信任,对此他是感激的。他买来了《特里斯丹》的总谱,而舍曼不在家中,他也舒了一口气,因为他可以拿出来练习,不用担心听那些小看人的怪话。然而,看见爷爷屋前屋后毫无目的地走来走去,茫然若失的样子,几乎吃不下东西,杰斯特也担心起来。"我真不明白你看中了舍曼·普友的什么。"

"那孩子是个宝,真正的宝贝,"法官平心静气地说道。接着说的话语气变了,"而且,我认识这个孩子时间也不短了,我是要对他负责的。"

"怎么负责?"

"他是因我之故才变成了一个孤儿的。"

"我不明白你在说什么,"杰斯特反对道,"说话不要让人猜谜一样。"

"事情太让人伤心，没法在这里讨论，尤其是在你我
之间。"

杰斯特说道，"我最看不起的是有话只说一半，提起人家
的兴趣，然后又不往下说。"

"唉，不去说它了，"他的爷爷这样说。他补充说了一句打
趣的话，杰斯特知道那只不过是要掩盖事情的真相，"毕竟，他
是我挥杆跌入高尔夫球场水塘的时候救了我的命的黑人
球童。"

"那只是一个细节，不是事情的真相。"

"你别问了，我也不会对你说假话的，"法官用气人的语气
说道。

没有了舍曼带来的欢乐和忙碌，法官想套住杰斯特，然而
杰斯特有自己的生活和学习要忙，根本就套不住。杰斯特不
会给他诵读不朽的诗篇，不会与他打扑克，而那些信函杰斯特
也不会有一丁点儿的兴趣的。于是法官身上的悲伤与无聊又
回潮了。在经历了那几个月的广泛兴趣和各种活动之后，单
人的牌戏他已经厌倦，《女人之家》和《麦考尔》①杂志的每一期
上的点点滴滴都已经读完。

"你告诉我，"杰斯特突然说道，"既然你暗示了舍曼·普
友的情况你知道得这么多，那么你知道他的母亲吗？"

"很不巧，我知道。"

"那你为什么不告诉舍曼她是谁。他当然很想知道。"

------

① 《麦考尔》(McCall's)美国著名的妇女杂志，上个世纪六十年代尤其有影
响，也发表过不少名家的小说。现已改名。——译注

"这是一个无知便是福的好例子。"①

"你先是说知识就是力量，现在又说无知便是福。你到底站在哪一边？不管怎么说，这些老古话，随便哪一句我都一点也不相信的。"

杰斯特拿着法官用来锻炼他的左手的像海绵一样的橡皮球，若有所思地撕扯。"有人认为自杀……是意志薄弱者的举动……有人则认为自杀要有很大的勇气。我至今还是不明白我爸爸为什么要这样做。一个全能运动员，佐治亚大学的优秀毕业生，他为什么要这样做？"

"那只是一时的心情忧郁，"法官说道，照搬 J. T. 马龙用来安慰人的话。

"这似乎不应该是一个全能运动员做出来的事。"

在他的爷爷仔仔细细把纸牌摆好，准备玩一盘单人牌戏的时候，杰斯特朝钢琴走过去。他弹起了《特里斯丹》，两眼眯缝，身体摇晃。他已经在总谱上写道：

献给我亲爱的朋友舍曼·普友

你忠实的

约翰·杰斯特·克莱恩

这乐曲使杰斯特浑身生起鸡皮疙瘩，它非常激烈而又隐约闪烁。

什么都不如送一件心爱的礼物给舍曼这个举动让杰斯特感到更满足了，因为他爱舍曼。在舍曼没有来他家的第三天，

---

① 这是英国诗人托马斯·格雷（Thomas Gray，一七一六——一七七一）《伊顿公学远眺》一百行诗句中的最后两行的前半句，也是英美人常引的半句，而两行诗的完整意思是：如若无知是福，智慧则是愚笨。——译注

杰斯特在他家的花园里采摘了一些菊花和秋叶,自豪地拿着这些花和枝叶来到小巷里。他把花插在一个冰茶壶里。他在舍曼床边守着,仿佛他是一个垂死的人,弄得舍曼非常心烦。

舍曼懒洋洋地躺在床上,并且在杰斯特插花的时候,用粗鲁和没精打采的语气说道:"你有没有好好想过,你这张脸有多么像小孩的屁股?"

杰斯特感到非常地吃惊,根本没有听懂意思,更不用说回答这句话。

"无知,迟钝,活像小孩子的屁股。"

"我并不无知,"杰斯特抗议道。

"你当然是无知的。从你这张迟钝的脸上可以看出来。"

杰斯特像所有少不更事的人一样,最会做那种多此一举的事情。他在他带来的那束鲜花里藏了一坛子鱼子酱,这是他在那天早晨在 A&P 食品杂货商场里买的;可是现在听到这样凶狠无礼的攻击之后,他已经不知道该怎样处理藏在花束里的鱼子酱,因为舍曼吹嘘说他狂吃鱼子酱。由于他带来的花这样奇怪地遭受冷落——没有听到一句表示感谢的话,就连赞美的目光都没有——杰斯特的确不知道该怎样处理藏在花里的鱼子酱,因为他再也无法忍受让人一再羞辱。他把鱼子酱塞进了屁股的口袋里。这样他就得撅起屁股很小心地坐。舍曼的屋子里有好看的花儿,他非常地喜欢,但是他觉得犯不着向杰斯特表示感谢,也不提这些花,而且吃饱了人家替他做的菜,养足了精神,感到精力充沛,拿杰斯特取笑。(然而他哪里知道,他这样一来,已经把一坛子正宗的鱼子酱取走了,而这一坛子鱼子酱原是可以在电冰箱最显眼的架子上放上好几个月,然后拿出来招待他的最高贵的客人。)

"瞧你那样子你好像是到了梅毒三期了，"舍曼这样开始取笑杰斯特。

"好像什么？"

"你坐在那里撅起屁股好像很明白是得了梅毒。"

"我就坐在一个坛子上。"

舍曼没有问为什么说坐在坛子上，而杰斯特毫无疑问也不会自动地说出来。舍曼只说了一句取笑他的话，"坐在一个坛子上——是便桶吧？"

"说话不要这样粗鲁。"

"法国人老是这样坐的就因为他们有梅毒。"

"你怎么知道？"

"因为我服短期兵役的时候是在法国。"

杰斯特怀疑这又是舍曼撒的一个谎，但是他没有说什么。

"我在法国的时候跟一个法国姑娘恋爱了。没有像这样的梅毒什么的。就这个美丽、百合一样洁白的法国处女。"

杰斯特换了一个姿势，因为他没法子在鱼子酱坛子上面坐很久。他听到那些下流故事总是会感到惊愕，就连"处女"这个词他听了都会有紧张感；但是不管他听了以后是否感到惊愕，他都听得入了迷，所以他就任凭舍曼继续讲下去，而他只管听着。

"我们订婚了，我跟这个百合一样洁白的法国姑娘。我把她的肚子弄大了。然后，她完全像一个女人，想要跟我结婚，打算婚礼就在那个古老的教堂巴黎圣母院里举行。"

"是大教堂，"杰斯特纠正道。

"呃，教堂……大教堂……随便你怎么叫吧，那就是我们要去结婚的地方。来了许许多多邀请来参加婚礼的客人。法国人的亲戚多得不得了。我就站在教堂的外面,看着他们一个个地走进去。我没有让他们看见我。这座美丽古老的大教堂,这些穿得花花绿绿的法国人。每一个人都很 chick."

"这个词你要念做'sheik',"①杰斯特说道。

"哎,他们都是既 sheik,又 chick。这么多的亲戚都在等着我进去。"

"那你为什么不进去?"杰斯特问道。

"哦,你这个无知迟钝的人。你难道不知道我根本就不想和那个百合一样洁白的法国处女结婚吗?我整个下午就在那里待着,望着穿着礼服、等我进去与这个百合一样洁白的法国处女结婚的那些法国人。她是我的'feancee'②你懂吗?等到天黑,他们才明白我是不会来的了。我的'feancee'昏倒了。她的老妈心脏病发作。老爸就在教堂里自杀了。"

"舍曼·普友,我从来没有见过像你这样的牛皮大王,"杰斯特说道。

舍曼还沉浸在自己刚才讲的故事里,听了杰斯特的话,他什么也没有说。

"你为什么要撒谎?"杰斯特问道。

"也不完全是撒谎,而有时候我编造一些真会发生的事说给像你这样的小傻瓜听。我是老在那里编造一些故事,因为真实发生的事要么太枯燥,要么就是太艰难了。"

"呃,假如你自称是我的朋友,为什么又竭力要把我当作一个容易上当受骗的人?"

---

① 这说明舍曼不认识这个字,这是一个法文字 *chic*,不照英语读,意即"漂亮、时髦"。——译注

② 这个法文词应为 fiancée,意即"未婚妻"。——译注

"你就是像很有独创性的巴纳姆所说的那样。就是巴纳姆和贝利大马戏团,我这样说是生怕你想不起来。'这世界每一分钟都有一个很容易受骗上当的人出生。'"①他不愿意去想玛丽安·安德森。他很想杰斯特能留下来,但又不知道该怎样挽留。舍曼穿一套有白色滚边的、蓝色的上等人造丝睡衣裤,因此他很乐意跳下床来臭美一番。"要不要喝点陈年纯酒卡尔弗特勋爵威士忌?"

但是威士忌也好,高档的睡衣睡裤也好,杰斯特一概不感兴趣。他听了下流的故事感到惊愕,而听了舍曼关于他为什么要撒谎的理由,他却又觉得感动。"你难道不知道我是一个你用不着撒谎的朋友吗?"

但是忧郁的情绪和愤怒的心情舍曼很难排解。"你怎么会觉得你是一个朋友?"

他只好不去理会舍曼的话,只说了一句,"我回家了。"

"奇泼的嘉丽姨妈送来给我的好吃的食物你不想看看吗?"舍曼走向厨房打开了冰箱的门。冰箱略微有一股馊味。舍曼对嘉丽姨妈的花式食品赞不绝口。"这是西红柿果冻圈,中间是农家鲜干酪。"

杰斯特将信将疑地看着食品,然后说道,"你对嘉丽姨妈、辛德莱拉·穆林、奇泼·穆林都撒谎吗?"

"不撒谎,"舍曼很干脆地说道。"他们知道我这个人。"

"我也知道你了,而且我非常希望你不会再对我撒谎。"

---

① 巴纳姆(Phineas Taylor Barnum,一八一〇———一八九一),美国著名游艺节目经理人。"这世界每一分钟都有一个很容易上当受骗的人出生。"但是许多人都说巴纳姆没有说过这句话,诚然,他的游艺节目是要赚钱,但是他尊重公众,并说他的游艺节目是"干净、道德、有教益、陶冶性情的"。——译注

"为什么这么说?"

"我不想说那些明明白白的事,我不希望你再对我撒谎的理由是明明白白的,我用不着说。"

杰斯特蹲在床边,舍曼穿着他最好的睡衣睡裤躺在床上,用枕头垫着身子,装作很放松的样子。

"你有没有听说过真实比谎言更奇怪的说法?"

"当然听说过。"

"在斯蒂文斯先生对我做了那种事情的时候正是鬼节的几天前,也正好是我十一岁的生日。斯蒂文斯太太为我举办了生日晚会。请的许多客人都来了,有的穿着出席晚会的衣服,有的穿着鬼节的装束。客人当中有穿女巫服饰的,有穿海盗服饰的,也有穿着他们上主日学校穿的最漂亮的礼服。晚会一开始我穿的是第一条崭新的海军蓝长裤,一件新的白衬衫。我的食宿是由州里支付的,但是这不包括生日晚会和崭新的生日服装。应邀来参加晚会的客人带来了礼物,这时我注意了一下斯蒂文斯先生说的话,并没有伸手去拿礼物,而是说了一声'谢谢',然后慢慢地打开礼物。斯蒂文斯太太总是说我非常有礼貌,而我在生日晚会上确实很有礼貌。我们做各种各样的游戏。"舍曼的说话声越来越轻,最后他说道,"事情很怪。"

"什么很怪?"

"从生日晚会开始到晚上晚会结束,我一件事都不记得了。因为就是在这个美好的生日晚会的那个晚上,斯蒂文斯先生把我腌臜了。"

杰斯特下意识地迅速抬了一下右手,仿佛是要架住迎面而来的打击。

"甚至在那件事之后，在真正的鬼节已经过了以后，我也只记得我的生一生日晚一晚会上零零星星的情形。"

"我希望你这事就不要说了。"

舍曼停住了，等到他控制住了口吃，才接着流利地说起来："我们玩各种各样的游戏，然后点心端上来了。冰淇淋，白色的冰冻蛋糕，上面插着十一支蜡烛。我照斯蒂文斯太太吩咐我做的那样，吹灭了蜡烛，切生日蛋糕。我一口也没有吃，因为我很想表现得彬彬有礼。然后在吃了点心之后我们玩起奔跑和喊叫的游戏来。我把床单披在身上扮鬼，还戴一顶海盗帽子。听见斯蒂文斯先生在储煤房后面喊我的时候，我就很快跑过去，披在身上扮鬼的床单都飘起来。他抓住我的时候我还以为他是在闹着玩，所以我一个劲的只是笑。我正笑得起劲的时候，却发现他不是在闹着玩。然后我觉得自己感到太吃惊根本不知道该怎么办，只好止住了笑。"

舍曼头靠在枕头上，仿佛他突然之间疲倦了。"不过，我的生命有魔法的保护。"他依然用充满热情的语气继续说道，这使杰斯特起初很难相信。"从那以后我的日子从来没有过得这么舒心快活。谁都没有这样的舒心快活。穆林太太收养了我——并不是真正的收养，因为州里仍旧为我支付费用，但是她待我是真心的。我也知道她不是我的母亲，可是她是爱我的。她会揍奇泼，会拿梳子打辛德莱拉，但是她从来没有对我动过手。所以你明白吗？我当时也差不多有了一个妈妈。还有一个家。穆林太太的妹妹嘉丽姨妈还教我唱歌。"

"奇泼的妈妈在哪儿?"杰斯特问道。

"死了，"舍曼痛苦地说道，"见上帝了。就是这个缘故，这个家也散了。奇泼的爸爸后来又结婚，奇泼和我都不喜欢她所以我们都搬出来,从此以后我就做了奇泼的房客。不过,我也有过一个短时间的妈妈,"舍曼说道,"我也真有过一个短期的妈妈,即使一个名叫玛丽安·安德森的骗子似的讨厌的人不是我的妈妈。"

"你为什么叫她是骗子似的讨厌的人?"

"因为我喜欢这么叫。我所有的想法都从她身上扯断了。她所有的唱片都被我踩烂了。"

杰斯特仍旧蹲在床边,这时稳住了身子,突然吻了一下舍曼的面颊。

舍曼在床上往后倒,同时放平双腿以便保持身体的平衡,并且伸出整个手臂,打了杰斯特一巴掌。

杰斯特并不感到惊讶,尽管他过去从来没有让人打过巴掌。"我这么做,"他说道,"是因为我为你感到难过。"

"别跟我来这一套。"

"我不明白为什么我们就不能认认真真、真心真意呢,"杰斯特说道。

身子已经从床上探出一半的舍曼,又在杰斯特另一个面颊上狠狠地抽了一巴掌,这一巴掌把杰斯特抽得坐在了地板上。舍曼气得说话的声音都憋住了。"我原以为你是一个朋友,没想到你跟斯蒂文斯先生一个样。"

这一巴掌,还有他自己的激动情绪,把杰斯特惊呆了,然而他迅速地站起来,双手紧握,径直朝着舍曼的下巴就是一拳,打得舍曼措手不及,倒在床上。舍曼口中喃喃道,"一个人倒下了还打。"

"你没有倒下,你坐在床上,你还能狠狠地抽我。舍曼·普友,我从你这里得到了许多,但是这个我可不要。而且我蹲

着的时候你给了我一巴掌。"

于是他们就坐与蹲的问题又继续争吵,争吵还涉及哪一个姿势给人一巴掌或者给人一拳是更有风度的问题。他们的争吵持续了很久,到后来就连打架之前说了些什么话都忘记光了。

然而杰斯特回家的时候他还在想:我不明白我们为什么就不能认认真真、真心真意。

他打开鱼子酱坛子,但是它有一股他不喜欢的鱼腥味。他爷爷也不喜欢鱼,而维莉丽闻了一闻,只说了一声"哎呀"。打短工的园丁古斯什么东西都吃,于是就把鱼子酱拿回家了。

第 八 章

　　到了十一月份,马龙的病情有了缓解,于是他第二次住进
了市立医院。他很高兴住进那家医院。尽管医生换了几个,
但是诊断的结论没有变。他从海顿大夫换成考勒维大夫,后
来又换成了密尔顿大夫。但是,虽然后来两个医生都是基督
教徒(第一洗礼教会和新教圣公会的教徒),但是医学结论还
是相同的。他曾经问过海顿大夫他还有多少日子可以活,而
得到的回答则是出乎意料的、非常可怕的,所以现在他很小心
不再问了。确实,他到了密尔顿大夫那里的时候,他坚持说自
己没有病,不过是想做一个常规的检查,还说有一个医生说只
是略有白血病的嫌疑。密尔顿大夫肯定了这一诊断,于是马
龙什么也不问了。密尔顿大夫建议他到市立医院住上几天。
就这样马龙又望着鲜红的血液一滴一滴地滴入,他很高兴措

施总算是采取了，于是输血增强了他的信心。

每逢周一和周四，医院的一个助手就会推着车子送几叠书进来，而马龙挑选的第一本书就是一本谋杀案的侦破小说。但是这个案子让他觉得非常乏味，提不起精神，连小说的情节都理不清。到了第二次助手推着书进来的时候，他把那本推理小说归还，看看其他的书；一本名叫《病患至死》①的书引起了他的注意。就在他伸手取这本书的时候那个助手说道，"你真要这本书吗？这本书读起来不很愉快。"她说话的口吻使他想起了他的妻子，结果他立即决定，而且很生气。"我就要这本书，我是不很愉快，也不想愉快。"这本书马龙看了半个小时之后，他心中纳闷，这本书他为什么要读得这么紧张，于是他闭上眼睛睡了一会儿。醒来之后他随便翻开这本书，开始随随便便翻阅起来。在密密麻麻的印刷符号中有几行字引起了他的重视，他一下子惊觉了。这几行字他读了一遍又一遍：最大的危险，即失去一个人的自我的危险，会悄悄地被忽视，仿佛这是区区小事；每一件其他东西的丧失，如失去一个胳膊，失去一条腿，失去五元钱，失去一个妻子，等等，那是必定会引起注意的。倘若马龙没有得绝症，这些词句也就只不过是几个词句而已，而且他原先也不会伸手要这本书的。然而现在这个思想使他心情沮丧了，于是他开始从第一页读起。然而这本书还是让他感到枯燥乏味，于是他闭上了双眼，只想着他已经背下来的那一段。

由于他无法想象自己的死亡的真实性，因此他又坠入了他人生的枯燥乏味、错综复杂的境况的回忆之中。他已经失

---

① 丹麦哲学家、神学家、存在主义先驱克尔凯郭尔（Soren Kierkegaard，一八一三——一八五五）著。——译注

去了他的自身——他已经明明白白地意识到了。可是,是怎样失去的? 是什么时候失去的? 他的父亲是来自梅肯的药品批发商。他对于他的大儿子 J. T. 是寄托了很大的希望的。童年时代对于现已四十岁的马龙来说是非常值得回忆的。他在那个时候没有失落。但是他的父亲对他抱有很高的希望,而马龙后来觉得这希望是太高了。他的父亲坚决地认为他的儿子要做一名医生,因为这是他自己年轻时候的抱负。就这样十八岁的马龙被哥伦比亚大学录取了,而在十一月他见到了雪。那个时候他买了一双冰鞋,真的要在中央公园溜起来。他在哥伦比亚大学的日子过得非常愉快,吃过去从来没有吃过的炒面,学习溜冰,领略市容。他没有意识到他的学业已经开始掉队,直到已经掉队才恍然大悟。他开始用功——到了考试的时候他夜里攻读到两点钟——然而他的班上有许多刻苦读书的犹太学生,他们的成绩都在平均水平之上,于是马龙在大学一年级结束的时候,勉勉强强及格,回家休息,俨然是个医学院预科的学生了。待到秋天又来的时候,飞雪、冰层、市区对他已经没有震撼力。到了他在哥伦比亚大学第二年没有通过考试的时候,他觉得自己是一个无用的人。他的年轻人的自尊心不能容许他继续待在梅肯,于是他来到米兰,在格林拉弗药房的格林拉弗先生那里找到一份工作,做了药房的伙计。使他在人生刚开始的时候就犯错误的就是这第一个耻辱吗?

玛莎是格林拉弗先生的女儿,他邀请她去跳舞也是非常自然的,或者说似乎也是很自然的。他穿上他的最好的蓝色套装,她穿了一条薄绸的裙子。那是慈善互助会俱乐部举办的舞会。他是刚刚加入慈善互助会。他碰到了她的身体是什么感觉而他又为什么要请她来跳舞？那次舞会之后他约过她好多回，因为他在米兰认识的女孩子很少，而且她的父亲又是他的老板。但是他仍然从来没有想到过与玛莎·格林拉弗谈恋爱，更不用说与她结婚了。然后突然老格林拉弗（他其实并不老，他只有四十五岁，但是年轻的马龙觉得他老）犯心脏病死了。于是药房要变卖。马龙从他母亲那里借了一千五百元钱，用为期十五年的抵押借款买下了药房。就这样他背上了一笔抵押借款，而且在他自己还没有认识到是怎么一回事的时候，他有了一个妻子。玛莎实际上并没有要他与自己结婚，但是她似乎太想当然了，所以要是他不说出来他觉得自己就是一个不负责任的男人。于是他就跟她的哥哥说了，因为他现在是这一家的一家之主，他们握了手，一起喝了"瞎驴"酒。这一切都是非常自然地进行的，所以事情非常地神奇；然而玛莎让他倾倒，因为她穿着精制的午后服饰，一条舞会上穿的薄绸裙子，尤其是因为她使他找回了他在哥伦比亚大学没有通过考试时丢失的尊严。然而他们在格林拉弗家的客厅里，在他的母亲、她的母亲、她的哥哥们，以及一两个姨妈的面前结婚的时候，她的母亲哭了，而马龙当时也想哭。他没有哭出来，而是听着仪式一项项地进行，只觉得不知所措。在撒完米之后①，他们就乘火车到北卡罗莱纳的吹风岩去度蜜月了。而自从那时以后，也说不准他哪个时候曾经后悔与玛莎结婚，但是悔恨，或者失望，当然是有的。也说不准有过一个什么时候他问道，'这就是生活所有的一切吗？'但是随着年龄的增长他默默地问过这个问题。是的，他没有失去一个胳膊，或失去一

---

① 据有一种说法，这是一个古老的习俗，源自古罗马与古埃及，新人离开教堂的时候要向他们撒米，预祝他们好运，丰衣足食、多子多福。——译注

条腿,或失去五元钱,但是逐渐逐渐地,他失去了他的自我。

倘若马龙没有得绝症,他是不会去思考这个问题的。但是,当他躺在医院的病床上,望着鲜红的血液一滴一滴地滴着的时候,死亡的过程已经加速了他的生命进程。他告诉自己,他不在乎住院的费用,但是他人还在医院里躺着,就在操心每天二十元的住院费了。

"亲爱的,"玛莎每天都来医院看望他,有一次这样说道,"我们为什么不到外面开开心心地去旅游一趟呢?"

马龙在有汗臭味的床上紧张地躺着。

"即使是在这里医院里躺着休息,你都很紧张、老是担心。我们可以到吹风岩去,呼吸山区的清新空气。"

"我不想去,"马龙说道。

"……或者去看大海。我这辈子只见过一回大海,那还是我到萨凡纳①看望我的堂姐萨拉·格林拉弗的时候。我听说,大西洋岛屿海滩那里气候很好。不很热,也不很冷。换换环境,你的精神会很好。"

"我始终觉得旅行是很累的。"他没有对他妻子说他秋后打算要到佛蒙特或者缅因州去旅游而到了那里就有雪可以看的事。马龙非常小心地把《病患至死》这本书塞在枕头下面,因为他不想让他的妻子也知道他藏在心底里的想法。但是,他的确心烦地说道,"我讨厌这家医院。"

"我觉得有一件事你应该做,"马龙太太说道,"你应该经常在下午把药房交给哈里斯先生去管。只干活不玩耍,聪明脑袋变傻瓜。"

---

① 萨凡纳(Savannah),美国佐治亚州东部大西洋岸港市。——译注

于是马龙每天下午回家休息，无聊地打发日子。他想着山区，想着北方，想着大海——想着他度过的、却没有享受过的这一辈子。他心中纳闷他还没有享受过生活怎么可以死呢。

他工作了一个上午回家就洗一个热水澡，甚至把房间的窗子都蒙上，要睡一个午觉，但是，他从来没有在正午时分睡觉的习惯，所以他睡不着。原先是早晨四五点钟就醒来，然后怀着恐惧的心理在屋子里走过来又走过去，而现在整个季节都有一阵阵的恐怖袭击心头，带来厌倦和他无法说清的忧虑。他讨厌哈里斯先生接管药房之后他的沉闷的下午。他总是担心药房会出事，但是会出什么事？少卖一盒科泰克斯棉条？顾客诉说身体不舒服时作出错误判断？实际上他原就没有理由可以说人家的，因为他在医学院从来没有毕业。困扰他的还有别的难题。他现在太瘦了，他的衣裤显得太大都没法穿得挺刮。要不要去找裁缝？尽管这些衣裤他还可以一直穿下去，但是他还是去找裁缝，而没有到他常去的浩狮迈①时装公司去买成衣，并且定做了一套灰色牛津布衣裤和一套蓝色法兰绒服装。试穿又很麻烦。还有一件事，他为了艾伦的牙齿用了好多的钱，结果他忽视了他自己的牙齿，突然之间他要拔许多的牙齿，于是牙科医生给了他两个选择，拔掉十二颗牙齿然后装假牙，要不然就装价格昂贵的齿桥。马龙决定装齿桥，即使他知道他也享受不到装齿桥的优越性。于是在他的死亡的过程中，他比起这一生来更加注意保重自己了。

一家新的连锁药房在米兰开张了，而它并不具备马龙药

---

① 即 Hart, Schaffner & Marx，美国著名男装品牌。——译注

房的质量与信用,但是它是价格比公平价格还要低的竞争者,
这使得马龙非常地恼怒。有时候他甚至心中纳闷,在他还能
掌握药房的营业的时候就把它卖掉。但是这个念头比想到自
己的死更让他震惊和迷惑。于是他也就不再去多想它了。而
且,他完全可以交给玛莎,在必要的时候去处理这些财产,包
括股票,亲善以及声誉。马龙花了整天整天的工夫,拿一张纸
和一支铅笔写下他的资产。药房两万五千元(马龙心里很觉
得安慰,他的数字是比较保守的),两万元人寿保险,住宅一万
元,玛莎继承的三间破房一万五千元……所有这些资产合在
一起算不上什么财富,但是都加在一起也相当可观了;马龙把
这些数字的总数用一支削尖的铅笔算了好几遍,又用自来水
笔算了两遍。他有意没有把他妻子的可口可乐股票计算在
内。药房的抵押借款契据两年前就烧毁了,而保险单已经从
退休保险转为普通人寿保险,因为这是本来就应该转的。他
们没有拖欠的债务或者抵押借款。马龙知道他的财务状况现
在比过去任何时候都好,然而这一情况并没有给他多少安慰,
假如他遭受抵押借款和尚未偿还的债务的困扰,这比起具有
绝对清偿债务的能力,他的感觉会更好。因为马龙仍旧觉得
还有未完成的事情,那是账目和计算无法显示的。虽然他与
法官没有多说他的遗嘱,但是他觉得一个男人,一个养家糊口
的人,他死的时候不应该不立遗嘱。他该不该依法留出五千
作为孩子的教育费,余下的都给他的妻子呢? 还是他应该把
全部都留给他的妻子,因为她无疑是一个好母亲,是不是应该
这样办呢? 他听说过在丈夫去世之后财产全部交给妻子处
理,结果寡妇购置了卡迪拉克汽车。也听说过寡妇受骗投资
开采油井的骗局。但是他知道玛莎不会开着卡迪拉克到处兜

风,也不会买比可口可乐或者美国电话电报公司风险更大的股票。他的遗嘱可能会这样写:本人将构成我的全部财产的所有款项和所有房地产留给我的亲爱的妻子玛莎·格林拉弗·马龙。虽然他早就不爱他的妻子,但是他尊重她的判断,这是立下的一个普通的遗嘱。

直到那个季节为止,马龙的亲朋好友当中很少有人去世。但是,他四十岁那一年似乎是亲人与朋友陆续去世的一年。住在梅肯的弟弟死于癌症。他的弟弟去世的时候还只有三十八岁,而他还是马龙药品批发公司的负责人。而且,汤姆·马龙还娶了一个漂亮的妻子,J. T. 常常很羡慕他。但是,血总是比嫉妒要浓,所以,汤姆的妻子打电话来说他身体不行了的时候,马龙就开始收拾旅行箱了。玛莎反对他这趟旅行,因为他自己的身体也不好,于是两人争论了好久,结果他误了开往梅肯的火车。就这样他没有能再见一面活着的汤姆,而死后的汤姆脸上的颜色搽得太红了,而且尸体收缩得厉害。

玛莎安排好照顾孩子的人之后,于第二天赶到。马龙是长子,所以他是涉及经济问题的发言人。马龙药品批发公司的事务比任何人所能想象的要糟。汤姆是一个酗酒成性的人,露西尔则是一个挥霍浪费的女人,因此马龙药品批发公司面临破产。马龙把账册和数字检查了好几天。他弟弟身后留下两个读中学的男孩子,而露西尔在面临要自己出去谋生的时刻,含含糊糊地说她要到一家古董店去。但是,梅肯的古董店里也没有空缺可以让她去填,此外,露西尔连古董和废品都分不清。她现在已经不再是一个漂亮的女人了,所以她对于男人的死亡也没有什么好哭的,只是说他把马龙药品批发公司管得一团糟,丢下她一个寡妇,带着两个还没有长大成人的孩子,也不知道该怎样去找工作。J. T. 和玛莎住了四天就回家了。办完葬礼临走的时候马龙递给露西尔一张四百元的支票让她一家人度过难关。一个月以后露西尔在一家百货公司找到一份工作。

凯伯·比克斯塔夫死了,而他在米兰电气电力公司倒在办公桌上死去之前的那同一个早晨,马龙还见过他,并且跟他说过话。马龙竭力要记起那天早晨凯伯·比克斯塔夫的每一个动作和每一句话。但是,假如他不是在上午十一点钟的时候倒在办公桌上,因中风而猝死,那些动作和话语太平常了,根本就不会让人注意的。马龙给他递上可乐和奶油花生饼干的时候,他身体似乎非常棒,完全是一个平平常常的人。马龙还记得他买可乐的时候还要了一粒阿司匹林,可是这也没有什么不寻常的。他走进药房的时候还说了一句,"你热不热,J. T. ?"这也是极平常的。可是凯伯·比克斯塔夫一个钟头之后死了,于是,可乐、阿司匹林、奶油花生饼干、那句客套话,就像死死地嵌着的神秘之物,老是在他心头浮现。赫尔曼·克莱恩的妻子死了,他的商店关门歇业已经整整两天了。赫尔曼·克莱恩现在已经用不着把酒藏在药房的配药间里,而是可以在他自己的家里喝了。第一洗礼教堂的执事比尔德先生那年夏天也死了。所有这些人都不是与马龙关系密切的人,而他们在世的时候,马龙对他们也不感兴趣。但是去世之后他们都像同样奇怪地死死嵌着的神秘之物,挥之不去,那是他们在世的时候所没有的。所以马龙的这个夏天就是这样度过的。

马龙害怕跟医生说话,而且又不能对他自己的妻子说那些藏在心底的话,于是他就默默地艰难度日。华生博士是一个和蔼的传道士,他是针对活着的人讲话,他的话不是说给即将死去的人听的。他把圣餐比作一辆汽车。他说人们应该不时让自己吃饱喝足,以便继续他们的精神生活。这一次的讲道使得马龙很生气,虽然他也不知道是什么缘故。第一洗礼教堂是城中最大的教堂,整座教堂粗略算一算,也值两百万。教堂的执事都是财力雄厚的人。教会的支柱,百万富翁,富有的医生,公用事业公司的老板。但是,尽管马龙每个星期天都去做礼拜,尽管他们在他看来都是些虔诚的人,但是,很奇怪他对他们都敬而远之。虽然每一次讲道结束的时候,他都与华生博士握手,但是他与他话不投机,他与任何其他的崇拜者也是话不投机。但是他是在第一洗礼教堂出生和养育的,而且他也想不起任何其他的精神抚慰,因为关于死他羞于启齿、不敢说出口。所以,在十一月的一个午后,他第二次住院刚刚出来,他穿上新定做的牛津布灰色外套,前往牧师寓所。

华生博士感到很意外地出门迎客。"你看上去气色很好,马龙先生。"马龙穿了新衣服,他的身体似乎也变瘦了。"很高兴你到我这儿来。我一直很喜欢见我的堂区居民。今天有什么事吗? 喝一杯可乐好吗?"

"不用,华生博士。我想谈谈。"

"谈什么?"

马龙的回答声音很轻,而且几乎听不见。"谈死。"

"拉蒙娜,"华生博士大声喊叫仆人,而且很快有人答应,"给马龙先生和我一些可乐,要加柠檬汁。"

可乐送上来的时候,马龙穿着做工精细的法兰绒长裤的干瘪的腿一会儿翘起来,一会儿又放下。一阵羞耻感使他的苍白的脸泛起了红晕。"我的意思是,"他说道,"你应该知道这一类的事情。"

"什么事情?"华生博士问道。

马龙很勇敢,很坚决。"关于灵魂的事,以及来世的情况。"

讲道的时候,而且又有二十年的经验,华生博士可以非常流利地讲道,大谈灵魂;可是现在坐在自己的家里,他的流利变成了尴尬,于是他只说了一句,"我听不懂你说的是什么意思,马龙先生。"

"我的兄弟死了,凯伯·比克斯塔夫在这里死了,比尔德先生死了,七个月的时间里他们都死了。他们死了以后会出现什么情形?"

"我们都要死的,"身体肥胖、肤色苍白的华生博士说道。

"其他的人不知道他们什么时候会死。"

"所有的基督教徒都要有死的思想准备。"华生博士心里想这个话题变得病态了。

"可是死的思想准备怎样做?"

"要活得理直气壮。"

"什么叫活得理直气壮?"马龙从来不偷,几乎不撒谎,他生活中唯一一件事他知道是一个不可饶恕的滔天大罪,发生在好多年前,而且只持续了一个夏天。"告诉我,华生博士,"他问道,"什么叫永生?"

"对我来说,"华生博士说道,"它是尘世生活的延伸,但是又更加强化了。这样说回答了你的问题了吗?"

马龙想着他的生活的单调乏味,心中纳闷这样的生活怎么能强化。来世的生活还是照样枯燥乏味,这就是为什么他努力抗争以便坚持继续活着的缘故吗? 他浑身颤抖,虽然牧师寓所里很热。"你相信天堂与地狱吗?"马龙问道。

"我不是一个严格意义上的基要主义者,但是我认为一个人在世上做的事预示他的永生。"

"可是假如一个人只是做普普通通的事,也不好,也不坏,那又怎样呢?"

"什么是好事,什么是坏事,不是依据人的判断来决定的。上帝知道真理,救世主也知道真理。"

这些日子以来马龙常常祈祷,但是他在向什么祈祷,他也不知道。谈话再继续下去已经没有什么意义了,因为他是得不到答案的。马龙把可乐杯子放在身边的杯垫上,然后站起身来。"哦,多谢了,华生博士,"他抑郁地说道。

"我很高兴你来找我谈话。我的家始终对想讨论精神问题的我的堂区居民开放。"

马龙身体疲惫,神情茫然而恍惚,在十一月的暮霭中穿行。一只羽毛漂亮的啄木鸟在电线杆上啄着,发出空洞的声音。除了啄木鸟的声音,黄昏是一片寂静。

很奇怪,爱好节奏单调的诗歌的马龙会想着记在心里的这些字句:最大的危险,即失去一个人的自我的危险,会悄悄地被忽视,仿佛这是区区小事;每一件其他东西的丧失,如失去一个胳膊,失去一条腿,失去五元钱,失去一个妻子,等等,那是必定会引起注意的。这些思想,虽然是注定的,是平平常常的,就像他自己的一生一样,但是它们的不谐之音听起来仿佛城市大钟的粗重噪声,单调而沉闷。

第 九 章

那年冬天,法官在舍曼的问题上犯了一个严重的错误,而舍曼在法官的问题上则犯了更加严重的错误。由于两个人的错误都是胡思乱想所造成的,一个是在遭受挫折的男孩的心中萌生,一个是在老人的衰老的脑袋里滋长,因此,他们之间的关系出现了很大的问题,仿佛它被他们各自芜杂滋蔓的梦想所窒息。于是,起初是非常愉快与明晰的相互关系,到了十一月底,已经失去了原有的光泽。

是老法官首先说及了他的梦想。有一天他神秘兮兮而又饶有兴致地打开他的保险箱,取出一叠文稿交给舍曼。"仔细读读,孩子,因为这可能是我作为一个政治家对南方的最后贡献了。"

舍曼读了,感到迷惑不解,不是因为文稿的华丽词藻和书写凌乱的文字,而是因为他所读到的文稿的内容。"不要去管书法的风格和词语的拼写,"法官很快活地说道。"重要的是思想的鲜明性。"舍曼读到的是关于南方邦联的货币那一部分,当时法官在一旁观察,非常自豪的样子,并等待着读完之后的赞扬声。

舍曼长有细凹槽的鼻孔扩张了,而且他的嘴唇在颤抖,但是他没有说话。

法官富有激情地开始讲话。他讲述外国货币贬值的历史以及战败国兑换自己的货币的权利。"在每一个文明国家战败国的货币都实现了兑换——贬值那是肯定的,但是都兑换了。看看法郎、马克,还有里拉,再看看,上帝啊,甚至还有日元。"这最后一种货币的兑换尤其让这个老头感到恼火。

舍曼的暗灰蓝色的眼睛注视着法官颜色更深的蓝眼睛。起初关于所有这些外国货币的一番话让他感到迷惑,他不知道法官是不是喝醉了。但是时间还不到十二点钟,而法官要到正午时分才会开始喝香甜热酒。可是老法官陶醉在梦想中,正富有激情地说着话,于是舍曼被打动了。由于舍曼对于老法官所讨论的话题一窍不通,因此打动他的是雄辩、重复和节奏,是充满激情的煽动所使用的语言,既毫无意义又言过其实,而这种语言老法官运用起来最得心应手。于是舍曼的长有细凹槽的鼻孔扩张了,但是他什么话也没有说。说到法官,由于他孙子对他的梦想态度非常冷淡曾经让他非常伤心,因此现在遇上了一个深深着迷的听众,他就即刻认定了,于是他乘胜前进。而舍曼,虽然他对杰斯特说的话几乎没有相信过一句,但是现在却倾听法官的慷慨激昂的长篇演说,他非常地专心,同时也感到惊讶。

一段时间之前,法官收到了参议员梯普·托马斯的一封来信,那是他对舍曼写的关于举荐杰斯特进入西点军校的第一封请求信的回信。参议员在回信中用了重重叠叠的客套话表示,一旦有机会,他就会很高兴地推荐他的老朋友和政治家同事的孙子。然后老法官和舍曼又一起努力给参议员梯普·托马斯写了一封信。这一回老法官也用同样的重重叠叠的客套话提到了已故的托马斯太太和现在健在的托马斯太太。老法官居然真做过首都华盛顿众议院的议员,在舍曼看来这似乎一直是一大奇迹。这荣耀也反映在舍曼的身上,这位把茶盘放在书房的小桌子上的名副其实的文书。后来收到了托马斯参议员的复信,信中提到了法官过去给予他的帮助,并保证杰斯特会得到西点军校的职位的——巴结讨好老法官——在舍曼看来这就像变魔术似的。这真太具有魔力了,舍曼连表示公然蔑视的妒忌心都加以抑制,不敢流露,因为他自己寄到华盛顿去的信一个回音都没有。

尽管法官说起话来头头是道,但是他也是个老出差错的人,而且不要多久,可以肯定地说,他不知不觉之间就要说错话。他开始大谈赔偿的问题,赔偿烧毁的房屋,赔偿烧毁的棉花,而且让舍曼感到耻辱和强烈反感的是,他还说到赔偿黑奴。

"黑奴,"舍曼说道,说话的声音因惊讶而几乎听不见。

"是啊,当然要赔,"法官心境很平静地继续说道。"奴隶制是棉花经济的基础和支柱。"

"可是林肯解放了黑奴,另外一个叫舍曼的人①烧毁了

---

① 即美国内战时期联邦军将领威廉·T. 舍曼(一译谢尔曼),(William Tecumseh Sherman,一八二〇——一八九一),一八六四年率领军队攻克亚特兰大。——译注

棉花。"

由于法官心里只有他的梦想，因此他忘记他的文书是一个黑人。"毫无疑问那是个悲哀的时代。"

法官茫然不知所措，心中只觉得纳闷，他为什么会失去一个听得入迷的听众，因为此时的舍曼不但没有听得入迷，反而因愤怒和耻辱而发抖。他有意地拿起一支钢笔，把它折成两截。法官甚至没有注意到这一举动。"这样一来有许多统计工作要做，有许多计算工作要做，确实有大量的工作要做。但是我的竞选活动的座右铭是'拨乱反正'，正义是在我这一边。打个比方说，我只要把球踢起来就行了。我是一个天生的政治家，知道如何与人合作，如何处理棘手的问题。"

舍曼觉得法官的梦想已经完全暴露，所以他能将它的各个方面看得一清二楚。他满怀热情倾听法官讲述他的梦想，然而他最初那股热情现在已经完全消退。"有大量的工作要做，"他声音沉闷地说道。

"最让我感动的是整个思想的朴素。"

"朴素，"舍曼用同样沉闷的声音重复了这个词。

"对，天才的朴素。也许我写不出'是活着还是不活'这样的台词，但是我的复辟南方的思想绝对是天才思想。"衰老的声音颤抖着，要求得到别人的肯定。"你觉得是这样吗，舍曼？"

这时舍曼在回头寻找快速逃生的办法，因为他生怕法官突然做出疯狂的举动，于是他只是说："不对。我觉得这不是天才，连常识也算不上。"

"天才和常识分别属于思想的两个不同的 polarities。"①

---

① 英语 polarities 是"极端"一词的复数形式。——译注

舍曼记下了 polarities 这个词，心想他以后要去查一下；别的不说，他从法官的词汇中受益匪浅。"我要说的只有一句话，你的计划会让时钟倒转一百年。"

"那将是我最最喜欢的，"狂热鲁莽的老法官说道，"而且，我觉得我是能够实现的。我有担任要职的朋友，他们非常讨厌这种所谓的自由主义，现在就只等着一声投入战斗的号令了。我毕竟是一名南方资深政治家，因此我发一个声音，就会引起重视；也许一些意志薄弱的姐妹们会犹豫不决，因为这里牵涉到许多具体的统计数字和簿记问题。但是，上帝呀，假如联邦政府为了收取我的所得税可以做到连一分一厘都不能少，那么，我的计划要执行起来就非常容易了。"

法官这时放低了声音。"我从来没有填报过州所得税，也永远不会去填报的。我不会到处传播，舍曼，我是非常相信你才说的。我交联邦所得税是迫不得已的，所以是非常不愿意的。我说了，许多地位很高的南方人都跟我一样，因此他们会听从战斗的号令的。"

"可是你的个人所得税跟这个又有什么关系呢？"

"关系大着呢，"老人说道，"非常大的关系。"

"我不明白。"

"毫无疑问全国有色人种协进会要拼命反对我。不过，勇敢的人渴望参与战斗，假如这场战斗是正义的话。多少年来我一直都很想与全国有色人种协进会争论一番，迫使他们来一场决战，从而彻底打败他们。"

舍曼只是睁大眼睛注视着老法官充满激情的蓝眼睛。

"对于以破坏南方的基本原则为己任的恶言诽谤的压力集团，所有南方的爱国者都是一样地仇恨。"

舍曼说："听你说话，好像你是相信奴隶制的。"他说这个话的时候他的嘴唇和他的鼻孔因情绪激动而颤抖。

"是啊，我当然相信奴隶制。文明是建立在奴隶制的基础上的。"

老法官依然把舍曼看作是一个宝，一个难得的人才，他在充满偏见的激情爆发的时候忘记了舍曼是一个黑人。而在他看到他的难得人才情绪如此激动的时候，他竭力做出弥补。

"假如不是真正的奴隶制，至少也是建立一种幸福的劳役抵债制度。"

"谁幸福？"

"人人都幸福。认为奴隶都想获得解放，你有过这种一刹那的念头吗？不对，舍曼，许多奴隶一直都对他们的老主人忠心耿耿，到死的时候都不愿解放。"

"狗屁。"

"你说什么？"老法官问道，他有时候会根据需要变得耳聋。"我还听说北方的黑人情况很糟糕——异族通婚啦，没有一个躺下来歇息的地方啦，生活非常地糟糕悲惨。"

"一个黑鬼还是宁可做纽约哈莱姆黑人居住区的灯柱，也不愿意做佐治亚州的州长。"

法官侧过那只还没有聋的耳朵。"没听清，"他轻声说道。

舍曼一直以来都觉得，所有的白人都是疯子，他们的地位越高，他们的言语行为就越古怪。在这件事情上，舍曼认为他掌握着冷静和冷酷的真理。政治家们，从州长到国会议员，从县治安官到行政长官，他们在偏见和暴力方面，都是一个样的。舍曼思考着他们的种族所遭受的每一个私刑，每一次爆炸，或每一次侮辱。在这一方面，舍曼具有一个青少年的易受伤害性和敏感性。一想到那些暴行,他就觉得所有的不幸都是针对他的。所以,他是生活在恐惧和焦灼不安的状态中。他这种态度是有事实依据的。在桃县没有一个黑人参加过投票选举。一个学校老师登记了选举,可是到了投票站,他被拒之门外。还有两个大学生也有同样的遭遇。美国宪法第十五条修正案规定黑人有选举权,然而没有一个舍曼认识的或者听说过的黑人参加过选举。是的,美国宪法本身就是骗人的。假如他对杰斯特说的故事不是真的,即关于金色尼日利亚人俱乐部和纸棺材的故事,那么,他听说过另外一个县里一个俱乐部的真实故事;即使米兰金色尼日利亚人俱乐部确实没有发生过这样的事,他知道别的地方的俱乐部是发生过的。由于他的想象涉及所有的灾难,因此,他觉得他在报上看到的或者听人说的任何不幸,都完全有可能发生在自己身上。

这种焦虑状态促使舍曼认真对待老法官,比他在心情比较平静的时候要严肃得多。奴隶制!老法官是不是在计划把他的种族沦为奴隶?这不合情理。可是在种族关系上他妈的什么东西是合乎情理的?第十五条修正案早已经是一纸空文,而美国宪法就舍曼个人而言都是骗人的。还有司法公正!舍曼了解当代以及他还没有出生的时代发生的种种私刑、种种暴力,而且他自己身上就受到过种种虐待,因此,他一直生活在紧张和恐惧之中。否则,他会把老法官的计划看作是一个衰老的头脑的产物。可是,由于作为一个南方的黑人,又是一个孤儿,他经受过如此真实的悲惨与潦倒,因此,他觉得,老法官的极为荒诞的幻想不但是可能的,而且在舍曼的目无法纪的土地上是不可避免的。种种事实联系起来都说明他的想象和担忧是有道理的。舍曼深信,所有南方的白人都是疯子。

一个黑人孩子被处以私刑，就因为一个白人妇女说他朝她吹口哨。因为一个白人妇女说她不喜欢黑人看她的那种眼神，所以这个黑人就被一名法官判了刑。吹口哨！看人的眼神！他充满反感的心头怒火燃烧，就像造成幻景的某一片热带大气那样，他浑身颤抖。

中午，舍曼调好了酒，但是他和法官两个人都没有说话。然后，在一个小时之后到了午后正餐时间，舍曼伸手要取一听龙虾，这时维莉丽说道：

"这个你不用拿，舍曼。"

"为什么不可以，老婆子？"

"昨天你开了一听金枪鱼罐头，给自己准备了乱七八糟的金枪鱼三明治。金枪鱼罐头还剩好多，够你今天做一个三明治的。"

舍曼不理睬，只管自己开龙虾罐头。"还有，"维莉丽继续说道，"你应该和我们大家一样，在厨房里吃羽衣甘蓝和纯玉米面包。"

"黑鬼的腔调！"

"哼，你以为你是谁！是示巴女王吗？"①

当时舍曼正在拿龙虾和蛋黄酱块与切碎的酸黄瓜放在一起搅拌。"随你怎么说总之我可不是像你这样的十足的黑鬼，"他对肤色非常黑的维莉丽这样说道。"瞧瞧我的眼睛。"

"瞧见了。"

舍曼忙着在他的龙虾三明治上涂着。

---

① 示巴女王(The Queen of Sheba)是《圣经》中朝觐所罗门王，以测试他的智慧的人。见《圣经·列王纪》上卷第十章第一节，以及《圣经·历代志》下卷第九章第一节至第十二节。——译注

"这龙虾是准备星期天晚上我不在的时候晚餐上用的。我一定到法官那里去揭发你。"

但是由于舍曼现在仍旧是一个宝，一个难得的人才，所以这样的威胁是没有用的，而且两个人都知道这一点。

"去呀，去揭发，"舍曼说道，一边在他的三明治上涂着黄油面包的酸黄瓜。

"就因为你有蓝眼睛，这可不是你行为耀武扬威的理由。你是跟我们大家一样的黑鬼。你只不过是有一个白人老爸，蓝眼睛传给了你，这没有什么可以了不起的。你跟我们大家一样是个黑鬼。"

舍曼端起盘子，小心翼翼地悄然穿过客厅到了书房。但是，尽管有宴会三明治，他还是吃不下。他在想法官说的话，那张黑脸上的两只眼睛目光凝视，神色冷峻。他内心觉得法官的话大抵是疯话，但是焦虑不安使舍曼产生了偏激思想，他无法作理智的思考；他只能跟着感觉走。他想起了一些南方人的竞选演说，狡猾、狂热、气势汹汹。对舍曼来说，法官的言词与许多其他南方政治家一样疯狂。疯子，疯子，疯子。他们都是疯子！

舍曼没有忘记，法官曾经是一名国会议员，拥有美国的最高职位之一。而且他认识身居要职的人。就拿梯普·托马斯参议员的回信来说吧。法官非常的精明——老奸巨猾——他会人不知鬼不觉地巴结讨好。在思考法官的权力的时候，舍曼忘记了他身患疾病；舍曼甚至连想都没有想到过，曾经做过众议员的这个老人的脑子到了年老的时候会衰退。奇泼·穆林的爷爷到了年老的时候大脑就不管用了。穆林老先生吃东西的时候脖子上得围上毛巾，他不会剔西瓜子，而是瓜瓤和瓜子一齐吃下；他没有牙齿，但是会用牙床咬炸鸡；最终，他只好进县老人院。而说到老法官，他每次用餐的时候都先要仔仔细细摊开餐巾，而且用餐时举止高雅，他自己无法用刀叉吃的时候，他会叫杰斯特或维莉丽帮助。那是仅有的两个舍曼真正认识的很老的老人，而这两个老人之间则有天壤之别。所以舍曼从来没有想过老法官大脑退化的可能性。

舍曼眼睛盯着精心制作的龙虾三明治，看了好长一会儿工夫，但是焦虑的心情不容他定下心吃起来。他没有吃一口黄油面包的酸黄瓜就重又回到厨房里。他想喝酒。他想喝一点杜松子酒，加汤尼水，一半对一半，这样他才可以稳定情绪，定心地吃。他心里知道这样一来他又要跟维莉丽争吵一通，但他还是径自走进厨房，抓起了酒瓶。

"瞧那边，"她说道，"瞧那示巴女王在做什么。"

舍曼不慌不忙地倒酒，并且加上冷的汤尼水。

"我一直对你客客气气的，舍曼，可是我一开始就知道，对你客气是没有用的。什么东西让你变得这么冷冰冰的、这么神气？是不是从你老爸那里遗传的蓝眼睛？"

舍曼样子傲慢地从厨房里走出来，手里拿着杜松子酒，又回到书房小桌子前坐定。酒一下肚，他心里的思绪更加纷乱了。舍曼在寻找亲生母亲的时候，几乎没有想到过他的父亲。舍曼只认为他是一个白人，他想象这个不知道是谁的父亲把他的母亲强暴了。因为每一个男孩的母亲都是高尚贞洁的，而假如她是一个虚构的人则尤其如此。因此，他讨厌他的父亲，就连想都不愿意去想他。他的父亲是一个白人疯子，他强奸了他的母亲，留下了蓝色、异样的眼睛这一个私生子的证据。他并没有像寻找生母一样寻找过他的父亲，因为对他的母亲的梦想给了他慰藉,但是一想到他的父亲他心头完全是憎恨。

午餐之后法官像通常那样躺下来休息的时候,杰斯特走进了书房。此时舍曼仍旧坐在小桌子前,盘子里的三明治连动也没有动过。

"这是怎么回事,舍曼?"杰斯特注意到了神情痴迷的眼睛里的因喝酒而表现的困倦。

"滚你妈的蛋,"舍曼粗鲁地说道,因为他可以用这种语言说话的唯一的一个白人是杰斯特。但是他现在是处在什么语言都无法让他舒心的状态中。我恨,我恨,我恨,他心里这样说道,他沉思、他醉醺醺的,他两只视而不见的眼睛注视着打开的窗子。

"我常常在想,假如我生来就是一个尼日利亚人,或者说生来就是个黑人,我是无法忍受的。我佩服你,舍曼,佩服你能经受住这个的毅力。"

"哼,别跟我来这一套。"

"我还常常想,"杰斯特继续说,他是在一本书上看到这样的思维,"假如耶稣是出生在今天,他就是一个黑人了。"

"行了,他不是。"

"我怕——"杰斯特说了一半,觉得很难说下去。

"你这个胆小怕事的娘娘腔,你怕什么?"

"我是怕假如我是一个尼日利亚人,一个黑人,我会变成神经质的。严重神经质的。"

"不会,你不会。"他右手的食指做了一个用刀割的姿势,迅速地在脖子上划了一下。"一个神经质的黑鬼就死定了。"

杰斯特心中纳闷,要跟舍曼交朋友为什么就这么难。他的爷爷常常说:"黑就是黑,白就是白,假如我能阻止,两者就不会走到一起来。"而《亚特兰大法规报》说南方人是友好的。他怎么能对舍曼说,他跟他的爷爷不一样,他是一个友好的南方人呢?

"就像我尊重白人一样,我是完全尊重黑人的。"

"你确实是一个很无聊的人。"

"考虑到黑人的遭遇,比起白人来我更尊重黑人。"

"黑鬼坏人到处都是,"舍曼喝完杜松子酒这样说道。

"为什么对我说这个话?"

"就是要警告凸眼睛的娃娃。"

"我是要真心实意地说说我在种族问题上是怎么想的。可是你对我说的话一点都不重视。"

由于喝了酒以后舍曼心中的郁闷和愤怒越加严重,因此,他用气势汹汹的口吻只说,"有犯罪记录的黑鬼坏人和像我一样没有犯罪记录的别的人。"

"为什么跟你交朋友这么难?"

"因为我不想要朋友,"舍曼撒了一个谎,因为除了要一个母亲之外,他最想要的就是一个朋友。他钦佩奇泼,惧怕奇泼,虽然奇泼总是侮辱他,从不洗一个碟子即使舍曼又烧又煮的,而且对他的态度完全像他现在对待杰斯特一样。

"行了,我要到机场去了。想一块儿去吗?"

"要开飞机我就开自己的飞机。绝不开像你开的那种租来的蹩脚飞机。"

于是杰斯特也只好就这样走了;舍曼见杰斯特沿车道走着,他两眼注视,心中寻思,非常嫉妒。

下午两点钟,法官午睡醒来,洗了一把尽是睡觉痕迹的脸,于是感觉喜悦而清醒了。上午的紧张气氛他一点都不记得了,而走下楼来的时候一边还在哼着曲子。听见楼梯上的沉重吃力的脚步声和不成调子的歌声,舍曼朝客厅门做了一个怪脸。

"孩子,"法官说道,"你知道我为什么宁愿做福克斯·克莱恩,也不愿做莎士比亚,不愿做朱利厄斯·恺撒吗?"

"不知道,"舍曼说话的时候嘴唇都没有动一下。

"也不愿做马克·吐温,不愿做亚伯拉罕·林肯,不愿做贝贝鲁斯①,知道为什么吗?"

舍曼只是摇了一下头,没有说话,心里想这到底是在搞什么名堂。

"我宁可做福克斯·克莱恩,也不愿做这些伟人、名人。你就猜不出这是为什么吗?"

这一回舍曼只是朝法官看着。

"因为我活着。在你想着许许多多这些死人的时候,你明白了活着是多重要的特权啊。"

"有些人跟死已经没什么两样了。"

法官没有理会这句话,并且说道,"在我看来,活着就是了不起。舍曼,你不觉得吗?"

"没怎么样,"他说道,因为他很想回家去,睡一觉醒醒酒。

"想一想黎明。还有月亮,星星,苍穹,"法官继续说着。"想一想水果酥饼和酒。"

对于宇宙和日常生活的享受,舍曼冷漠的双眼是带着鄙视的目光去想的,因此他没有回答。

①　贝贝鲁斯(Babe Ruth,即 George Herman Ruth,一八九五——一九四八),美国棒球运动员。——译注

"我小中风的时候,塔顿大夫非常坦率地对我说,假如小中风损坏了大脑的左半部,而不是右半部,我的智力就要受损,永久损坏了。"法官的说话声因畏惧、惧怕而放低了。"你能想象活在这样的状态之下的情景吗?"

舍曼能想象:"我认识一个人,他中风之后眼睛瞎了,智力就像一个两岁的孩子。县老人院都不肯接收。疯人院也不愿接收。我不知道他最后的情况怎么样。可能死了吧。"

"哼,我没有碰上这样的事情。我只不过是运动神经轻微受损……就左臂和左腿,也是非常轻微的损伤……但是智力完好无损。所以我对自己说:福克斯,你是该诅咒上帝,诅咒日月星辰,诅咒命运,因为有了一点小小的损伤而其实并没有给我造成多大麻烦,还是我①该去赞颂上帝,赞颂日月星辰,赞颂大自然,赞颂命运,因为我的身体并没有大碍,我的智力很健全,到底是哪一个呢? 因为,毕竟,假如我的智力很健全,我的精神很愉快,一条小小的胳膊,一条腿,受到损伤,那又算得了什么。于是,我对自己说:福克斯·克莱恩,你还是赞颂为好,不住地赞颂。"

舍曼看着那只萎缩的左臂和永远握紧的手。他替法官感到难受,而同时又恨自己怀有同情心。

"我认识一个小男孩,他得了小儿麻痹症,没法子,两条腿只好绑着铁护腿,走路要用铁拐杖……一辈子瘸腿,"舍曼说道,他还在报纸上看到过这样的一个孩子的照片。

法官心里在想,这个舍曼什么可怜的人都知道,于是他两眼噙着泪水,口中喃喃道,"可怜的孩子。"法官并没有因同情

---

① 法官下半句话改用第一人称来赞颂,因为已经远离开首的呼语。——译注

别人而恨自己；他并不可怜自己，因为总的说来他是很愉快的。毫无疑问，他真想每天吃上四十个烘烤冰淇淋蛋糕，不过，总的说来，他已经很知足了。"我宁愿坚持任何的规定食谱，也不愿意在不得已的情况下动手铲煤，或者去弹竖琴。我连自家的炉子也从来都不会生，而且我也没有一点音乐的天分。"

"就是，有的人是五音不全的。"

法官没有理睬这句话，因为他总是唱歌，也觉得唱得很好，没有走调。"我们接着处理信函吧。"

"现在你要我写什么信呢？"

"信多着呢，我个人认识的每一位众议员和参议员，以及可能会赞同我的意见的真正的政治家。"

"你要我写哪一种信呢？"

"大意就是我上午跟你说的。有关邦联货币和对全体南方人民的回报。"

酒的活力已经转化为郁闷的愤怒。虽然他在情绪上已经激发起来，但是他打哈欠了，一个接一个地打哈欠，样子十分粗鲁。他在考虑他的轻松、干净、可以指挥人的工作和今天上午的谈话带给人的震惊。舍曼喜爱的他也喜爱，舍曼钦佩的他也钦佩，而并不存在模棱两可的情绪状态。到现在为止他不但喜爱法官而且崇敬他。还有谁当过众议员，当过法官；还有谁会给他一份轻松、高雅的工作，当一名文书，而且让他在书房桌子上吃宴会三明治？所以舍曼现在是左右为难，而且，他说话的时候那张多变的脸在颤抖，"你说的意思是还牵涉到奴隶制的那个部分？"

法官现在知道他说的话有问题了。"不是奴隶制，孩子，而是北方佬解放的奴隶的赔偿问题。经济赔偿。"

舍曼的鼻孔和嘴唇像蝴蝶一样颤抖。"我不写,法官。"

法官还从来没有听人家对他说过一个"不"字,因为他的要求通常都是合情合理的。而现在他的至宝,他的难得人才,拒绝了他的要求,于是他叹息道,"我不明白你的意思,孩子。"

而舍曼,由于听了任何亲切的称呼都很高兴,尤其是因为他很少听到过人家这样称呼过他,因此他一时非常得意,差一点笑出声来。

"这么说你拒绝写这一批信件啰?"

"没错,"舍曼说道,因为他觉得有权拒绝也是很了不起的。"我不会做要把时钟倒转差不多一个世纪的人的帮凶。"

"时钟不会倒转的,时钟会朝前转一个世纪的,孩子。"

这是法官第三次这样称呼他,于是,一直在舍曼性格里蛰伏的疑心开始无言地躁动。

"巨大的变革总是推动时钟朝前转。尤其是战争。假如没有发生第一次世界大战,女人们至今还穿着齐脚跟的长裙。而现在年轻的女子像木匠一样穿着工装裤到处跑,就连最漂亮、最有教养的姑娘都这样穿。"

法官看到过艾伦·马龙穿着工装裤到她爸爸的药房去,他见了感到惊愕,也替马龙感到尴尬。

"可怜的 J. T. 马龙。"

"你为什么要这样说?"舍曼问道,他被法官流露的同情心以及话语中的神秘莫测的语调所触动。

"我担心,小子,马龙在这个世上的日子不长了。"

由于舍曼一点都不关心马龙先生的情况,而且他心里没有的感情也不想装模作样,因此他只说了一句,"要死了吗?

太糟了。"

"死亡比太糟还要糟。其实,世上的人谁都不知道死亡到底是怎么一回事。"

"你非常相信宗教吗?"

"不是,一点都不是这样。我是怕——"

"你为什么经常说铲煤和弹竖琴?"

"哦,那不过是一个比喻说法。假如我怕的就是这个,假如我被送到那个可怕的地方,我就要与其余的罪人一起铲煤,他们许多人我事先就已经认识了。万一我被送上天国,上帝呀,我就要学会做一个懂音乐的人,像瞎子汤姆①或者卡鲁索②一样。我怕的不是这个。"

"那么你怕什么呢?"舍曼问道,他从来没有仔细想过死亡。

"空茫,"老人说道。"无穷的空茫和忧郁,而且我独自一人处在这样的环境中。没有人可以爱,没有东西可以吃,什么都没有。就这样躺在那无穷的空茫和忧郁中。"

"那样我也会讨厌的,"舍曼随口说了一句。

法官想起了他的中风,而且他心里的想法也是毫无掩饰,明明白白的。虽然他对别人说起他的病总是轻描淡写,大事化小,说只是"小中风"而已,或者是"轻度脊椎灰质炎",但是,他对自己是说真话的;这就是中风,而且他差一点就死了。他记起了摔倒对他的打击。他伸出右手去摸那只瘫痪的手,而

---

① 托马斯·格林·白休恩(Thomas Greene Bethune,一八四九——一九〇八),黑奴之子,美国内战时期国际公认的音乐奇才。——译注

② 卡鲁索(Enrico Caruso,一八七三——一九二一),意大利著名男高音歌唱家。——译注

那只手并没有感觉,只有一种沉重的冷、湿感,没有运动能力或感知。左腿也一样,只觉得沉重而没有感觉,在那些漫长时光里的无端激动中,他认为他身体的一半已经神秘地死亡。他叫不醒杰斯特,就大声呼喊他的妻子,呼喊他的死去的父亲,他的哥哥波——不是要加入他们的行列,而是在他痛苦的时候借助喊叫他们,来寻找安慰。第二天一早人们发现他病倒了,于是把他送到市立医院,经过治疗他又开始活着。他瘫痪的四肢一天天恢复知觉,但是,中风致使他感觉迟钝,而不被允许饮酒和吸烟更增添了他的苦恼。由于他既不能走路,又抬不起左手,因此,他就自己找事做,他做填字游戏,阅读推理小说,玩单人扑克。他已经没有什么可以企盼了,只是等着一日三餐,而医院的食物又引不起他的食欲,虽然他盘子里的食物都吃得一口不剩。然后有一天,他突然想起了邦联货币这个主意。是突然想起来的;这个主意的突然想起来,就像一个孩子唱的突然编出来的歌一样。一个主意接着一个主意连续想起来,于是,他就思考、创作、梦想。那是十月的天气,一股舒适的寒气在清晨和黄昏时分袭来。在经受了米兰夏日的炎热和刺眼的强光之后,人们发现,此时的阳光就像蜂蜜那样纯净和清明。思想的活力带来了更多的思考。法官对膳食专家解说如何煮出好咖啡,无论是医院里还是在家里,而且不多久他便能在一名护士的搀扶下,慢慢地从病床走到梳妆台前,又从梳妆台前走到椅子边。他的牌友来找他,一起打扑克,但是他的新生的活力来源于他的思考,来源于他的梦想。他精心地掩蔽他的思想,谁也不告诉。普克·塔顿也好,班尼·威姆斯也好,对于一个伟大的政治家的梦想,这些医生懂什么?他出院回家,已经能够走路,左手也略微能动一动,生活几乎跟以前一样。他的梦想仍然埋在心里,因为他还能跟谁去说,而且他年纪大了,又有过一次中风,他的书写已经越来越糟糕。

"假如不是因为中风,手脚瘫痪,在市立医院住院差不多两个月,人几乎跟死了一样,我可能永远想不出这些计划。"

舍曼用一张克林尼克斯纸巾捅鼻孔,但是他没有说话。

"说起来也奇怪,假如我没有走过死亡的阴影,或许我也见不到光亮。难道你不懂为什么这些计划对我来说是无可争辩地宝贵吗?"

舍曼瞧了瞧那张克林尼克斯纸巾,然后慢慢地将它放回他的口袋。然后他开始耍弄法官,伸出右手托住他的下巴,自己的令人毛骨悚然的目光,紧盯着法官纯蓝的眼睛。

"难道你还不明白为什么叫你写我要口述的这些信件是非常重要的吗?"

舍曼依然没有回答,于是他的沉默激怒了老法官。

"难道你不准备写这些信了吗?"

"我已经跟你说过一遍'不',现在再跟你说一遍'不'。你是想叫我在胸口纹上'不'这个字吗?"

"当初你是一个我叫你做什么就做什么的文书,"法官大声说道。"可是现在一点热情都没有,像一块墓碑。"

"没错,"舍曼说道。

"你要跟我对着干,而且什么都不肯说,"法官很有意见地说道,"非常不坦率,假如你现在就站在市中心钟楼面前,你也不肯告诉我几点钟的。"

"我不会哇啦哇啦把我知道的事都说出来的。我要把事情都藏在肚子里。"

"你们这些小孩子遇事都遮遮掩掩——非常地不明事理。"

舍曼心里想的是他掩蔽起来的事实与梦想。斯蒂文斯先生做的丑事他一点都没有说起过,到后来他结结巴巴说了很多,也不知道他说的那些话是什么意思。他跟谁也没有说起过他在寻找他的母亲。跟谁也没有说起过他对玛丽安·安德森的梦想。跟谁都没有说起过,所以谁都不了解他的秘密世界。

"我不会'哇啦哇啦地谈'我的打算。你是我唯一一起讨论过这些打算的人,"法官说道,"而我跟我的孙子只是间接地谈起过这些。"

舍曼暗地里觉得杰斯特是一个机灵的家伙,虽然他从来没有承认过这一点。"他的看法是怎样的呢?"

"他也是一个以自我为中心、遇事遮遮掩掩的人,即使站在市中心钟楼面前,也不会告诉任何人几点钟的。我倒是看好你这个人。"

舍曼心里在权衡他这份轻轻松松、又可以指挥人的工作与要求他写的这些信之间的轻重。"我愿意替你写别的信件。回帖啦,邀请啦,这一类信件。"

"这些信不重要,"法官说道,因为他哪里都不去。"不足挂齿的东西。"

"我愿意写别的信件。"

"别的信件我没有兴趣。"

"要是这个题目叫你这么痴迷,那你自己动手写吧,"舍曼说道,心里非常清楚法官现在写的字是什么样的。

"舍曼,"老人请求道,"我待你就像一个儿子一样,家中有一个忘恩负义的孩子,那比毒蛇的牙齿还伤人。"

法官常常拿这句话来教训杰斯特，但是一点效果都没有。在这孩子还小的时候，他拿手指头塞到他的耳朵里，等到他大了一点，他总是胡闹，让他的爷爷觉得他什么都不在乎。然而舍曼深深地触动了；他的灰蓝色的眼睛惊讶地注视着面前的纯蓝的眼睛。他三次听到法官叫他"孩子"，而且现在老法官对他说话仿佛他是他自己的儿子。舍曼从来没有父母，所以他也从来没有听到过标准的父母责骂孩子的那句话。他从来没有寻找过父亲，而现在仍旧一如既往，对臆想中的形象敬而远之：蓝眼睛的南方人，千千万万个南方人里面有一个。法官的眼睛是蓝的，马龙先生的眼睛也是蓝的。而就眼睛的颜色而言，银行里的布里德勒先生眼睛是蓝的，还有泰勒先生，眼睛是蓝的，在米兰他随口可以说出十几个蓝眼睛的男人，附近村镇有几百个，整个南方就有成千上万个。然而法官是唯一专门选中舍曼来表示好意的白人。而舍曼对好意有怀疑，所以他很想知道：几年前他把他从高尔夫球场水塘里拖上来的时候，法官为什么要把写着外国字、刻着他的名字的手表送给他？他为什么要雇佣他来做这项轻松的工作，还给他吃高档的食品，这个疑问老是在舍曼心头萦绕，虽然他心中的怀疑他是时而肯定，时而又打消。

这件事让他心中无比烦恼，所以他只好把注意力转移到别的烦恼上去，于是说道："奇泼的情书是我写的。当然他写是会写的，可是他的情书没有多少生气，所以从来没有寄给薇薇·克蕾。然后我就替他写'爱情的黎明在我身上悄然降临'，'在我们激情的日落时分我也会钟情于你，就像我现在深深地爱着你一样'。情书很长，因为信中有'黎明'或者'日落时分'和华丽的词语。我常常在话语间插入'我深深爱慕你'，结果不但情书很快就寄给了薇薇,而且薇薇读了信捧着肚子笑个不停。"

"那你为什么不愿意替我写关于南方问题的信呢?"

"因为这个想法很古怪,会把时钟倒拨的。"

"我一点也不在乎人家说我古怪呀,反动啊什么的。"

"情书这么一写,我把自己赶出了一间漂亮的公寓,因为写了这些情书之后,薇薇她突然提出这个问题,奇泼也很高兴地采纳了。这就是说我又得另找公寓了;我替人写情书,结果把房间的地板一块一块写走了。"

"那你只好另找公寓了。"

"难找。"

"我觉得我最讨厌搬家了。虽然我和我的孙子在这座偌大的老屋里就像一个鞋盒里的两粒豆子,哇啦哇啦争吵个不停。"

每当法官想起他家的维多利亚时代风格的华丽房子,以及房子的彩色窗户和古色古香的家具,他就会喟然叹息。这是他因自豪而叹息。虽然米兰人常常说这座房子是"法官的白象"——中看不中用。

"我想我宁愿搬到米兰公墓去,也不愿搬到另一座房子去住。"法官把他说的话又仔细想了一遍,然后他又迅速并且气呼呼地收回这句话:"呸呸,我不是那个意思,孩子。"他小心认真地摸着木头①。"愚蠢的老头说的多么愚蠢的话。我不过是在想,由于有旧时的回忆,要我搬到另一个地方去住是很难很难的。"

法官的说话声在颤动,而舍曼则语气生硬地说,"别为这

---

① "摸木头"或"敲木头"可以避邪是北美的迷信说法,以前是专指橡木、山楂木等,后来只要是木头就灵验,而且既可以是动作,也可以是嘴上说。——译注

事大喊大叫了。没人叫你搬家。"

"我想可能是我对这座房子感情深厚的缘故。有一些人不懂这座房子建筑上的优点。但是我喜欢它,密赛小姐喜欢它,我的儿子约翰尼就在这座房子出生长大的。我的孙子也是在这座房子里长大的。多少个夜晚我就躺在床上,回想往事。你是不是有时候也躺在床上,回想往事?"

"没有。"

"我回忆真实发生的事情,回忆当时可能会发生的事情。我回忆我母亲讲给我听的南北战争的故事。我回忆我在法学院做学生时的那些岁月,回忆我的青年时代,回忆我与密赛小姐结婚。有趣的事情。伤心的事情。我都一件件回忆起来。实际上,在我的记忆里,遥远的过去发生的事情比昨天的事情更加清晰。"

"我听说老年人都是这样的。我看我没有听错。"

"并不是每一个人都能回忆得一点没有出入,像电影那样清清楚楚的。"

"废话,"舍曼压低嗓门说道。可是,尽管他是朝着那只听不见声音的耳朵说的,但是法官还是听见了,他心里很不高兴。

"也许我老是在啰里啰嗦说过去的事,但是对我来说,那些事情就跟《米兰信使报》一样真实。而且更加有意义,因为那是我经历的事情,要不就是我的亲戚朋友经历的事情。早在你出生之前到现在米兰发生的种种事情,我都知道。"

"你知道我的身世吗?"

法官踌躇了一下,很想说不知道;但是他又觉得这件事很难撒谎,于是他没有说话。

"你认识我的母亲吗？你认识我的父亲吗？你知道他们现在在哪里？"

然而，老人陷入了往昔的沉思，不肯回答。"你会觉得我是一个什么都会说的老人，但是作为一名法官，我不会什么话都说，因此，在有些问题上我会像坟墓一样沉默。"

于是舍曼一而再，再而三，不停地请求，可是法官拿过一支雪茄，默默地抽起来。

"我完全有权利知道。"

见法官仍然在那里默默地抽烟，舍曼又开始戏弄人了。他们坐在那里就像不共戴天的敌人。

过了很久，法官说道，"哎，你是怎么了，舍曼？你那样子有点阴险。"

"我是阴险。"

"行了，不要再那样古怪地看着我。"

舍曼还是照样戏弄法官。"不光是这样，"他说道，"我很想炒你鱿鱼。你觉得怎么样？"

说完这几句话，就在午后过了一半之后，他大摇大摆地走了，心里洋洋得意，因为他给了法官颜色看，殊不知他这样做，也让自己倒了霉。

第 十 章

　　虽然法官很少说起他的儿子,但是他经常梦见他。只有在梦中,他的英灵才能留存,因为美梦是怀念和愿望的不死鸟。而他醒来的时候,总是非常的生气。

　　由于法官除了在睡觉之前常常沉浸在美妙的幻想中之外,他几乎是整日生活在眼前世界中,因此,他很少思考他做法官时的过去,而当年他可谓是权力无限——甚至是掌握着生杀大权。他在作出判决之前总是要久久地思考;他不借助祈祷是从来不考虑作出死刑判决的。这并不是说他虔诚地信仰宗教,而是这样的做法多少把责任从福克斯·克莱恩身上一点一点抽走,转移到上帝那里。即使如此,他有时候还是要犯错误。他曾经以强奸罪判处一名二十岁的黑人死刑,而就在这个黑人被处死之后,另外一个黑人供认了罪行。可是,他作为法官应该怎样去负责呢？是陪审团经过充分考虑才宣布他有罪，而没有提出宽大处理；他的判决完全是遵循法律规定和州习惯法。他怎么知道，那个男孩不停叫喊'不是我'的时候，他说的是绝对的真话？这是一个可以埋葬许许多多地方官的错误；但是，尽管法官深深感到遗憾，但是他常提醒自己，这个人是由非常可靠的十二个人组成的陪审团判罪的，而他自己只不过是法律的工具而已。因此，不管这一误判是多么的严重，他也不可能为这件事永远痛苦下去。

黑人琼斯的案子则另当别论。他杀了一个白人，他的防卫属正当防卫。这一起杀人案的目击证人是这个白人的妻子，奥西·立特尔太太。事情的经过是这样的：琼斯和奥西·立特尔都是离塞莱诺不远的郑特里农场里的收益分成的佃户。奥西·立特尔比他的妻子大二十岁，是一个兼职的传道士，在"摇喊"教派成员会众兴致勃勃的时候，他会教他们说异国语言。除此之外，他只能说是一个笨拙、无用的佃农，只会叫农场荒芜。他与一个年纪很小的女孩刚一结婚，不幸就开始了，因为她家是从吉萨普近郊搬来的，那边的农场地处风沙侵蚀的荒芜地区。他们当年开着一辆破车，穿越佐治亚州，踏上通向希望、通向加利福尼亚之路，而就在那时他们碰上了立特尔传道士，并硬把女儿卓伊嫁给他。这是一个大萧条年代的简单、乏味的故事，不可能会有什么动听的事发生，而且这桩可悲的婚姻不管在哪一方面确实也都没有什么好结果。十二岁的年幼妻子，她的性格在年龄这么小的人身上是很少看到的。法官还记得她是一个可爱的小姑娘，起先手上抱的是玩具娃娃，还有一个装着玩偶娃娃衣服的烟盒，然后在她还不到十三岁的时候，她就有了自己的小婴儿要抚养、照看。不幸一旦降临,就一个接着一个出现,真所谓祸不单行。先是外边谣传,说年少的立特尔太太行为不轨,常常与邻近农场的那个黑人佃户幽会。接着是农场主比尔·郑特里被立特尔的懒惰所激怒,威胁要把他从农场赶出去,并且把他那一份收益转让给琼斯。

法官拉过床上的一条毯子,因为夜晚非常冷。可是,他的漂亮、可爱的儿子是怎么牵连上黑人杀人犯、得过且过地度日的传道士、年纪幼小就结婚的女人? 怎么牵连上的? 啊,到底怎么牵连上的? 事情竟然会弄到这步田地,他竟然失去了他的儿子!

不管是不是正当防卫,这个黑人要判死刑,而约翰尼和大家一样明知道是要判死刑的。那么,他为什么还坚持要接这个一开始就输定的诉讼案呢? 法官曾劝说他不要接。打这场官司他有什么好处? 只有失败。然而,法官哪里知道,这样一来,不止是一个年轻人的自尊受到伤害,不止是一个初出茅庐的律师的失败——而是最终造成心碎,造成死亡。怎么是这样,啊怎么会是这样? 法官大声地呻吟。

除了非得判刑之外,法官尽量不插手这个案子。他知道约翰尼在这个案子中已经陷得太深,夜以继日地研究卷宗,查阅相关法律规定,仿佛他为琼斯辩护就是替自己的同胞兄弟辩护。法官责备自己,在约翰尼研究这个案子的半年时间里,他原是应该知道的。但是,他不是一个能看透别人心思的人,又怎么能知道呢? 与为第一件杀人案出庭辩护的任何一个别的初出茅庐的律师一样,约翰尼在法庭上表现得非常紧张。约翰尼同意受理这个案子的时候,法官心里很难受,起先对约翰尼处理这个案子的方式也感到惊讶——确实是烫手的山芋。约翰尼的辩护非常有说服力,只是摆出他确信的事实。可是你怎么能靠这个办法去影响十二个非常可靠的陪审员呢?他的语调不像大多数庭审律师那样抑扬顿挫。他没有大声说话,然后在控告提出之后,他的声音变得很低。约翰尼只是文雅地讲话,仿佛他根本就不是在法庭上辩护——这样说话怎么能影响十二个非常可靠的陪审员呢?他在讲到司法公正的时候语气激动不已。他还像是在举办告别演唱会。

法官没有再想下去,他要想想别的事情——他要想想他的密赛小姐,然后在思念中入睡,但是他尤其想见到杰斯特。在人的晚年,或者在人长期卧病在床的时候,过去的事情一旦想起来,就会让人久久无法摆脱。去想他包下歌剧院的一个包厢那个时光也是无济于事;那是亚特兰大歌剧院第一次开演。他请了密赛小姐和她的爸爸,请了他哥哥和嫂子,观看庆祝演出。法官邀请了满满一个包厢的朋友。第一个剧目是《牧鹅女》,而他至今还清晰记得吉拉尔丁·法拉尔①牵着两只像套了缰绳似的活生生的鹅走上舞台。活的鹅"嘎,嘎"地叫着,于是密赛小姐的父亲布朗老先生说,"今天晚上我总算听懂了一句。"当时密赛小姐多尴尬,而他却感到多么得意。他一面听着德国人用德语尖声大叫②——鹅嘎嘎地叫着——一面坐在那里,装作很懂音乐、很有学问的样子。想着这些事情也无济于事。他的心思又回到了奥西·立特尔,回到了那个

① 吉拉尔丁·法拉尔(Geraldine Farrar,一八八二——一九六七),美国女高音歌唱家,纽约大都会歌剧院主要演员,主演过《蝴蝶夫人》、《卡门》,一九二二年举办告别演出。——译注

② 歌剧《牧鹅女》据德国语言学家、民间文学家格林兄弟(Jacob Grimm,一七八五——一八六三,Wihelm Grimm,一七八六——一八五九)的童话改编。——译注

女人，回到了琼斯——这个案子使他的心怎么也不能平静。他竭力要排除这个念头。

杰斯特到底什么时候回家？他对待这孩子从来不会用严厉的态度。不错，他家餐厅壁炉架上的花瓶里插着一根桃木鞭子，但是他从来没有拿起这根鞭子打过杰斯特。曾经有一回，约翰尼拿起他正在切的面包朝仆人和他的爸妈扔去，当时他光火了，就取下那根桃木鞭子，把年幼的儿子拖进书房，在全家人的悲恸的哭声中，在儿子裸露、急跳的双腿上抽了两三鞭。从那以后，桃木鞭子就直挺挺地一直插在壁炉架上的花瓶里，非常吓人，但是从那一天起到今天，鞭子再也没有用过一回。可是《圣经》里也说："丢了棍子，害了孩子。"①假如桃木鞭子再多加使用，约翰尼还会活在世上吗？他对此有怀疑，但他心里仍然感到疑惑不解。约翰尼脾气太急躁了；尽管这种急躁的脾气并不是他一眼就看得出来的激烈情绪——已经过了盛年的人的激烈情绪、南方人为了保护自己的女人不受黑人和外来入侵者的欺侮而表现出来的激烈情绪——然而这种急躁情绪依然是激烈的情绪，很奇怪的情绪，他以及其他米兰人都有这个感觉。

就像一个令人生厌的曲调一直在高烧的脑袋里不停地撞击一样，这件事老是在脑海里出现。法官在他那张大床上翻身，他就像一座山。杰斯特什么时候会回家？时间已经很晚了。然而他开灯才发现这时九点钟还没有到。这么说来，杰斯特在外面待得毕竟还不算晚。在壁炉架上，在钟的左侧，放

---

① 这是一句英语谚语，源自《圣经》，与中国古训"孩子不打不成器"意义相当。原话略有不同，见《圣经·旧约·箴言》第十三章，第二十四节："没有拿起棍棒的人是讨厌儿子，而疼爱儿子的人有时则要责罚他。"——译注

着约翰尼的相片。年轻、迷茫的脸庞在灯光下又显现了活力。在约翰尼的左下巴，有一个小小的胎记。就因为有这一点小小的美中不足，约翰尼脸上的美倒反而突出了，而法官注意到这一点的时候，他的心几乎要碎了。

　　然而，尽管每当他望着这一块小小的胎记的时候，他心头总是会有一阵悲伤袭来，但是，法官不能为他儿子哭泣。因为透过这样的感情，里面总是还有怨恨——因杰斯特的出生而减弱的怨恨，随着时间的推移而缓解的怨恨，但是这种怨恨始终存在，永远存在。这情形仿佛是他的儿子剥夺了他的亲情，从而欺骗了他，又仿佛可爱而不可靠的偷儿掠走了他的心。假如约翰尼遭遇的是任何别的死法，如癌症，或者白血病——关于马龙的病法官知道得比马龙自己嘴里透露的要多——他会问心无愧地为他伤心，也为他痛哭。但是，自杀却是蓄意做出的泄愤行为，那是法官所憎恨的。相片里可以在隐隐约约之间看到约翰尼的微笑，而那一块小小的胎记则使他那张洋溢着幸福的脸更加灿烂。法官把绞在一起的毯子又折好，然后吃力地慢慢爬下床来，借助他的右手稳住身体，在房间里走着。他取下约翰尼的相片，放到五斗橱的一个抽屉里。然后他转身又回到床上。

　　圣诞节的钟声敲响了。对他来说，圣诞节是最伤心的日子。钟声，祝愿世界欢乐的乐声——多么悲伤，多么冷落，多么孤单。一道闪电划破黑暗的天空。是一场暴风雨要来临吗？假如约翰尼是被闪电击中的，那就大不同了。可是，那是你无法选择的。无论出生，还是死亡，人们无法选择。只有自杀是可以选择的，鄙视充满活力的生命，选择一切都泯灭的坟墓。又有一道闪电划过天空，接着是隆隆的雷声。

的确，他是可以说几乎从来没有启用过桃木鞭子，但是他在约翰尼少年时代就劝告过。他很担心约翰尼钦佩布尔什维克主义，钦佩撒弥尔·李卜维茨，①凡是激进的都钦佩。他常常想，约翰尼年纪还小，还是佐治亚大学橄榄球队的四分卫，而且年轻人的古里古怪的想法一旦在他们必须面对现实的时候就会消逝，他总是找这些理由来安慰自己。确实，约翰尼的青年时代非常不同于他父亲热衷于华尔兹、热衷于歌舞的年代，那时他是花枝城的时髦男人，他向密赛小姐求爱，并赢得了她的芳心。他只能在心里嘀咕，"那边的卡西乌有瘦削和饥饿的人的目光；他心机用得太多：这样的人很危险。"②——然而他没有在这个方面多想，因为在他漫无边际的美梦中，他不可能把约翰尼与危险联系在一起。

他曾经在约翰尼进律师事务所的第一年，大声说道，"我常常注意到，约翰尼，假如一个人与一个注定要失败的人牵连太多，这个人自己也很容易倒霉。"

约翰尼只是耸一耸肩膀。

"我最初开始做律师的时候，还是一个穷人。不是一个像你这样的富家子。"尽管他注意到约翰尼脸上闪烁着尴尬的表情，但是他还是继续说下去："我避而不接开始时落在穷律师

---

① 撒弥尔·李卜维茨（Samuel Liebowitz，一八九三——一九七八），罗马尼亚裔美国著名律师，二十世纪三十年代应邀为被诬告在阿拉巴马州斯格茨伯罗火车上强奸两名白人妇女的九名黑人青年出庭辩护，从此出名，后被任命为纽约最高法院法官。——译注

② 见莎士比亚悲剧《朱利厄斯·恺撒》第一幕，第二场。在罗马一个人群拥挤的广场，恺撒叫过安东尼附耳低声说道，"我希望我身边的人都长得胖；/是头发光亮的人和晚上睡觉的人。/那边的卡西乌有瘦削和饥饿的人的目光；/他心机用得太多：这样的人很危险。"罗马将领卡西乌是刺杀恺撒的主谋之一。——译注

肩上的法庭施舍的案子。我的律师业务越来越多，不久我就能够出庭为能给我带来丰厚经济收益的案子辩护。经济收益或者政治声望，过去是，而且始终都是，我首要考虑的问题。"

"我不是那种律师，"约翰尼说道。

"我不是在试图劝说你效仿我的做法，"法官没有说真话。"有一点很明确——我从来没有接过一个欺诈的案子。我知道一个当事人什么时候在说谎，拿着一根十英尺长的杆子我也不会去碰它。在这种事情上我有第六感觉。你还记得在乡村俱乐部的高尔夫球场，用五号铁头球棒杀害他的妻子的那个人吗？律师费会非常高，但是我拒绝了。"

"我记得当时有目击证人。"

"约翰尼，一个天才的律师能哄骗证人，虽然证人起誓当时在场，但他能让陪审团相信他们不在场，不可能看到他们说看到的情形。但是我拒绝了这个案子，以及许多这样的案子。我从来没有承担过可恶的案子，不管律师费有多惊人。"

约翰尼脸上的微笑就像相片里的微笑一样含有讽刺。"哼，你多精明！"

"当然，假如遇上有利可图、动机正当的案子，那绝对是福克斯·克莱恩梦寐以求的。还记得我是怎样为米兰电力公司辩护的吗？那真是难得遇到的案子，又有巨额的律师费。"

"结果电费疯涨。"

"你不可能拿你与生俱来的特权来换取电和气。我小的时候电和气什么都没有。只能点油灯，烧木柴。但是我是自由的。"

约翰尼没有说话。

儿子脸上一块小小的胎记给他带来一阵情绪的激动的时

候,或者在他的微笑似乎像嗤之以鼻一样是在嘲笑他的时候,法官往往就会把相片取下来。这张相片就会一直放在抽屉里,直到他的情绪好转,或者直到他再也无法忍受看不到儿子的相片时的不安。然后相片又出现在银质相框里,而他也会注视着那小小的缺点,甚至还会忍受他冷漠而可爱的微笑。

"不要误解我的意思,"他多年前就劝说过,"我接受有利可图的案子,但这并非出于利己之心。"经验老到的律师和前众议员非常渴望从年轻的儿子那里听到一句赞赏的话。难道他说这些符合事实的话的时候表现的真诚,在约翰尼听来似乎是挖苦吗?

又过了好长时间约翰尼说了一句,"这一年来我常常感到疑惑,你到底有多少责任心。"

"责任心!"法官的脸立即涨得通红,"我是米兰最有责任心的公民,是佐治亚州最有责任心的公民,是全南方最有责任心的公民。"

约翰尼按照《上帝佑我国王》①的曲调唱起"上帝助我南方"。

"假如没有我,你说你会在什么地方?"

"天国晾衣绳上的一小块碎布。"约翰尼说话的声音变了。"我从来没有想过要做你的儿子。"

法官的脸仍旧因情绪激动而涨得通红。他本来是想说,"可是我永远要你做我的儿子。"但是他没有说出来,而是问了一句,"你觉得哪一种儿子比较适合老人?"

"我看——"约翰尼脑子里寻找假想的儿子。"哎,我看,

_____

① 系英国国歌。——译注

亚力克·西斯罗怎么样?"约翰尼轻轻的笑声与法官低沉的大笑混合在一起。"我的妈妈,啊,我的妈妈,"法官嘴含唾沫、放肆地大笑着,引述这一句。因为亚力克·西斯罗每年母亲节在第一洗礼教堂都要引述这首诗。他没有一点男孩子气,弱不禁风,是个妈妈宠爱的儿子,而约翰尼常常学他的样子表演一番,爸爸乐了,妈妈却不喜欢。

突然出现的味道怪异的欢乐,来得快,去得也快。对滑稽好笑的事会作出同样反应的这对父子,常常会被这种笑声所感染。父子关系的这一面促使法官的头脑里产生另外一个臆断,产生一个往往是为人父的人常有的错误的推论。"我和约翰尼不像父子,倒更像是朋友。都喜欢钓鱼、喜欢打猎,有同样高标准的价值观——我从来没有听说我的儿子撒过谎——同样的爱好,同样的乐趣。"就这样,在马龙的药房里,在法院大楼,在纽约咖啡馆的后间,在理发店里,法官常常会对他的听众唠叨他与儿子的这种兄弟般的相似点。他的听众由于几乎看不出腼腆害羞的年轻的约翰尼·克莱恩和他的小城大人物的父亲之间有什么关系,因此什么话也没有说。在法官明白他和儿子之间越来越大的差异的时候,关于父子关系这个问题,他更加没完没了地唠叨了,仿佛说话能让愿望变成现实。

说到"妈妈的乖孩子"的时候的那最后一阵大笑,也许是他们父子间说的最后一次笑话。而一想到约翰尼说的责任心的话让他非常难看,法官立即止住大笑,说道:"你似乎批评我接受替米兰电气电力公司辩护的案子。我说得对吗,儿子?"

"是的。电费上涨了。"

"有时候,不得不在两件倒霉事当中挑选危害小一点的,那是一个头脑成熟的人的痛苦选择。这是一件牵涉到政治问题的案子。并非是我为哈里·伯里斯或米兰电气电力公司递交了什么辩护状，而是该死的联邦政府插进来了。你想想假如田纳西河流域管理局和这样一类的发电厂控制了全国，形势会怎么样。我可以嗅到不断蔓延的瘫痪现象的臭气。"

"不断蔓延的瘫痪现象没有臭气，"约翰尼说道。

"不对，我的鼻孔就闻得出社会主义。而当社会主义抹煞了个人的积极性并把……"法官话语迟疑，最终找到了突然冒出来的形象比喻，"人们束缚在饼干切割机上，服从标准化，"法官语气狂热地说道。"也许你有兴趣知道，儿子，我曾经对社会主义，甚至共产主义，产生过科学的兴趣。是纯粹科学的兴趣，请你注意，而且时间非常短。然后有一天我看到一张照片，上面是许多年轻的布尔什维克妇女，都穿着一模一样的体操服，做着同样的体操，全部蹲着。十几、几十个人做着同样的体操，胸部是一样的，腿部是一样的，每个姿势、每根肋骨、每个人的屁股都是一样的，都一样。虽然我并不讨厌健康的女人的肌肉，不管是布尔什维克还是美国人，不管是蹲着还是挺胸，但是这张照片我越看越讨厌。请注意，假如不是所有这几十个人丰腴的女人肌肉一齐出现，而只是其中单独的一个人，那么，我很可能会喜欢看——但是看到一个个都是一样的，我就觉得很反感。于是我所有的兴趣，无论多么科学，完全打消了。不要再来跟我说什么标准化。"

"我只知道最后的情况是，米兰电气电力公司把公用事业费用提价了，"约翰尼说道。

"维护了我们的自由，逃脱了社会主义和联邦政府不断蔓延的瘫痪，多花几分钱又算得了什么？难道为了眼前的一点点好处,我们要出卖我们与生俱来的权利吗?"

虽然年老而且孤独,但是法官尚未把他的敌对情绪对准联邦政府。他把一时冒出来的怒气发泄在家人身上,因为他仍旧还有一个家,或者在同事当中发泄,因为他仍旧是一名身体健康、工作勤奋的法官,在年轻的初审出庭律师援引巴特列特①、莎士比亚,或者《圣经》出了差错的时候,他还可以出面纠正,同时还因为他的话仍然有分量,仍然受到重视,不管是在工作时间还是在别的时候。当时他主要关心的是约翰尼跟他自己之间的裂痕越来越大的问题,但是这种关心还没有变成担忧,非但如此,他还错误地认为,在儿子这一方只是年少无知而已。约翰尼在跳了一场舞之后突然与人结婚他没有担忧,得知她的父亲是一个出名的私酒贩子他没有担忧——他心底里想宁可要一个出名的私酒贩子也不要一个传道士,因为传道士会破坏他们的家庭筵宴,或者会影响他的作风。密赛小姐在这件事情上做得很漂亮,她把她的仅次于最好的一串珍珠和一枚深红色的胸针送给了米拉贝尔。米拉贝尔在霍林斯学院上过两年学,主修音乐,密赛小姐很看重这一点。而且这两个人还一起练习过二重唱,背诵过《土耳其进行曲》②。

法官的关心转变为担忧是在约翰尼律师事务所开业仅一年,受理了琼斯对人民一案之后。假如约翰尼连一丁点儿的常识都没有,那么他以优异的成绩从大学毕业又有何用?在约翰尼踩着了非常可靠的陪审团成员的脚趾囊肿、鸡眼和脚

---

① 巴特列特(John Bartlett,一八二〇——一九〇五),美国出版家,因编纂出版《常用妙语词典》和《莎士比亚戏剧诗歌索引大全》而闻名。——译注

② 奥地利作曲家莫扎特(Wolfgang Amadeus Mozart,一七五六——一七九一)第十一号钢琴奏鸣曲的第三乐章。——译注

上的老茧的时候，他的法律知识和所受的法学教育又有何用？

在他强忍怒气没有与他的儿子讨论案情的时候，他还是劝告儿子说一个律师要随时提防陪审员。他说，"要在他们自己的水平上说话，看在上帝的份上，千万别去抬高他们的水平。"可是约翰尼会听吗？他还是理由十足的样子，仿佛这些佐治亚的赶车人、工人、佃农都是最高法院的接受过专门培训的陪审员。这样有才华的人。可是连一丁点的常识都没有。

杰斯特走进法官的房间的时候已经是九点半钟了。他在吃一个双层三明治，而老人在对过去的担忧和伤心回忆了几个小时之后，此时用饥饿的目光望着那个三明治。"我还指望你带晚餐回来呢。"

"我去看电影了，回家才自己做了个三明治。"

法官戴上眼镜，窥视那只厚厚的三明治。"夹了些什么在里面？"

"花生黄油，西红柿，香肠，还有洋葱。"

杰斯特张开嘴巴咬了一大口三明治，一大块洋葱掉落在地毯上。法官为了要抑制食欲把渴望的目光从美味的三明治，移到带着蛋黄酱沾在地毯上的那一块洋葱上。他的食欲依然没有抑制住，所以他说："花生黄油是高热量的。"他打开酒柜，倒了一点威士忌。"一盎司只有八十卡路里。不管怎么说已经超出我所要的了。"

"我爸爸的相片呢？"

"放在那边的抽屉里。"

杰斯特知道得很清楚，他爷爷不高兴的时候常常把相片收起来，于是他问道，"你怎么了？"

"生气了。伤心了。上当了。我想起儿子就常有这种感觉。"

一阵沉寂笼罩了杰斯特的心,那也是历来如此,一提到他的爸爸,他就缄默了。圣诞节的钟声在寒冷的空气里是那样的清越。三明治他不吃了,并且悄悄地将咬了一大口的三明治放在床头的茶几上。"你从来没有对我说起过我爸爸。"

"我们不大像父子,倒像是兄弟俩。孪生同胞兄弟。"

"我有疑问。只有性格内向的人才会自杀。而你不是性格内向的人。"

"我要明白告诉你,先生,我的儿子不是一个性格内向的人,"法官说道,盛怒之下声音也变得尖利。"对玩笑有同样的看法,又有同样的心态。要是你爸爸现在还活在世上,他就是一个天才,这可不是我随便说说的一个词语。"(这句话的确切,是任何一个人想象不到的,因为这个词语法官只用来说福克斯·克莱恩和莎士比亚。)"在他陷入琼斯案子之前,我们一直都像孪生兄弟一样。"

"是不是你总是说我爸爸试图违背一个原则的那个案子?"

"法律,凶案习惯法,根本原则,确实如此!"他瞪着眼睛,气呼呼地望着咬过一口的三明治,一把抓过来,饿坏了似的吃起来;但是,因为他的空的感觉不是肚子饿,所以,他吃了三明治依然没有感觉到满足。

由于法官很少对杰斯特谈及他的儿子,也很少去满足孙子的天生的好奇心,因此杰斯特习惯于绕着圈子提问,于是现在听了爷爷的话便这样问道:"那个案子是说什么?"

法官对绕了这么大一个圈子提的问题作了回答,因此他的回答没有直接针对问的问题。"约翰尼的青少年时代正是共产党气势汹汹、引人注目的时候。当时,那些大亨们都盘踞在白宫里;那个时候,是 TVA,FHA,FDR① 这些赫赫有名的字母响当当的时代。怪事一件接着一件发生,一个女黑人②在林肯纪念堂演唱③,而我的儿子——!"法官的声音因气愤而越来越大,"而我的儿子为凶杀案中的黑人辩护。约翰尼试图要——"一阵激烈情绪的发作压倒了老人,那是非常不和谐的一阵发作,触动了他心中因气愤而造成的苦恼。他唾沫四溅,发出痛苦的咳声,话都说不下去了。

"你别,"杰斯特说道。

仍然是嘎嘎的咳声,四溅的唾沫,而杰斯特则在一旁态度严肃地注视着,脸煞白。"我没有,"法官在激烈的情绪加剧发作之前竭力说出几个字,"没有笑。"

杰斯特挺直腰杆坐在椅子上,他的脸煞白。他感到惊恐,开始感到疑惑,不知道他爷爷一阵阵的发作是不是要中风了。杰斯特知道,中风的一阵阵发作是很奇怪而且很突然的。他很想知道中风发作的时候,人是不是脸涨得通红,并且也是那样奇怪地大笑。他还知道,这样一阵阵中风发作之后,人就死

---

① TVA 是英文"田纳西河流域管理局"首字母缩写;FHA 是英文"联邦住房管理局"的首字母缩写;FDR 则是美国第三十二任总统罗斯福(一九三三——一九四五)名字的首字母缩写。罗斯福执政时推行"新政",太平洋战争(一九四一)后对建立反法西斯同盟作出过重大贡献。约翰尼青少年时期正是罗斯福总统刚执政时期。——译注

② 原文为 Negress,有种族歧视色彩,法官选用这个词语是由他的政治观点决定的。——译注

③ 一九三九年春,美国革命女儿会(Daughters of the American Revolution)以玛丽安·安德森是黑人为由禁止她在宪法会堂(Constitution Hall)举行演唱会。罗斯福总统夫人为此退出该会,并于同年三月九日,协助安排玛丽安·安德森在林肯纪念堂举行著名的演唱会。那年安德森四十二岁。——译注

了。他爷爷脸涨得通红，气回不过来，是不是就这样大笑而死呢？杰斯特想要将老人扶起来，这样他可以拍他的背，但是他爷爷身体太重扶不起来，不过终于笑声减弱，最后止住了。

杰斯特困惑不解，两眼注视着他的爷爷。他知道精神分裂症就是分裂的人格。是不是他到了老年行为颠倒，应该哭的时候却拼命地笑个不停？他心里很明白他爱他自己的儿子。阁楼上有一大块地方是划出来存放他死去的父亲的东西的：十把刀子和一把印第安人用的匕首，一套丑角服装，罗弗小子系列图书，汤姆·斯威夫特系列图书①，大堆大堆的儿童读物，一个牛头，溜冰鞋，钓具，橄榄球服，棒球接手手套，以及一箱箱乱七八糟的东西。但是杰斯特知道，箱子里的东西是不可以拿出来玩的，不管是好的还是无用的，因为他有一次曾经把牛头钉在自己卧室的墙上，他爷爷知道了非常生气，威胁说要拿桃木鞭子来揍他。既然他爷爷爱他自己的唯一的儿子，他为什么要歇斯底里地大笑呢？

法官从杰斯特的眼神里看出了这个问题，轻声地说："歇斯底里发作不是大笑，孩子。这是你不能表达心中的悲伤的时候，对混乱情绪作出的慌乱反应。我的儿子死了以后我歇斯底里发作持续了四天四夜。塔顿大夫和保罗把我抬到浴缸里泡热水浴，还给我服用镇静剂，可是我还是不住地大笑——不是大笑，那是——歇斯底里发作。大夫又用冷水冲，再服镇静剂。可是我还是歇斯底里大发作，而我儿子的尸体就放在客厅里。葬礼只得再推迟一天，而我的身体太虚弱，要两个强

---

① 罗弗小子系列图书和汤姆·斯威夫特系列图书均为美国作家爱德华·斯特拉特梅尔（Edward Stratemeyer，一八六三——一九三〇）在二十世纪初推出的儿童文学丛书，广为流传。——译注

壮的大个子扶住,我才能走到教堂里面。我们一定配合得很好,"他头脑冷静地又加了一句。

杰斯特同样轻声地问道:"那你现在为什么还有激烈的情绪呢? 我爸爸去世已经十七年多了。"

"可是在这些年里,我没有一天不在想我的儿子。有时候是短暂的一瞬间,有时候则是久久的沉思。我难得会有胆量说起我的儿子,可是今天大半个下午,还有这个长夜,我都在回忆——不光回忆年幼时候嬉闹的时光,还回忆他长大后我们分裂并且被彻底打垮的严肃时刻。我看见我的儿子出现在最后一次庭审上,就像我现在看到你一样清晰——实际上比你还要清晰。而且听得见他说话的声音。"

杰斯特紧紧地抓住椅子的扶手,手指头的关节都发白了。

"他的辩护非常出色,但是有一个致命的缺陷。这个致命的缺陷是,陪审员对他的辩护完全不得要领。我的儿子辩论时好像他说话的对象是纽约犹太人律师团,而不是佐治亚州桃县巡回法庭由十二人组成的非常可靠的陪审团。一个个都是文盲。在这种情况之下,我儿子的第一步棋是一个天才之举。"

杰斯特张大嘴巴呼吸,因为他的沉默太紧张了。

"我儿子的第一个提议就是请陪审员全体起立,向国旗宣誓,表示效忠。陪审员零零落落地站起来,于是约翰尼依照繁琐的程序向他们宣读誓言。我和奈特·魏伯两个人都毫无准备。当魏伯提出反对的时候,我敲响木槌,吩咐将这些话从记录里删除。但是删除已经没有意义。我的儿子已经表达了他的观点。"

"什么观点?"

"一下子我儿子就联合了这十二个人,促使他们以他们的最高水平行使职责。他们在学校里都学过效忠誓言,都宣过誓,他们都参加过神圣的宗教仪式。我敲响了木槌!"法官嘟哝道。

"你为什么要把它从记录里删除?"

"因为毫不相干。但是我的儿子作为一个辩护律师,已经提出了他的观点,并且把肮脏、常规的凶杀案提高到符合宪法的法律的高度。我的儿子继续说着。'各位陪审员,法官大人——'我的儿子说话的时候目光注视每一位陪审员,注视我。'你们十二位陪审员每一个人都提高到了最高的水平,要担当巨大的责任。在这个时刻,什么都不会超越你们,不会超越你们的工作。'"杰斯特侧耳倾听,手和食指支着下巴,深棕色的眼睛圆睁着,倾听时投来询问的目光。

"一开始莱斯·立特尔就坚持认为立特尔太太是被琼斯强奸的,他的兄弟完全有权利企图杀死他。莱斯·立特尔站在那里就像一只肮脏的小狗,守卫着表明他兄弟的财产的界线,什么都动摇不了他。约翰尼向立特尔太太提问的时候,她发誓说事情不是这样的,并且说她的丈夫是出于早有预谋的恶意要杀了琼斯——就在夺枪的时候她的丈夫被打死了——一个妻子这样发誓是很奇怪的。约翰尼问,琼斯对她有没有任何越轨的行为,她说,'没有,'还说他始终把她当女主人一样对待她。"

法官又加了一句,"我应该看到点什么。但是当时我虽然长了眼睛,却什么也没有看见。"

"我听见了他们说的话,也看见了他们的脸,比昨天还清晰。被告有那种非常惊恐的黑人的奇怪肤色。莱斯·立特尔穿一套星期天才穿的紧身衣,他的脸紧绷而且发黄,像一张奶酪皮。立特尔太太就坐在那里,她的眼睛是蓝色的,蓝中带黄铜色,黄铜色。我的儿子在颤抖。过了一个小时之后,我儿子的辩护从具体转向一般。'假如是两个白人,或者两个黑人,因同一个事故而受审,那就没有案子可审了,因为这是一个事故,奥西·立特尔要杀被告的时候,枪走火了。'

"约翰尼接着说:'现在的事实是,这个案子涉及一个白人和一个黑人,在这样一个情形的处理上,两者之间存在着不平等。实际上,各位陪审员,像本案这样的案子,受审的是宪法本身。'约翰尼援引了宪法导言和修正案中关于解放奴隶,给予他们公民权和平等权利的文字。'我现在援引的话是一个半世纪之前写下的,是成千上万个声音说出来的。这些话是我们国家的法律,而我,作为一个公民和律师,既不能在上面添加,也不能在上面删减。我在这个法庭上的职责是要强调这些话并且努力将它们付诸实施。'然后,约翰尼因激动而控制不住情绪,引用'八十七年以前——'。① 我敲响了木槌。"

"为什么?"

"这些话是林肯代表个人说的话,是每一个法律专业的学生要背诵的话,但是在我的法庭上我没有义务一定要听你引用。"

杰斯特说,"我爸爸想要引用这些话。我现在听你说吧。"杰斯特并不清楚引用的话是什么,但是,他感到他与他的爸爸比以前靠得更近了,而且,一个生动的形象也让令人费解的自

---

① 这是一八六三年十一月十九日,美国总统亚伯拉罕·林肯在宾夕法尼亚州南部城镇葛底斯堡,国家公墓落成典礼上的演说的第一句话。在这篇演说中,林肯提出了著名的"民有、民治、民享"的思想。——译注

杀的隐情和装满杂物的旧箱子变得具体充实。杰斯特很兴奋
地起身站着,一只手拉着床柱,一条腿抬起来搁在另一个床柱
上,等待着。由于法官并不需要再一次邀请就会为听众唱歌,
或朗诵,或用别的方式施展他的嗓音,因此他严肃地引述葛底
斯堡演说①,而杰斯特则仔细聆听,眼睛里噙着骄傲的泪水,并
且抬起腿,张大了嘴。

法官朗诵完毕,又似乎感到纳闷,不明白他为什么要引述
这篇演说。他说,"是有史以来最著名的演说之一,但也是一
篇恶毒的挑动暴民的演说。把你的嘴闭上,孩子。"

"我觉得你把它从记录上删掉太糟糕了,"杰斯特说道,
"我爸爸还说了什么?"

"他的结束语,本来应该是他最雄辩的言语,但是与他援
引的宪法和林肯的葛底斯堡演说里的话比较,却非常可悲地
显得有气无力。他自己的话就像无风天里的一面下垂的旗
子。他指出,内战以后制定的宪法修正案并没有得到实行。
但是他说到公民权利的时候,把公民说成'空'民②,造成很坏
的影响,因而当然也动摇了他自己的信心。他指出桃县的人
口比例中黑人和白人人数几乎是均等的。他说他注意到陪审
团里没有黑人代表,于是陪审员迅速相互看了一眼,产生了怀
疑,感到迷惑不解。

"约翰尼问,'被告方是被指控犯故意杀人罪,还是被指控
犯强奸罪?控方试图通过诡秘和恶劣的含沙射影的手段诋毁
被告的名誉,诋毁立特尔太太的名誉。但是我现在是为他的
被指控犯故意杀人罪辩护。'

---

① 参看上一页注。——译注
② 仿佛我们说普通话时的咬字不清楚。——译注

　　"约翰尼正试图把辩护推向高潮。他抓起右手,仿佛是在想某一句话。'一百多年来,宪法的这些条文就是我们这个国家的法律,但是宪法条文只有通过法律来执行才有效力,而在度过了漫长的一个世纪之后,我们的法庭,就黑人而言,现在成了偏见和合法化的迫害的庄严殿堂。话已经说了。意见也已经提出来了。但是言语和意见与公正之间的差距将有多大?'

　　"约翰尼坐下了,"法官痛苦地说道,"我的屁股也挺起来了。"

　　"你什么?"杰斯特问道。

　　"我的屁股,听见他把公民错说成'空'民之后,我的屁股一直蜷缩起来。约翰尼的辩护词说完之后我身体才放松。"

　　"我看那是一个出色的辩护,"杰斯特说。

　　"它并不起作用。我回到我的办公室,等待裁定。他们出去只有二十分钟。二十分钟正好够他们一齐下楼到厕所走一趟并核对一下他们的裁决。我知道会有什么样的裁定。"

　　"你怎么会知道?"

　　"在这种情况之下甚至还有强奸的说法,那么,这个裁决总归是有罪的。而立特尔太太这么迫不及待地替她丈夫的杀人凶手说话,听起来就非常奇怪了。而在这期间,我就像一个新生婴儿一样天真,我的儿子也是一样天真。可是陪审团觉得事情蹊跷,于是宣布了有罪的裁定。"

　　"可是这不是诬陷吗?"杰斯特气愤地说。

　　"不对。陪审团要裁决谁说的话是真话,而在这个案子上他们的裁决是对的,虽然当时我根本没有在意。这一裁定宣布的时候,琼斯的母亲在庭审室里号啕大哭,约翰尼脸色煞白,立特尔太太则坐在椅子上直摇晃。只有舍曼·琼斯似乎像个男人,接受了这个判决。"

"舍曼?"杰斯特的脸一下子煞白,一下子又涨得通红。"那黑人的名字叫舍曼吗?"杰斯特用没精打采的语气问道。

"是的,叫舍曼·琼斯。"

看杰斯特的样子他是非常地迷惑,而他接着的问题是绕了一个很大的弯,踌躇不定。"舍曼不是一个普通的名字。"

"舍曼①挺进佐治亚州,所到之处,许多的黑人孩子起了他的名字。我个人一生中就听说过不下五六个。"

杰斯特心里想的是他认识的唯一的舍曼,但是他保持了沉默。他只是说"我没有看出来"。

"当时我也没有看出来。我长了眼睛却没有看出来。我长了耳朵却没有听出来。假如我在庭审室里运用一下上帝赐予的官能,或者假如我的儿子向我吐露一点。"

"吐露什么?"

"吐露他爱着那个女人,或者说他心里想他是爱着她的。"

杰斯特的眼睛因惊讶而突然呆滞了。"可是他不可能!他跟我妈妈结婚了!"

"我们就像孪生同胞兄弟,孩子,不是祖孙关系。像一个豆荚里的两颗豆子那样,是一模一样的。同样的天真,同样的廉耻心。"

"我不信。"

"他告诉我的时候我也不相信。"

杰斯特常常听大人说起他的妈妈,因此他对于她的好奇

---

① 这个舍曼即南北战争时联邦军的将领,见第一七八页注。——译注

已经得到满足。他知道,她喜欢冰淇淋,尤其喜欢烧烤冰淇淋蛋糕,她会弹钢琴,她是霍林斯学院的主修音乐的学生。关于妈妈的这些点点滴滴的情况都是他小的时候大人脱口而出,随意说给他听的,因此,他的妈妈并没有让他觉得有敬畏感和神秘感,像他对他爸爸的感觉那样。

"立特尔太太是个什么样的人?"终于杰斯特问道。

"一个轻佻的女人。脸很白,肚子很大,态度很傲慢。"

"肚子很大?"杰斯特问道,他觉得很反感。

"很大的肚子。她在街上走的样子仿佛是要人家给她和她肚子里的孩子让出一条路来,就像红海的海水从两旁退走,给逃出埃及的以色列人开辟通道。"①

"那么我爸爸又怎么会爱上她的?"

"爱上一个人是世界上最容易的事。重要的是这个爱给人的印象。他那种爱不是真正的爱。这种爱就像你爱上你的一个奋斗目标一样。而且,你爸爸并没有行动。就把这种爱叫作迷恋吧。你爸爸是个清教徒,比起一看见就爱、一冲动就爱并且有行动的人来,清教徒们幻想得更多。"

"多么糟糕,我爸爸跟我妈妈结婚了,一边又会爱着另外一个女人。"这一情节的荒诞让杰斯特感到浑身战栗,他还感觉到了爸爸对喜欢烧烤冰淇淋蛋糕的妈妈的不忠。"我妈妈知道这件事吗?"

"当然不知道。我儿子是在他自杀前一周才告诉我的,他

---

① 《圣经》故事。摩西带领以色列人出逃,大海挡住了去路,摩西将手伸向大海向上帝求救。上帝允诺,刮起一夜的大风,大海变成了旱地,开辟了一条通道,以色列人成功越过大海。(见《圣经·出埃及记》第十四章,第二十一节至第二十二节。)——译注

心里非常难过,非常苦恼。要不然,他绝对不会对我说的。"

"苦恼什么?"

"还是长话短说吧,在法庭宣布判决并且执行之后,立特尔太太把约翰尼叫去。她生下了那个孩子,而她自己也已经不行了。"

杰斯特耳朵通红。"他有没有说过她爱我的爸爸?我是说,充满激情的爱?"

"她恨他,还对他说了这个话。她骂他是一个没有用的律师,骂他牺牲当事人的利益来表达自己对于公正的见解。她咒骂约翰尼,指责约翰尼,认为假如他把这个案子作为一个常规的正当防卫来辩护,舍曼·琼斯现在已经无罪释放了。一个垂死的女人,又骂、又哭、又伤心、又诅咒。她说,舍曼·琼斯是她所认识的最纯洁、最正派的男人,还说她爱他。她让约翰尼看那刚出生的婴儿,黑皮肤,像她自己一样的蓝眼睛。约翰尼回到家里的时候,那样子就像钻在桶里被冲下尼亚加拉瀑布的那个男人。①

"我让约翰尼不停地讲,然后我说,'孩子,我希望你已经有了一个教训。那个女人不可能是爱舍曼·琼斯的。他是黑人,而她却是个白人。'"

"爷爷,听你讲话好像爱一个黑人就像爱一头长颈鹿,或者别的这样的稀奇东西。"

---

① 一九○一年十月二十四日,纽约一个贫困潦倒的六十三岁女音乐教师钻进一个铁桶,冲下尼亚加拉瀑布,成了成功跳下大瀑布的第一人。在她之后有十四个人跳下大瀑布。一九一一年,一个来自英国的马戏团特技演员也钻进铁桶,成功跳下尼亚加拉瀑布,但是膝盖骨粉碎,下巴骨折,在医院住了将近半年。此人七十岁时脚踩着橘子皮滑倒后去世。法官说的疑指这个男人,因为约翰尼回家时仿佛一个人做了一件不值得做的事情却反受伤害。——译注

"这当然不叫爱。这叫欲。欲是说被稀奇古怪、有悖常理和危险的东西所吸引。这就是我对约翰尼说的道理。然后我问他,为什么他会这么在乎这件事。约翰尼说:'因为我爱立特尔太太,要不你是要我把它说成是欲?'"

"'不是欲就是疯,孩子,'我说。"

"那个孩子后来呢?"杰斯特问道。

"显然,立特尔太太死后,莱斯·立特尔把婴儿抱走,丢弃在米兰耶稣升天教堂的长椅上。一定是莱斯·立特尔抱走的,我想来想去觉得只有他会做这样的事。"

"这孩子就是我们的舍曼啰?"

"没错,不过这件事你一点都不可以跟他说,"法官警告道。

"我爸爸是在立特尔太太给他看那个孩子并且咒骂他、指责他的那天自杀的吗?"

"他一直等到圣诞节的午后,是在过了一周之后,我还以为我说了这么多道理他已经听进去,以为事情已经过去,都了结了。那个圣诞节也像往年过节一样,先是在早晨打开圣诞节礼物,然后把圣诞节礼物的包装纸都堆放在圣诞树下。他妈妈送给他一枚装饰领带的珍珠别针,我送他一盒雪茄和一块防水、防震的手表。我记得约翰尼拿起手表使劲地摔,还拿来一杯水把手表浸在里面,他要检验一下。我一回又一回地责备自己,那天怎么会没有注意到任何特别的地方,由于我们就像孪生兄弟一样,因此我本应该感觉到他的绝望心情的。拿着防震、防水的手表那样胡闹是正常的吗? 你说,杰斯特。"

"我不知道,可是你别哭呀,爷爷。"

因为这么多年来都没有哭过的法官,终于为他的儿子哭泣了。他对孙子诉说往事,于是一件件、一幕幕叫人难以理解地打开了他倔强的心扉,结果他大声地抽泣起来。他本来就是一个什么事都很放纵的人,此刻也就老泪纵横,大声抽泣,并且感到非常过瘾。

"别哭了,爷爷,"杰斯特说道,"别哭了,爷爷爹。"

他长时间地沉浸在往事的回忆之中,现在都过去了,他又回到了眼前的世界里。"他死了,"他说道,"我的宝贝儿子死了,可是我倒活着。而生活就是充满了许许多多的东西。有船,有卷心菜,有王。不对。有船,有,有——"

"有封蜡,"杰斯特提示道。

"对。生活充满了许许多多的东西,有船,有封蜡,有卷心菜,有王。这么说倒叫我想起来了,孩子,我要买一面新的放大镜。《米兰信使报》一天天越来越看不清楚了。上个月,直挺挺的一个字直盯着我看,我就是看不清——把七错当作九了。我心里乱糟糟的,真想在纽约咖啡馆的后间大声吼叫。

"除此之外,我还要去买一个助听器,虽然我一直认为用助听器就像个老太太似的,用了也帮不了什么忙。而且,总有一天我还会具备超人的官能。视力好了,听力好了,所有的官能都大大改善了。"这样的情形会怎样出现老法官没有说明,但是,生活在眼前的世界,同时梦想着一个更加生动活泼的未来,法官已经心满意足了。在夜晚激动的情绪消退之后,整个冬夜他都睡得很安静,一直睡到第二天早晨六点钟才醒来。

第 十 一 章

　　我是谁！我是做什么的？我要到哪里去？这些问题仿佛困扰少年心灵的幽灵，一直挥之不去，而现在杰斯特终于都有了答案。他在颠三倒四的梦中见到了大小孩，而这些梦常使他内疚，使他困惑，但是现在他不再受到这些梦的困扰了。他梦见在暴民手中救下舍曼，但是他自己却丢了性命，而当时舍曼站在一旁看着，非常伤心，现在这些梦消逝了。他梦见在瑞士一场雪崩中救出玛丽莲·梦露，然后在纽约街头受到英雄般的欢迎，沿途的建筑物上抛下了五彩纸带和纸屑，现在这些梦消逝了。这是一个很有趣的白日梦，但是毕竟救了玛丽莲·梦露也不是什么了不起的成就。他救过这么多的人的性命，也经历过这么多回英雄之死。他做的梦几乎总是在外国。从来没有在米兰，从来没有在佐治亚，而总是在瑞士，要不就是在巴厘岛,或者别的什么地方。但是现在他的梦转移了。不管是黑夜做的梦,还是白日做的梦。他每夜都梦见他的爸爸。找到了他爸爸他就能找到他自己。他是他爸爸的儿子,而且他要当律师。太多的选择带来的困惑一旦排除之后,杰斯特感到轻松愉快,毫无束缚了。

新学期开学的时候他非常高兴。穿上圣诞节得到的簇新的衣服(簇新的鞋子,簇新的白衬衫,簇新的法兰绒长裤),他思想没有负担,他信心十足,因为"我是谁?我是做什么的?我要到哪里去?"这些问题终于有了答案。这个学期他学业要更加用功,尤其是英语和历史——要读宪法,要背诵名人演讲,不管是不是学科的要求。

既然有意蒙上的关于他父亲的神秘性现在已经驱散,那么他的爷爷偶尔也会说起他;不是经常的,也不见他哭泣,而是就仿佛杰斯特被正式吸收为像共济会会员啦,慈善互助会会员啦,或者别的什么。这样一来,杰斯特就能够跟爷爷谈谈他的打算,告诉爷爷他打算学法律。

"上帝知道我是从来不鼓励你学法律的。不过,假如那是你想要做的事,孩子,我会尽我最大能力支持你的。"在心底里法官万分高兴。而且他禁不住流露了这样的欣喜。"这么说来你是要学爷爷的样啰?"

杰斯特说道,"我想做像爸爸那样的人。"

"你爸爸,你爷爷……我们都是孪生亲兄弟。你就是活脱脱又一个克莱恩。"

"啊,现在我是大大松了一口气了,"杰斯特说道。"我考虑过我人生中可以做的许许多多事情。弹钢琴,驾驶飞机。可是没有一样是完全适合的。我就像一只爬错了树的猫,把精力用错了地方。"

新年伊始,法官生活的平稳节奏突然被打破。一天早晨,维莉丽来上班的时候她把帽子挂在后门的帽架上,没有像通常那样接着到屋子前面去里里外外地开始一天的打扫。她就在厨房里站着,很不高兴,态度执拗,一句话也听不进。

"法官,"她说道。"我要那些基金。"

"什么基金?"

"政府基金。"

他既恼怒又惊讶,而且早晨起来抽第一根雪茄的兴致完全被破坏,因为维莉丽开始大谈社会保险。"我从工资里拿出一部分上缴政府,你也应该缴一部分。"

"是谁在跟你说这些乱七八糟的东西的?"法官心里想可能又要来一次重建①了,但是他觉得太可怕不敢说出来。

"大家都在说。"

"喂,维莉丽,你要讲点道理。你为什么想要向政府缴钱?"

"因为这是法律规定的,政府对老百姓说要缴的。老百姓我知道。这就是说的所得税。"

"仁慈的上帝呀,你要缴什么所得税!"

"要缴的。"

法官感到非常自豪,对于黑人提出的种种理由,他是最了解不过了,于是他语气坚决地安慰她道,"你把事情都混淆了。别去管它。"他又不由自主地加了一句,"唉,维莉丽,你在我们

---

① 美国历史上的所谓"重建",是指南北战争后一八六五年至一八七七年的"战后重建"时期。——译注

家做事差不多已经十五年了。"

"我要照法律办事。"

"这是捣乱的法律。"

维莉丽想要什么终于真相大白。"我时候到了是要靠我的养老金的。"

"你要你的养老金干什么？你年纪大了干不了活了我会照顾你的。"

"法官,你自己都早就已经是七老八十的了。"

说他是就要死的人法官听了非常生气。整件事情的确让他十分恼火。而且总觉得不明白。他一直觉得他对于黑人是最了解不过了。他从来没有意识到,每个星期天的上午,用餐的时候他说,"啊,维莉丽,维莉丽,我要对你说,你将永远住在天国……"他从来没有注意到,一回又一回这句话维莉丽听了有多生气。他也从来没有注意到,自从大小孩死了以后,她的情绪受到了多么大的影响。他以为他最了解黑人,但是他不是一个会察言观色的人。

维莉丽还是要继续讨论这个话题。"有一家人家太太说愿意替我缴那些政府基金,一个礼拜付我四十块工钱,另外礼拜六、礼拜天还放我两天的假。"

法官的心跳得很快,他脸色大变。"行啊,你去找她!"

"我可以找一个人来给你做事,法官。找艾莉·卡宾特来顶替我的工作。"

"艾莉·卡宾特! 你知道得很清楚她是个呆头呆脑的人!"

"那么那个不中用的舍曼·普友怎么样?"

"舍曼不是佣人。"

"那么你说他是什么?"

"不是专门的佣人。"

"有一家人家太太说愿意替我缴政府基金,一个礼拜付我四十块工钱,另外礼拜六、礼拜天还放我两天的假。"

法官的火气更加大了。在早年,一个仆人一星期付给三块钱,她觉得工钱已经很高了。但是佣人的工钱,每年,一年年上涨,所以法官现在给维莉丽的工钱是一星期三十块,而且他还听说经过良好培训的佣人,现在的行情是一星期三十五块,甚至四十块的也有。而即使这样,现在佣人还是很难找。他对佣人的态度历来都是很随和的;而且,他一直都很主张为人要仁慈——他还要主张这么高的佣人工钱吗?但是,为了求一个太平和清净,老法官试图作出让步。"你的社会保险金我来支付。"

"我信不过你,"维莉丽说道。他第一次明白过来,原来维莉丽是一个凶狠的女人。她说话不再唯唯诺诺,而是凶巴巴的。"这个女人愿意替我缴政府基金,付给我一个礼拜四十块工钱……"

"行啊,你去找她!"

"现在?"

尽管法官从来没有对仆人高声说过话,但是现在他大吼道,"就现在,妈的! 你走了我才高兴呢!"

虽然维莉丽心中很气,但是她不愿说出来。她发紫、布满皱褶的嘴唇气得直哆嗦。她走到后门,小心翼翼地戴上插了粉红玫瑰的帽子。在这里干了将近十五年活的厨房她连看也没有再看一眼,也没有跟法官打一声招呼,就从后门啪嗒啪嗒地走了。

　　屋子里一片寂静,法官很害怕。他害怕假如把他一个人丢在这屋子里,他会中风的。杰斯特要到下午才放学,因此他不能一个人在家里。他记得杰斯特小的时候天黑了他就会叫喊,"快来人! 快来人!"法官这个时候也想这样叫喊。等到屋子里一片寂静的时候,法官才明白屋子里的说话声是多么的必要。于是他跑到法院大楼前的广场,要觅一个佣人,可是时代变了。在法院广场人们已经再也找不到一个黑人了。他询问了三个黑人但都已经有主了,而且他们朝他看看,仿佛他是一个精神失常的人。于是他跑到理发店里。他剪了头发,洗了头,刮了脸,为了打发时间,他又修了指甲。于是在理发店里他要求的每一样都做完之后,他到泰勒饭店的绿厅,再消磨一点时光。他在板球茶室里花了两个小时用午餐,用完午餐后他顺路到药房去看望 J. T. 马龙。

　　由于没有一个落脚的地方,心情又很抑郁,因此法官就这样度过了三天。因为他害怕一个人待在家里,所以法官总是在米兰的街上闲逛,要不就在泰勒饭店的绿厅里坐着,在理发店里坐着,或者是在法院大楼广场白人专用的长椅上坐着。到了午餐时分,他亲自动手给自己和杰斯特炸牛排,碟子则由杰斯特来洗刷。

　　由于在他的生活中家里的事情只要叫一声仆人就会解决,对此他已经习以为常,因此,他从来没有想过要去找介绍所。屋子里一天比一天肮脏了。这样的糟糕状况还要持续多久,那是很难说的。一天,他到药房去,对 J. T. 马龙说,能不能请马龙太太帮助他找一个佣人。J. T. 马龙一口答应,他去跟太太说说。

在一月的日子里,万物呈现一派富有光泽的湛蓝和金黄的气象,那是一段和煦的日子。其实,这是一个给人造成错觉的春天。由于气候的新转变,马龙恢复了元气,心想他身体已经好转,他要到外面去走走。而实际上他是要到霍普金斯医院去走一遭,而且是独自一人,也不让人知道。就在那第一次判了他死刑的门诊时,海顿大夫宣判他只有一年或者十五个月可以活,而现在时间已经过去了十个月。他现在感觉身体已经好了很多,真纳闷不知是不是米兰的全科医生都搞错了。他对他妻子说他要到亚特兰大去出席一个药剂师大会,就这样保守了秘密,瞒过了妻子,他心中很是得意,所以他踏上北上的旅途的时候,几乎是高高兴兴的。他心怀内疚和做事草率的感觉,乘上了普尔曼式豪华软卧列车,在列车休息室里坐着消磨时光,要了两杯餐前威士忌,点了大盘海鲜,虽然牛肝是菜单上的特色菜。

第二天的上午,巴尔的摩下着雨,马龙感觉空气又冷又潮湿,当时他站在候诊室里,对接待小姐说明他的要求。"我要你们医院最好的诊断医师,因为我们家乡的那些全科医生的水平太落后了,我信不过他们。"

然后就是他现在已经熟悉的各种检查,然后是等片子和化验结果,最后等到了太熟悉不过的结论。马龙气得难受,乘上普通客车回了米兰。

回家后的第二天,他找到赫尔曼·克雷恩,在柜台上把手表一放。"这只手表每个礼拜要慢两分钟,"他没好声气地对珠宝商说道。"我要这只手表走得像火车时刻表那样准确。"因为马龙在他等死的这段日子里,对于时刻他是十分在意的。他一直找珠宝商的麻烦,老是埋怨他的手表不是慢了两分钟,就是快了三分钟。

"这只手表两星期前我刚替你拆开来大修过。你要到哪里去,你非要它像火车时刻表那么准!"

一股怒火冲上心头,马龙紧紧握起拳头,把指关节都捏得发白,像个小孩子似的骂个不停。"我要到哪里去关你什么事!管你什么屁事!"

珠宝商朝他看看,莫名其妙地发的一通脾气叫他非常尴尬。"假如你修不好,这个生意我就拿去给别人做了!"马龙说完一把抓起手表就离开了商店,弄得赫尔曼·克雷恩眼睛直盯着他的背影,心中惊诧,也不知道这是怎么回事。两人相互之间已经差不多是二十年的信得过的老主顾了。

马龙正经历一个他往往动不动就要这样突然间发一通脾气的时期。他不可能直接就想到自己要死了,因为在他心里他要死去是假的。但是这样的一通脾气,尽管没有人惹他,他自己也觉得非常意外,却常常会在他本来平静的心里爆发。有一回,他和玛莎一起好好的正在挑美洲山核桃肉,准备点缀蛋糕什么的,突然间他把核桃夹子掼在地上,使劲拿坚果扦在自己身上戳。又有一回他踩着了托米丢在楼梯上没有捡起来的一个皮球,绊了一跤,他拿起球来狠狠地扔去,敲碎了他家正门的一块玻璃。这样大发脾气并没有减轻他的心理压力。脾气发过以后,马龙仍感觉到会有可怕而无法理解的事情发生,但是要防止事情的发生他又做不到。

马龙太太替法官找了一个女佣,这样他就不用再在马路上闲荡了。她几乎完全是个印第安人,并且非常沉默。但是法官不再害怕一个人待在屋子里了。他也用不着再叫喊,"快来人！快来人！"因为屋子里还有一个人在，他就感觉有了宽慰，于是，这座房子，装着彩色玻璃窗，放着带镜子的窗间矮几，还有那熟悉的书房、餐厅和客厅，现在又不再寂静。厨娘名字叫李，她做的一日三餐很马虎，烧得不好，服侍得也不好。正餐开始的时候她端上汤来，两个大拇指一半浸在摇晃的汤里。但是她从来没有听说过社会保险，而且一个字也不识，这倒让法官隐约有些满意。为什么，他没有查问。

舍曼威胁要离开法官，但是他说的话根本就没有兑现，不过两个人的关系比以前差得多了。他每天还是来，还是替他打针。而且，他一脸抑郁和受骗上当的样子，常在书房里打发时光，削铅笔，给法官朗读不朽的诗篇，做调制香甜热酒等等事情。关于南方邦联货币的信件他一封也不肯写。虽然法官心里明白他是故意装出恶劣的态度的，而且除了打针之外也没有要他做一点事情，但是法官还是留他在家，希望事情会有转机，朝好的方面发展。他甚至不让老法官得意洋洋地夸耀他的孙子，吹嘘要让他的孙子当律师的决定。在法官又要提起这件事的时候，舍曼就会很不礼貌地哼起歌来，要不就像鳄鱼那样张大嘴巴打哈欠。法官常常一遍又一遍地说，"闲得发慌，必生歹念。"法官说完这句话，就看着舍曼，但是舍曼也只是看着法官，作为回敬。

有一天，法官说道，"我想叫你到法院大楼我的办公室去跑一趟，找一下写着'剪报'的放资料的铁箱子。我要翻阅我做的剪报。尽管你不了解，可我真是一个伟人。"

"编号'C'表示'剪报'的铁箱子，"舍曼重复了一遍，因为他很高兴出去跑腿。他从来没有到法官的办公室去过，而他一直都很想去看看。

"你可不能乱翻我的重要文件。就拿我的剪报。"

"我不会乱翻的,"舍曼说道。

"给我调一杯香甜热酒再走。现在十二点钟了。"

舍曼自己没有喝正午的香甜热酒,而是径直到法院大楼去了。在办公室的门上,毛玻璃上贴着一个牌子,上写:**克莱恩父子律师事务所**。舍曼怀着颇有点激动的喜悦心情开了门,走进阳光充足的房间。

把标有"剪报"字样的材料拿出来之后,他从从容容地在铁柜子里乱翻其他的文件。他也不是一定要找什么特别的东西,他生来就是一个双手很贱的人,他是气法官说的"不要乱翻"的话。但是,那天下午一点钟的时候,法官正在用午餐的时候,舍曼翻到了装有约翰尼案情要点的文件的夹子。他看到了舍曼这个名字。舍曼? 舍曼? 除了这个舍曼,我所知道的叫舍曼的就我一个人。城里有多少个舍曼? 他一边看文件一边摇着头。那天下午一点钟,他发现有一个他自己种族的人被法官宣布处决了,他的名字就叫舍曼。还有一个白人妇女被指控与黑人通奸。他无法相信。他有这样的把握吗? 但是,一个白人妇女,蓝眼睛,这与他所梦想的太不一样了。他就像某个令人迷惑不解、让人头痛的纵横填字谜一样。可是,他,舍曼……我是谁? 我算什么人? 那个时候他只知道他很不舒服。他的耳朵里仿佛响着一片瀑布声,但尽是耻辱和羞愧。不对,玛丽安·安德森不是他的母亲,丽娜·霍恩也不是,蓓希·史密斯①也不是,他童年时代最喜欢的女人都不是。

---

① 丽娜·霍恩(Lena Horne,一九一七——　　),非洲裔美国通俗歌手和演员;蓓希·史密斯(Bessie Smith,一八九二——一九三七),美国黑人布鲁斯爵士歌曲女歌手,人称"布鲁斯歌后"。——译注

他上当了。他受骗了。他要像那个黑人男子一样去死。但是他绝不会跟一个白人去鬼混，那是肯定的。像奥赛罗，那个愚蠢的摩尔人！他慢慢地把文件夹放回原处，而当他回到法官家的时候，他的走路就像一个病人。

法官午睡刚刚醒来；舍曼回来的时候已经是午后了。由于法官不是一个善于察言观色的人，他没有注意到舍曼烦躁的脸和颤抖的双手。他要舍曼把拿回来的剪报大声念给他听，而舍曼太伤心，不可能不服从。

法官会重复舍曼念过的词句，例如：南方政治家星系的一颗恒星。一个有远见的人，一个有责任心的人，一个有正义感的人。可爱的佐治亚和南方的光荣。

"明白了吗？"老法官对舍曼说。

舍曼依然是心烦意乱，于是他用颤抖的声音说，"你得到了一块像猪一样大的火腿。"

由于法官仍旧陶醉在自己的伟人梦里，因此他心想这是一句恭维话，并且说道，"你说什么，小子？"因为虽然法官买了一个助听器，还有一面新放大镜，但是他的视力和听力正在迅速衰退，他并没有具备超常的视力，他所有的官能也都没有改善。

舍曼没有作答，因为得到一块像猪一样大的火腿，对于他的生活，对于他的该死的蓝眼睛，以及他的蓝眼睛是从谁遗传的问题，也不是什么大不了的侮辱。他要对着干，对着干，对着干。但是，在他想要把一叠文件使劲甩下来的时候，他感到双手软绵绵的，以致他有气无力地把文件放在桌子上。

舍曼走了之后，法官又是单独一人了。他拿起那面放大镜，凑近一叠剪报，自言自语大声读起来，他仍然沉浸在他的伟人梦里。

第 十 二 章

　　早春时节的嫩绿和金黄,现在已经加深颜色,变成了五月初浓密、微蓝的树叶,夏日的热气又笼罩了全城。随着炎热的到来,暴力也发生了,于是米兰上了报:《花枝纪事报》、《亚特兰大日报》、《亚特兰大法规报》,甚至《时代周刊》杂志。一个黑人家庭搬进了白人居住区里的一座房子,结果他们遭了炸弹袭击。没有人被炸死,但是有三个小孩受伤,城中恶性的情绪加深了。

　　爆炸发生的时候,舍曼心情正感到困惑。他是想要对着干,对着干,对着干,但是他又不知道他能干什么。这次爆炸被登入了他记有黑名单的小本子上。渐渐地他开始做出格的事了。他做的第一件事是到法院大楼广场上的白人饮水处去喝水。似乎没有人注意到他的举动。他到公共汽车站的专供白人使用的男厕所里去解手。但是他进出都是急急匆匆、鬼鬼祟祟的,还是没有一个人注意。他走进施洗教堂坐在后排的长椅上。这一回又没人注意,不过到了礼拜仪式结束的时候,一个教堂引座员给他指出了一处黑人教堂。他走进威伦药房坐下来。一个店员说,"滚,黑鬼,不要再进来了。"所有这些一个一个的出格行动把他吓坏了。他手心汗津津的,心怦怦地跳。但是,尽管他事后吓出汗来,除了威伦药房的店员之外,却怎么会没有一个人注意他的举动,这倒使他心里更加乱糟糟了。他感到困扰,感到痛苦,我非得对着干,对着干,对着干这个念头就像打鼓一样在他脑袋里响着。

终于他干了。早晨给法官打针的时候,他用水代替胰岛素。他连续三天用水注射,并且一边等待着。可是在这鬼鬼祟祟的情况下,似乎什么事也没有发生。法官还是跟以前一样快活,似乎一点毛病也没有。但是,虽然他憎恨法官,并且认为他应该被从地面上消灭掉,但是他心里明白,把他除掉就变成政治谋杀了。他不可以结果了他的性命。假如这是一个政治谋杀阴谋,只要有一把匕首或者一支手枪就能解决问题,而不用偷偷摸摸地拿水代替胰岛素。他这样做也没有被人注意到。到了第四天他又注射胰岛素。他脑袋里打的鼓依然是急迫、没有停息的鼓点。

与此同时,由于法官不是一个善于察言观色的人,因此他一脸和气的样子,态度异常地和蔼。他的这个态度反倒使舍曼非常气愤。他甚至觉得对于法官,就像别的白人一样,他心中的愤怒根本不必找什么理由,有的只是逼迫。他既想做出格的行为,又害怕出格,既希望人家来注意他的行为,又害怕被人注意。在五月初的这些日子里,舍曼心里总是七上八下的,不得安宁。我非得对着干,对着干,对着干。

可是,待他真干了,事情又干得非常奇怪,非常愚蠢可笑,连他自己都弄不明白事情怎么会是这样。一个清澈明亮的傍晚,就在他穿过法官家后院到巷子里去的时候,杰斯特的狗泰琪跳起来趴在他的肩上,并且舔他的脸。舍曼永远不会明白他当时为什么要那样做。但是,他当时想好了,捡起一根晾衣绳打了一个绞索,把狗吊在榆树的一个树枝上。这条狗只挣扎了几分钟。耳聋的老法官没有听见狗被绞死时的惨叫声,而当时杰斯特不在家。

然而,尽管时候还早,舍曼晚餐也没有吃就睡了,而且那一晚他睡得像死人似的,到了第二天早晨九点钟杰斯特砰砰砰地敲门的时候他才醒。

"舍曼!"杰斯特的叫喊声因震惊而变得尖利。舍曼不慌不忙地穿衣,双手捧起水来洗脸,而这时杰斯特还在那里敲门,还在那里厉声大喊。待舍曼开门出来,杰斯特揪住他,几乎是拖着他来到法官家的后院。只见已经僵硬的狗,在湛蓝的五月的天空下,吊在树枝上。杰斯特此时在哭。"泰琪,泰琪。怎么会这样?是什么缘故?"然后他转身直瞪着舍曼,而舍曼只是两眼看着地上。舍曼低头望着地面这一表现,突然之间就证实了杰斯特心中冒出的可怕怀疑。

"为什么,舍曼?你为什么要做这种疯狂的事?"在尚不明白事情真相的惊愕中,他两眼紧盯着舍曼。他只是希望他知道该说的话,知道该做的事,希望自己不会呕吐。他没有呕吐,而是到院子的农具棚里拿了一把铁锹来掘一个坟墓。但是,他放下狗的尸体,割断晾衣绳做的绞索,把泰琪埋到坟墓里的时候,他觉得自己就要昏厥了。

"你怎么立刻就知道是我干的?"

"看你的脸我就知道是你。"

"我看见你牵着那条白人的狗溜达,穿得干干净净,皱条纹的薄裤子,到白人学校上学。为什么没人来关心我? 我干了事情也没人来理会。人们连一条狗都要宠着,可是没人来注意我。还不是一条狗嘛,干么大惊小怪的。"

杰斯特说道,"我爱他。泰琪也爱你。"

"我不爱白人的狗,我什么人都不爱。"

"真叫人非常伤心。我怎么也受不了。"

舍曼想起了法院大楼办公室里五月的阳光照耀下的文件。"你非常伤心。非常伤心的不止你一个人。"

"做得出这样的事情倒叫我觉得,应该把你送到密里奇维尔去。"

"密里奇维尔!"讥笑道。他奋拉的双手模仿白痴的样子不停地晃动。"我这么机灵的一个人,小子,怎么会送到密里奇维尔去呢。谁也不会相信我把一条狗怎么样了。就连疯人院的医生也不会相信。要是你觉得这件事疯狂,那你就等着瞧吧,我还会做出什么事来。"

杰斯特注意到了他话语中的威胁口气,不觉自然地说道,"什么?"

"我打算要干我有生以来从来没有干过的疯狂事,我没干过,别的哪个黑鬼也没干过。"

然而,舍曼不愿跟杰斯特说他打算要干什么事,而杰斯特也无法叫他为泰琪的死而感到内疚,更不必说要他觉得自己是在做鬼鬼祟祟的事。他心里太难过了,那天就没有去上学,而且他心神不定,在家里也待不住,于是他对他爷爷说泰琪死了,是在睡着的时候死的,还说他已经把它埋了,而老法官也没有多问什么。然后,杰斯特生平第一次逃学,到机场去了。

老法官眼巴巴地等着舍曼来,结果还是白等了,而舍曼却在家里,用"天使之字体"写一封信。他是给亚特兰大的一家介绍所写信,要在米兰白人居住区租一间房子。法官来叫他的时候他说他不会再去上班了,请阁下到别的地方去叫人打针吧。

"你是说你要丢下我不管了?"

"对。丢下你不管了,法官。"

法官在舍曼走后又独自一人,无人帮忙了。那个默默的混血印第安女佣从来不唱歌,杰斯特去上学了,法官拿着那面新的放大镜在看《米兰信使报》,感到既疲倦,又无聊。事情也真巧,一个兽医代表大会在米兰召开,这真是一件好事。普克·塔顿也来参加会议,他和另外五六个代表就住在法官家里。他们都是一些给骡子、猪、狗看病的医生,喝酒就像刮暴风雨似的,酒后疯狂,把楼梯上的栏杆当滑梯。法官觉得他们把楼梯的栏杆当作滑梯,这未免有些过分,所以他怀念他妻子的行为文雅的教会代表会,那些牧师和参加会议的教会代表唱着赞美诗,举止态度都是彬彬有礼。待到兽医大会结束,普克离去,家里反倒比以前更加冷清,法官心里的空虚感更加严重,心境更加凄凉了。他埋怨舍曼丢下他走了。他回想过去的时光,当时家里不只有一个仆人,而是两三个,所以家里的说话声就像黄水汇集的河流,哗啦啦地响。

与此同时,舍曼从介绍所得到了回音,并寄去付房租的汇款单。他们并没有查问他的种族。两天之后他就开始搬家了。他租的房子就在马龙家附近,紧靠马龙太太继承的三所小房子。从舍曼租下的房子往前,是一家店铺,再往前就是一个黑人居住区了。但是不管房子有多么破旧,它毕竟是坐落在一个白人居住区里。萨米·兰克和他家一大串大大小小的孩子们就住在隔壁。舍曼用分期付款的方式买了一架微型大钢琴,几样漂亮的正宗古董家具,叫了一家搬场公司,把东西搬进了他的新房子。

他是五月中旬搬进来的,于是,他终于引起了人们的注意。他搬场的消息像野火一样,迅速传遍了全城。萨米·兰克到马龙那里发泄怒气,马龙又到法官那里发牢骚。

"他已经把我丢下不管了。我非常地气愤,不想再跟他纠缠不清了。"

萨米·兰克,贝尼·维姆斯和化验员麦克斯·葛哈特都围着法官家转,一个个没有了主张。法官开始来说服马龙,"我跟你一样,是不赞成用暴力来解决问题的,但是现在冒出这种事情来,我又觉得我有责任采取行动。"

暗地里法官很兴奋。在早年,法官还是个三K党人,而在这个秘密组织被查禁的时候,他逃脱了,所以他不能参加在松山镇举行的白袍人①的那些集会,给自己注入秘密、无形的力量。

马龙并不是一个三K党人,所以这些天来他感觉非常怠惰。那房子也不是他妻子的房产,感谢上帝,而且,房子已经倾斜,朝一边倒了。

法官说,"假如这样的事情再这么下去,J. T. ,受影响的不会是像我和你这样的人。我在这儿有我自己的房子,你也有

① 三K党徒蒙面,穿白袍,行私刑。——译注

地段非常好的房子。我们没有什么影响。我们这儿黑人是不可能搬进来的。但是我现在是以这个城的重要市民的身份在说话。我是在替穷人说话,替得不到好处的人说话。我们这些主要市民必须做这些遭践踏的人的发言人。萨米·兰克走到这座房子的时候你有没有注意?我看他要中风的。非常地气愤、激动,那也是情有可原,因为他家的房子是紧靠着舍曼租的房子。要是你与一个黑人做邻居,你会喜欢吗?"

"我不喜欢。"

"你的房产会贬值,格林拉弗老太太留给你太太的房产会贬值。"

马龙说,"有好多年了我一直劝我太太把那三套房子卖掉。都已经变成一堆破烂了。"

"我和你都是最重要的米兰市民……"马龙唯唯诺诺地感到自豪,他与法官列入了同一范畴。

"还有,"法官继续说道,"我和你都有自己的房产,都有自己的地位,都有自尊。可是,萨米·兰克除了他的一大群孩子还有什么?萨米·兰克和像他那样的贫穷的白人,除了他们的肤色是白的之外,一无所有。没有房子,没有财产,没有他们瞧不起的人——这就是整个事情的关键。这是对人性的可悲注脚,可是每一个人总得有他看不起的人才行。所以,这个世界的萨米·兰克们就只有黑人可以让他看不起了。瞧,J.T.,这是一个关系到自尊的问题。我和你有自尊,我们血统的自尊,我们子孙后代的自尊。可是,除了头发亚麻色的三胞胎、双胞胎孩子之外,除了一个生孩子生得筋疲力尽、坐在门口吸鼻烟的妻子之外,萨米·兰克他还有什么?"

他们最后决定再过几个钟头要在马龙的药房里开一个

会,由杰斯特来开车,把法官和马龙送到开会地点。那一夜,一轮静谧的明月挂在五月的夜空。对于杰斯特,对于法官,它就是一轮明月而已,然而,马龙望着明月,心头充满茫然的悲伤。他看到过多少个五月夜晚的明月?他还能再看到多少个这样的明月?会不会这就是最后一轮明月?

马龙坐在车子里,默不作声,但是心里充满疑惑,而这时候杰斯特心中也在纳闷。到底要开什么会?他只觉得这跟舍曼搬进白人居住区有关。

马龙打开配药间的边门,和法官一齐进了屋。"你回家吧,孩子,"法官对杰斯特说道。"我会找人送我们回去的。"

马龙和法官走进药房的时候,杰斯特找了一个附近地方停车。马龙打开电扇,于是室内热烘烘的混浊空气被搅动了,吹起一阵阵清风。他没有把灯全部打开,于是半明半暗的房间给人一种关起门来密谋策划的感觉。

原以为来的人会从边门进入,因此,正门响起嘭嘭的敲门声让他吃了一惊。这是县治安官麦考尔,只见他有一双小巧而发紫的手,一个断鼻子的人。

与此同时杰斯特又回到药房。边门关着但是没有锁,他悄悄地进来。在同一个时刻,一伙新到的人把正门敲响,随后进了屋,所以杰斯特的到来没有人注意。杰斯特在配药间的黑暗中非常安静地待着,生怕让人发现后被赶走。药房已经关门了,这个时候他们在这里干什么?

马龙不知道今晚会开成什么样的会。他原以为来开会的是一群重要的市民,但是除了米兰信托公司的出纳员汉密尔顿·勃里德勒,以及内西工厂的化验员麦克斯·葛哈特这两个人之外,并不见有重要的市民来。这些人里面有法官的牌

友,有贝尼·威姆斯,有斯泼特·刘易斯和萨米·兰克。另外
新到的人有几个马龙看见面熟,但是叫不出他们的名字。还
有一伙人是穿工装来的。不对,他们不是什么重要的市民,他
们大多数是一批乌合之众。而且,他们进来的时候差不多已
经喝醉了,于是室内弥漫了欢宴的气氛。他们递过一个瓶子,
放到了饮料机的柜台上。会还没有开始,马龙已经后悔不该
把他的药房借给他们开会。

　　也许这是马龙的心理状态,但是,那天晚上他所见的每一
个人,都让他回想起不愉快的事情。治安官麦考尔老是巴结
讨好法官,他的巴结态度太明显,马龙看了非常难受。而且,
曾经有一天在第十二大街和中心马路的拐角处他看见治安官
用警棍狠揍一个黑人姑娘。他眼睛紧盯着斯泼特·刘易斯
看。由于残忍的精神折磨,他的太太与他离了婚。作为一个
顾家的男人,马龙不知道残忍的精神折磨会是怎么样的。刘
易斯太太到墨西哥获得了离婚判决①,后来她又结婚。可那是
怎么一回事——残忍的精神折磨? 他心里十分明白,他也不
是一个道德高尚的人,曾经有一回他也跟人私通。但是,谁也
没有受到伤害,而且玛莎并不知道实情。残忍的精神折磨?
贝尼·威姆斯是一个老是赖账的人,而且他的女儿常年多病,
所以他老欠马龙的账,欠了账又老是不付。人家说麦克斯·
葛哈特绝顶聪明,他能算得出吹一声喇叭要多长时间月亮上
听得见。但是他是个德国人,而马龙从来就信不过德国人。

　　聚集在药房里的人都是些普通老百姓,太普通了以致他
在通常情况下怎么也不会想到这些人。但是今天晚上他看到

----

　　① 墨西哥关于婚姻的法律不很严格,例如,夫妻如分居一年以上,只要双方
同意即可离婚。——译注

了这些普通老百姓的弱点，看到了他们的卑鄙肮脏的丑陋面。不对，他们没有一个是重要的市民。

金黄的圆月让马龙感到伤心，感到冷飕飕的，虽然五月的夜有点热。药房里充满了威士忌的强烈味道，这种味道让他略微觉得有些反胃。屋子里已经来了十几个人，于是他问法官道，"该来的人都到了吗？"

法官自己似乎也觉得有一点儿失望，于是他说道，"十点钟了；我看都到了吧。"

法官于是以他非常做作的演说语气开始讲话。"各位市民，作为我们社区的重要市民，作为拥有房产的业主和我们这个种族的捍卫者，我们在这里聚会。"屋子里一片寂静。"我们白人市民的麻烦渐渐地变得越来越多，甚至受到极大的欺骗。佣人就像母鸡的牙齿，难找，而找到了，付的工钱也高得吓人。"法官听着自己说的话，然后又观察那些人，结果他意识到他说的话并不对路子。因为总的来说，这些人都不是家中雇佣人的人家。

他重又开始。"各位市民，这座城市难道就没有居住区划片的法律了吗？你们要漆黑的黑鬼搬到你家隔壁来住吗？你们要让你们的孩子挤在公共汽车的后面，倒让漆黑的黑鬼坐在车子的前面吗？你们要叫你们的妻子背地里跟黑鬼男人乱搞吗？"法官提出所有这些掷地有声的问题。人们低声议论开了，并且不时传出几声"不行。他娘的，不可以"。

"我们准备让黑鬼来决定我们的城市居住区如何划片吗？我问你们，要还是不要？"法官小心翼翼地站稳了身子，在柜台上狠狠地捶着。"现在是我们拿出决定的时候了。这个城市是谁在管，是我们，还是黑鬼？"

威士忌传过来又传过去,大家随便喝,于是屋子里生成了一股因仇恨而聚集在一起的气氛。

马龙透过平板玻璃的窗子,望着窗外的月亮。一看见月亮他就觉得难受,但是他已经忘记这是为什么。他多么希望现在是与玛莎在一起挑核桃肉,要不就是在家里跷起双脚搁在门口的楼梯栏杆上,喝着啤酒。

"谁去炸死那个杂种?"一个沙哑的声音嚷道。

马龙心里明白,人群中几乎没有人真认识舍曼·普友,但是有了一股共同拥有的仇恨,他们决定采取一致行动。"我们要抽签吗,法官?"贝尼·威姆斯过去做过这种事,所以他问马龙要了铅笔和纸,开始撕成纸条。纸条撕好之后,用铅笔在一张纸条上做了一个X记号。"摸到X的人就是了。"

马龙只觉得冷飕飕的,又因药房内一片嘈杂,弄得他心里像一团乱麻,于是他依旧望着月亮。他声音干涩粗糙,说道:"难道我们就不能跟这个黑人谈谈吗?我从来没有喜欢过他,即使是在他来你们家帮佣的时候,法官。完全是一个态度傲慢、目中无人、品质非常恶劣的黑人。但是,动用暴力或者炸死他,我不赞成。"

"我也不赞成,J. T.。我也充分认识到,我们作为这个市民委员会的成员,要把法律掌握在自己手中。可是,假如法律不保护我们的利益,不保护我们的孩子、我们的子孙的利益,我愿意绕开法律,假如这个目标是正当的,假如形势威胁着我们社区的准则规范。"

"大家都好了吗?"贝尼·威姆斯问道。"谁摸到X谁去。"在那一刻,马龙尤其讨厌贝尼·威姆斯。他是一个尖嘴猴腮的汽车修理工,一个十足的酒鬼。

在配药间里,杰斯特把身子紧紧贴在药瓶摆成的隔墙上,由于靠得太紧,把脸都贴在一个药瓶上了。他们要抽签决定谁去炸掉舍曼的屋子。他非要去提醒舍曼了,但是他不知道该怎样离开药房,于是他静听他们这个会的进展。

治安官麦考尔说道,"你可以用我的帽子,"一面递上他的斯泰逊高顶毡帽。法官是第一个摸纸团的,然后别人跟着摸。马龙摸纸团的时候,他的手在颤抖。他多么希望他回到自己的家里去。他的上唇紧压着下唇。大家在昏暗的灯光下把纸团摊开。马龙注视着他们,看到他们在紧张情绪过后的一张张舒展的脸。马龙看到摊开的纸团上画着一个 X 的记号的时候,他在害怕和担忧中并没有感到意外。

"我想应该是我了,"他沉闷的嗓音说道。大家的眼睛都看着他。他提高了嗓音。"但是假如要用爆炸或者暴力,我不能。"

"先生们。"马龙朝药房四下里看了一眼,他意识到屋子里几乎没有一个可以称得上先生的人。但是他接着说。"先生们,我是一个就要死的人了,所以我不会去犯罪,不会去杀人。"当着这样一群人的面谈论自己的死,他的尴尬使他非常痛苦。他用更加坚决的语气继续说道,"我不想危害我的灵魂。"大家都看着他,仿佛他发疯了,在说着胡话。

有人低声说了一句,"胆小鬼。"

"哼,妈的,"麦克斯·葛哈特说道。"你干吗来开会?"

马龙害怕在大庭广众,当着药房这一大群人的面,他就要哭出来。"一年之前医生对我说,我只有一年不到或者最多十六个月可以活了,所以我不想危害我的灵魂。"

"讲这么多灵魂是什么意思?"贝尼·威姆斯大声说道。

马龙羞愧难当，又说了一遍，"我不朽的灵魂。"他的太阳穴在急速地搏动，双手也放不稳，不停地颤抖。

"不朽的灵魂到底又是什么？"贝尼·威姆斯说道。

"我不知道，"马龙说道。"可是假如我有，我不想失去。"

法官看到他的朋友一脸的尴尬，他自己也非常尴尬。"打起精神来，伙计，"他低声说道。然后他大声对大家说。"J. T. 刚才说他觉得我们不应该这么做。可是假如我们真要干，我觉得我们就要一块儿干，因为那样的话事情就不一样了。"

马龙在众人面前丢了丑、出了洋相，已经没有什么面子可保了，于是他大声道，"那还是一个样。不管是一个人干还是十几个人一起干，假如是去杀人，都一样。"

杰斯特躲在配药间里心里在想，他从来没有想到老头马龙先生会有这么大的勇气。

萨米·兰克朝地上吐了一口，又说了一句，"胆小鬼。"接着他又加了一句，"我来干。很高兴干。就在我家隔壁嘛。"

所有的目光都转向萨米·兰克，他突然间成了一名英雄。

第 十 三 章

杰斯特立即赶到舍曼家里去警告他。他讲到在药房里开
的会的时候，舍曼脸色发青，那是受了极大惊吓之后黑皮肤上
所见的灰白色。

杰斯特心里想，他是活该。他害死了我的狗。可是，他看
到舍曼浑身哆嗦的时候，突然间他把狗的死忘记了，而且仿佛
他又是第一次见到舍曼，就像差不多一年以前那个夏夜见到
他一样。他，也开始哆嗦了，但是这一回并不是因为情绪激动
之故，而是因为他替舍曼担心，是因为心情紧张。

突然舍曼大笑起来。杰斯特两臂抱住舍曼的抽动的双
肩。"你别这样好吗？舍曼。你一定要离开此地。你一定要
离开这间屋子。"

舍曼四下里打量这间屋子，里面摆着新的家具，分期付款

买来的微型大钢琴,分期付款买的正宗古董沙发和两把椅子,这时候他大哭起来。壁炉里烧着火,因为虽然夜是暖的,但是舍曼觉得冷,而且对他来说有了炉火就有舒适温暖的感觉,有家一样的感觉。在炉火火光的映照下,眼泪在青灰色的脸上呈现出紫色和金黄色。

杰斯特又说道:"你一定要离开这个地方。"

"丢下我这些家具?"随着杰斯特非常了解的情绪的又一次波动,舍曼此刻开始介绍他的家具。"你还没有见过我的卧室家具呢,还有粉红的被单,闺房用的枕头。我的套装你也没有见过。"他把壁橱的门打开。"四套崭新的浩狮迈男装。"

他突然转身来到厨房,说道:"厨房配备了各种现代化设施。都是我自己的。"沉浸在拥有这一切给他带来的欣喜若狂之中,舍曼似乎已经把忧虑忘得一干二净。

杰斯特说道:"可是难道你不知道这件事会发生吗?"

"我又知道,又不知道。不过这件事不会发生! 我已经发出 RSVP① 请帖,邀请客人来出席庆贺乔迁的晚宴。我还买了一箱陈年纯酒卡尔弗特勋爵威士忌,六瓶杜松子酒,六瓶香槟酒。我们要用鱼子酱涂香脆的吐司面包,还有炸鸡,糖醋甜菜根,绿叶菜。"舍曼朝四周看了看。"这事不会发生的,因为,哥们,你知道这些家具要花多少钱吗? 我要花三年多时间才能还清,加上这些酒和衣服。"舍曼走到钢琴跟前,伸手亲切地抚摸。"我一直都想要一架精致的微型大钢琴。"

"不要再说什么大钢琴呀、晚宴呀这种愚蠢可笑的话了。难道你不明白这事不是闹着玩的吗?"

---

① 法文缩写,是正式请柬用语,意即"请赐复"。——译注

"不是闹着玩的？他们为什么要炸死我？我是一个甚至人家都不会来理睬的人。我走进一家廉价小店，在一张凳子上坐下来。那是真实的事情。"（舍曼确实走进一家廉价小店，在一张凳子上坐下来。但是当店员凶巴巴地走过来的时候，舍曼说，"我不舒服。请你给我一杯水好吗，小姐？"）

"可是现在人家理睬你了，"杰斯特说道，"你为什么不能丢掉所有这些黑人、白人的疯狂念头，到北方去，那里的人们并不很在乎这些？我知道假如我是一个黑人，我必定会快点离开这里到北方去了。"

"可是我办不到，"舍曼说道，"我花了这么多钞票租下这座房子，又搬来这些漂亮家具。这两天，我一直在整理东西，布置房间。假如要我把话说出来，那就是漂亮极了。"

房子突然成了舍曼生活天地的一切。自从他在法官办公室里发现了事情的真相以来，这些天里，他一直都不曾有意识地想过他父母是谁的问题。现在他有的只是天昏地暗、一片凄凉的感觉。不得已，他只好忙着购置家具，置办东西，而他的心中一直都有这种危险始终存在的感觉，始终存在他不会退缩的感觉。他的心在说，我已经对着干了，已经对着干了，已经对着干了。而忧虑反而让他更加得意。

"你想看看我的绿色新套装吗？"舍曼欣喜若狂，又紧张又兴奋，走进卧室穿上他的尼罗绿丝织新套装。杰斯特一面竭力应付有意回避他的追问的舍曼，一面注视着舍曼穿着绿色新装在房间里神气活现地走过来又走过去。

杰斯特只能说，"这些家具和衣服我一点都不关心，我就关心你。你难道不明白这是动真格的事吗？"

"动真格的，伙计？"舍曼在钢琴上敲起中央 C 音来。"我一直都保存着一个记有黑名单的本子,你倒来说什么是动真格的事? 我跟你说过我犹豫了吗? 我犹豫,我犹豫,我犹豫!"

"不要像疯子一样敲钢琴,你听我说。"

"我主意已定。所以我就待在这里不走了。就在这里待着。不管会不会来炸我的房子。再有,你他妈的到底关心什么?"

"我也不知道为什么我要这么关心,但是我就是要关心。"杰斯特一再地问他自己为什么他要关心舍曼。他跟舍曼待在一起的时候,他在肚子上,在心里面,就有一种冲动感。倒也不是一直如此,而是一阵阵的冲动。他自己也解释不清楚,所以说道,"我觉得就是一个内心的感动而已。"

"内心感动? 什么是内心感动?"

"你有没有听说过这句话,叫触动内心深处?"

"滚你妈的内心感动。什么内心感动,我不懂。我只知道我租了这间房子,付了一大笔钞票,我要在这里呆下去。抱歉。"

"唉,光说抱歉没用,你要有行动。你一定要搬家。"

"抱歉,"舍曼说道,"把你的狗弄死了。"

舍曼这么说的时候,杰斯特的内心深处隐隐约约就有一阵阵亲切感袭来。"别提狗了。狗已经死了。我要你永远活着。"

"谁也不会永远活着,不过,我活着就喜欢享乐。"于是舍曼大笑起来。这叫杰斯特想起了另外一阵大笑。那就是他的爷爷说起他的已经去世的儿子时的大笑。看到他毫无意义地敲打钢琴,毫无意义地大笑,他感到非常悲痛。

没错,杰斯特是要尽力提醒舍曼,可是舍曼就是听不进去。现在该由杰斯特来想办法了。可是他能去找谁呢？他能有什么办法呢？他只好离开舍曼，让他坐在那里不停地大笑，不停地敲打微型大钢琴的中央C音。

萨米·兰克不懂怎样制造炸弹，于是他去找聪明的麦克斯·葛哈特帮忙，做了两个。前些日子里高涨的情绪，耻辱、愤慨、侮辱、痛苦以及可怕的自尊几乎已经消失，而当萨米·兰克在那暖融融的五月的夜晚，手拿炸弹站在那里，从打开的窗子往里望着舍曼的时候，他的激情几乎已经消磨尽了。他站在那里已经感觉不到任何的激烈情绪，有的只是一种浅薄的自尊，认为自己是在完成一项非完成不可的任务。舍曼在屋子里弹钢琴，萨米好奇地观望，心里纳闷一个黑鬼怎么会学会弹钢琴的。接着舍曼开始唱起来。他脑袋后仰，露出强壮的黑色喉咙，而萨米的炸弹就是瞄准舍曼的喉咙的。由于相距只有几码远，炸弹正好击中喉咙。第一个炸弹扔出之后，一种凶狠而舒畅的感觉又回到了萨米的身上。他扔出第二颗炸弹，房子着火了。

人群已经聚集在马路上和院子里。邻居，皮克先生小店的顾客，甚至马龙先生本人都出来了。消防车发出尖厉的叫声。

萨米·兰克知道他击中了黑鬼，但是他一直等到救护车来，看着他们把炸烂的尸体用布盖起来。

人群都待在外面观望。消防队把火扑灭了，于是人们都回屋去。他们把微型大钢琴搬到了院子里。为什么，他们不知道。不一会儿天下起了牛毛细雨。皮克先生是紧靠那座房子的杂货店的老板，那天夜里生意做得很好。《米兰信使报》

的记者在该报早晨版上报道了这起爆炸。

由于法官家的房子是在城的另一个地区，所以杰斯特连爆炸声都没有听见，而是到第二天的早晨才听到新闻。法官年纪大了容易动感情，现在他得知这个消息也是非常动情。心肠软、为人随和的老法官心神不定的样子，又很念旧，于是他赶到医院的停尸房，但是他不是去看尸体，而是叫人把尸体转移到殡葬部门，并且自己拿出五百块美国绿票子，办理丧事。

杰斯特没有哭。他小心地，机械地，把题赠给舍曼的《特里斯丹》总谱包好，放在阁楼他父亲的一个箱子里，并锁上。

雨下了一夜，不过现在已经停了，而蓝色的天空是持续下雨之后出现的一派清新、柔和的色调。杰斯特到被炸毁的房子去的时候，只见兰克家的一大串孩子有四个在钢琴上弹《筷子》曲①，但是钢琴已经毁坏，不成调子了。杰斯特站在阳光下听着声音沉闷、不成调子的《筷子》曲，悲伤之外又增添了仇恨。

"你们爸爸在吗?"他朝兰克家的一个孩子喊道。

"他不在家，"那孩子回答道。

杰斯特回了家。他取出那支手枪，就是他父亲用来自杀的那一支，然后把它放进汽车的手套盒子里。然后他开着车子在城中缓慢巡视，先到纺织厂，打听萨米·兰克。他不在厂里。兰克家孩子弹不成调子的《筷子》曲给他的噩梦般的感觉，更增添了他找不到萨米·兰克的失望感，于是他两个拳头

---

① 是英国女孩尤菲米娅·艾伦(Euphemia Allen，一八六一——一九四九)十六岁时作的钢琴练习曲，用两个手指头弹奏，也是她创作的唯一一首曲子。——译注

猛敲车子的方向盘。

他一直为舍曼担心，生怕他出事，但是他从来没有觉得事情真会发生。这不是真的事情。这完全是一个噩梦。《筷子》曲和毁坏的钢琴以及要寻找萨米·兰克的决心。然后，就在他重又发动车子的时候，他看见萨米·兰克在马龙药房里懒洋洋地靠着柜台。他推门进去，做了个手势。"萨米。你跟我到机场去，好吗？我带你去乘一回飞机。"

萨米有些尴尬但并没有觉察什么，自豪地咧嘴笑了。他心里在想：我现在已经是城里的名人了，就连杰斯特·克莱恩也要带我去乘飞机。他高高兴兴地迅速坐进了车子。

到了莫斯教练机前杰斯特先叫萨米坐好，然后绕到另一边。他已经在口袋里藏了手枪。起飞之前他问道，"以前有没有乘过飞机？"

"没有，先生，"萨米说道，"不过我不怕。"

杰斯特的起飞非常漂亮。蓝蓝的天空，在耳边呼啸的清新的风，使他麻木的精神又活跃起来。飞机在爬升。

"是你杀了舍曼·普友的？"

萨米只是咧嘴笑，并且点了点头。

一说出舍曼的名字内心隐隐就又有一阵阵冲动。

"你有没有买过什么人寿保险？"

"没有。就买了小家伙的。"

"有几个？"

"十四个，"萨米说道，"五个大了。"

萨米坐在飞机上吓坏了，开始紧张地乱说话。"我跟我老婆差一点就生了五胞胎。三个小家伙再加上两个。就在加拿大的五胞胎刚刚出世之后不久，那是我们头五个活下来的。

每一回我跟我老婆想到加拿大的五胞胎——有名有利，爸妈也有名有利——我们心里就有一点刺痛。我们差一点就中头彩，每一回我们来那个的时候就想我们要生五胞胎了。有一回我跟我老婆把小家伙全都带上到加拿大去看五胞胎，她们都在玻璃房里玩。我们的小家伙都出痧子。"

"这就是为什么你们有这么多孩子的道理。"

"是啊。我们想中个头彩。我跟我老婆生来就有这个本事生三胞胎，双胞胎什么的。可是我们没中头彩。不过《米兰信使报》登过一篇文章写我们米兰的三胞胎。这篇文章装在镜框里挂在我们客厅的墙上。抚养这几个小家伙我们可艰苦了，不过我们从没有放弃。可是现在我老婆到了更年期，这个希望也没了。我现在只不过是个萨米·兰克而已。"

听了这个怪诞而可怜的故事杰斯特也发出那失望的大笑。而一旦大笑过了，失望过了，可怜过了，他知道他不能拿出枪来。因为在那一刻，怜悯的种子，在悲伤的促使下，已经开始开花。杰斯特偷偷地从口袋里摸出手枪，丢到飞机外面。

"什么东西？"萨米说道，他吓坏了。

"没什么，"杰斯特说道。他朝萨米瞥了一眼，只见他脸色发青。"你要下去吗？"

"不，"萨米说道。"我不怕。"

于是杰斯特又继续盘旋。

从两千英尺的高度往下看，地球显得井井有条。一个小城，就连米兰，也是匀称的，完全像一个灰暗的小蜂巢，酷似一个蜂巢。城的周边地区似乎是根据一个比地产法规和偏见更恰当、更符合数学原理的一条法规设计的：一个黑黝黝的平行四边形松树林,正方形的田畴,长方形的草皮。在这个没有一朵云彩的日子里,飞机的周围和飞机上方的天空是一片穿不透的单调的蔚蓝色,眼睛看不透,想象穿不过。但是在天空底下,地球是圆的。地球是有穷尽的。在这样的高度你看不见人,看不见人遭受屈辱的细节。从远处看地球是完美的,是完整的。

然而,这是心感到陌生的秩序,而倘若要热爱这个地球,你必须靠得再近一点。飞机在往下滑,低空飞过城市,飞过乡村,整体性打破了,转化为多样的印象。城市在一年四季里都是一样的,但是大地在变化。在早春时节,这里的田野就像磨损的灰色灯芯绒,每一块都相似。现在你可以开始分得清庄稼了:灰绿色的棉花,密密麻麻、蜘蛛网似的烟草地,绿得耀眼的玉米。你往城里盘旋的时候,发现城内弯弯绕饶、错综复杂。你看到了所有阴暗后院人迹罕至的角落。灰暗的篱笆,工厂,平坦的大马路。从空中往下看,人变小了,样子机械,像上紧发条的玩偶。他们似乎是在任意发生的痛苦中机械地活动。你看不见他们的眼睛。而终于这种情形无法容忍了。远处看到的地球不如久久注视人的一双眼睛意义来得重大。即使是敌人的一双眼睛。

杰斯特注视着萨米因恐惧而睁大的眼睛。

他的充满激情、友情、热爱和复仇的漫长旅程结束了。杰斯特的飞机轻轻地着陆,他让萨米走下飞机——好让他去向全家人吹嘘他现在是一个著名人士,就连杰斯特·克莱恩也带他上天乘了一回飞机。

第 十 四 章

　　起初马龙是很在乎的。在他发现贝尼·威姆斯到威伦药房去买东西,地方治安官麦考尔不在他的药房喝他喝惯的可乐的时候,他是很在乎的。在他心中,表面上看起来他是在说,"贝尼见鬼去吧;治安官见鬼去吧。"但是在他思想的深处,他很在乎。那个晚上店堂里的会损害整个药房友善的形象,影响了他为树立友好形象而进行的营销了吗?他坚持会上的立场值得吗?马龙又是纳闷,又是犯愁,然而他还是弄不明白。整日的忧愁影响了他的身体。他开始出差错——那是像马龙这样的精明的记账人很不寻常的账目差错。他给顾客的账单算得不准确,从而引起了他们的不满。他已经没有力气去推动药房的销售。他自己也知道他身体越来越糟了。他想要得到的是他的家的庇护,而且,他往往会整日整日地赖在双人床上不下来。

离死亡越来越近的马龙对日出的感觉非常敏锐。漫长的黑夜过去之后,他就注意观察日出前的假曙光,观察东边天空最早出现的那一抹象牙白,金色和橘黄色。假如是一个晴朗和欣欣向荣的白天,他就坐起来靠在枕头上,急切地等待送上来的早餐。但是,假如是一个阴沉沉的白天,天空昏暗或者下着雨,他的情绪也会反映在这样的天气里,他就会把灯打开,心情烦躁地抱怨个不停。

玛莎尽力安慰他。"这是热天刚开始的缘故。一旦你习惯了这炎热的天气,你就会觉得好一点。"

可是不对,这不是天气的缘故。他已经不再把生命的终结与一个新季节的开始混在一起了。紫藤架上的淡紫红拂地的熏衣草花开了又谢了。他已经没有力气在菜园里种点东西了。绿中带金黄色的柳树现在颜色已经变深。很奇怪,他总是觉得柳树应该与水联系在一起。可是,他家的柳树没有水,虽然马路对面有一泓清泉。是的,物换星移,大地变了面貌,春季又来了。然而,他对大自然,对万物,已经不再厌恶。一种奇怪的轻松感觉在他心灵深处油然而生,他异常喜悦。他现在注意大自然,大自然就是他的一部分。他不再是一个望着没有指针的钟的人了。他不孤独,他不反抗,他不痛苦。这些天来他甚至没有去想过死。他不是一个垂死的人——没有人死,人人都死。

玛莎总是坐在房间里结绒线。她又结起绒线来了,看见她在那里坐着他就宽慰了。他不再去想孤独感的不同层次,而这孤独感曾经使他无比迷惑。他的生活奇怪地收缩了。只有床,窗,一杯水。他的一日三餐是玛莎放在盘子里端上来的，而且她几乎总是在他的床头柜上放一花瓶的鲜花——玫瑰，长春花，金鱼草花。

他对他妻子的爱曾经是那样淡漠，而现在爱又回归了。玛莎想出精美可口的食物来增进他的食欲，或者是陪坐在他房间里结绒线，这时候，马龙对于妻子的爱的真谛，感觉更接近了。她从好友百货商店买来一个粉红的靠枕，让他可以在床上坐起来靠着，而不是只用潮乎乎、滑动的枕头垫起来，她的体贴使他感动。

自从在药房里开过会以来，老法官就把马龙当作病人对待了。他们的角色现在已经倒过来；现在是法官送来一袋袋水磨食物和芜菁甘蓝绿叶菜，还有人们探望病人时送的水果。

五月十五号那天医生来了两次，一次是上午，到了下午又来了一次。现在给他看病的是威斯理大夫。五月十五号那天，威斯理大夫在客厅里与玛莎单独谈了话。马龙并不介意他们在另外一个房间里谈论他的情况。他并不担心，他并不惊讶。那天晚上玛莎用海绵给他擦身时，她替他擦发烫的脸，然后在两只耳朵后面抹香水，还在澡盆里倒了香水。然后替他用幽香的水洗他毛茸茸的胸部和腋窝，洗他的腿和长满老茧的脚。最后，轻轻地，她洗他疲软的阴部。

马龙说道，"亲爱的，没有一个男人有像你这样的妻子。"这是自从他们结婚那一年以来他第一次叫她亲爱的。

马龙太太到厨房里去。待她哭了一会儿之后重又回到房间里的时候，她带上来一个装了热水的瓶子。"夜里和清早的时候冷飕飕的。"她把装满热水的瓶子放进被窝的时候，她问道，"舒服吗，亲爱的？"

马龙抵住靠枕在被窝里寻找,他的脚放到暖水瓶子上。"亲爱的,"他又说道,"我要一点冰水,行吗?"但是玛莎把冰水拿来的时候,冰块碰到了他的鼻子,于是他又说,"这冰戳到我的鼻子了。我要的就是冰凉的水。"马龙太太把杯子里的冰拿走以后,又到厨房里去哭了。

他不痛苦。但是,似乎他感觉到他的骨头很沉重,他诉说起来。

"亲爱的,你的骨头怎么会感觉沉重呢?"玛莎说道。

他说他很想吃西瓜,于是玛莎从城里经销水果和糖果的大商店比萨拉蒂买了外地运来的西瓜。可是当颜色粉红、结着银白的霜的那片西瓜放到他盘子上的时候,西瓜的味道又不是他想象的那个味道了。

"你得吃东西,保持体力,J. T. 。"

"我还要力气干什么?"他说道。

玛莎给他做奶昔,并且偷偷地打了一个鸡蛋在里面。实际上是两个鸡蛋。见他都喝下去了,她感到安慰。

艾伦和托米在父亲待的房间里来来回回地走,在他耳朵里听起来他们两个人的说话声很大,虽然他们都尽量说得很轻。

"你们别烦着爸爸,"玛莎说道。"他现在感觉苍白无力。"

到了十六号,马龙感觉好了一点,甚至还说要自己刮脸,好好洗个澡。所以他硬是要到浴室里去,可是待他到了洗脸盆边上,他只是两手紧紧抓住洗脸盆,于是玛莎只好扶他回房。

可是,回光返照已经在他身上出现。那一天,很奇怪,他的精神表现得异常兴奋。他看《米兰信使报》,知道有一个男人从大火中救出一个小孩子,而他自己却丢了性命。虽然马龙不认识这个小孩子,也不认识那个男人,但是他看了报纸就哭起来,不停地哭。看到什么他都兴奋,看着天空他兴奋,见了窗外的世界他也兴奋——这一天万里无云,阳光灿烂——他心里充满了兴奋的情绪。要不是他浑身骨头沉重,他觉得自己可以下床来,上药房去。

到了十七号,他没有见到五月的太阳升起来,因为他睡着了。慢慢地,他在昨天感觉到的生命的活力,正在从他身上消退。说话声仿佛是从遥远的地方传来的。他正餐已经吃不下了,所以玛莎在厨房里替他做一杯奶昔。她打了四个鸡蛋,他嫌味道不好。脑子里过去和今天都混杂在一起了。

在他拒绝吃鸡肉晚餐之后,家里来了一个不速之客。克莱恩法官突然闯进了他的病房。他的太阳穴上气愤的脉搏还在剧烈地跳动。"我是来拿几颗眠尔通的,J. T.。电台里的新闻你听到了吗?"然后他望着马龙,见了他突然变得虚弱的样子,大吃了一惊。悲伤强压住老法官心里的怒气。"对不起,我的J. T.",他说道,话突然变得谦虚起来。然后他又提高了嗓门:"你听到新闻了吗?"

"哎,法官,怎么回事?听到什么了?"玛莎问道。

法官说话唾沫四溅,语无伦次,讲述了最高法院关于学校合并的裁决。玛莎大吃一惊,吓了一大跳,只能说,"哎呀!我发誓!"因为她还没有明白是怎么一回事。

"我们有办法克服,"法官大声道。"绝不会出现这种情形的。我们要斗争。全体南方人要战斗到最后一刻。奋战至死。法律上作出规定是一回事,执行又是一回事。有车子在外面等我;我要到电台去发表一个讲话。我要把人民团结起

来。我要讲简单扼要的话。充满激情。庄严，义愤填膺，你懂
我的意思吗。类似'八十七年以前——'这样的话。到电台去
的路上再想。别忘了收听。这是一篇具有历史意义的演说，
听了对你有好处的，亲爱的 J. T. 。"

起初，马龙还不知道老法官在房间里。他只听到他的说
话声，只觉得屋子里有他的大汗淋漓的身影。接着，他听到了
在他分辨不清意思的耳朵里蹦进来的几个字，几个声音：合
并……最高法院。概念与思想在他头脑里溅起，但是很微弱。
终于，马龙对老法官怀有的爱和友情又把他从死亡路上召回。
他眼睛看着收音机，于是玛莎把它打开，可是因为有一支舞曲
乐队在演奏，她就把音量调得很低。一则新闻再次预告要播
送最高法院的裁决，而在这之前先要播送法官的讲话。

在电台的隔音室里，法官就像一个内行的专业人士一样，
抓起了麦克风。但是，尽管他在到电台来的路上竭力要拟定
讲话的一个腹稿，但是他没有办到。要表达的意思太混乱，太
难以想象，他无法组织成他要传达的抗议。这些思想太富有
激情。于是，他义愤填膺，目空一切——随时都有可能小中
风，甚至更糟——法官站在那里，手抓着麦克风，而演说辞还
没有想好。话——电台里不能说的脏话，骂人的话——在他
心头翻滚。但是具有历史性意义的演讲辞却没有。他唯一能
想起来的是他在法学院背诵的第一篇演讲。他隐隐约约知道
他原来想要讲的话是错误的，于是他横下一条心。

"八十七年以前，"①他说道，"我们的祖先在这片大陆上创
建了一个新的国家，她在自由中孕育，她要为人人生来都平等

———————

① 法官开始背诵林肯的葛底斯堡演说。——译注

的主张奉献。现在我们正在进行一场伟大的内战,考验这个国家,或者任何在这样的情况下孕育、为这样的目标奉献的国家,能否长久坚持。"

隔音室里传来了扭打声,法官语气激愤地说道:"为什么要捅我!"但是,你一旦开始了一篇具有历史性意义的演说,要撒手又谈何容易。他继续讲下去,声音更大了:

"我们在这个战争的一个伟大战场上集会。我们要把这个战场开辟一部分,献给为这个国家的生存而牺牲的人,作为他们的安息地。我们这样做是完全恰当和正确的。"

"我说了别来捅我,"法官又大声嚷道。

"可是,大而言之,这片土地我们无法奉献——我们无法看作神圣——我们无法将它变得神圣。在这里战斗过的英勇战士,无论是活着的还是已经牺牲的,已经将它变得神圣,这神圣远不是我们微弱的力量能增添或减少的。世人绝不会在意或者长久记着我们在这里说的话——"

"天哪!"有人在喊,"住嘴!"

老法官站在麦克风前,耳边回响着他自己说的话,记起了在他的法庭上自己敲响木槌的粗重声音。想到这里他只觉得震惊,立刻崩溃了,然而他马上喊道:"意思完全颠倒了!我完全不是这个意思!别打断我!"法官语气急切地恳求道。"请你们别打断我的话。"

然而另外一个发言人开始讲话,于是玛莎关了收音机。"我不明白他是在讲什么,"她说道。"出什么事了?"

"没出什么事,亲爱的,"马龙说道。"不是什么一下子冒出来的事情。"

然而他的生在逐渐消逝,而在他走向死的过程中,生呈现出马龙从来未曾体验过的井井有条和简单明了的特性。脉搏，即活力，找不到了，也不再需要。只有轮廓明朗了。最高法院是否合并学校对他又有什么意义？对他来说什么意义也没有。假如玛莎把她全部可口可乐股票都摊在他的床脚，一笔一笔地数，他连头也不会抬一抬。不过，他确实是想要什么东西，因为他说：'我要冰冷的水，不要放冰。'

　　然而，玛莎还没有来得及端上水来，慢慢地，悄悄地，既没有挣扎，也没有恐惧，生命在 J. T. 马龙身上已经终结。他的生已经消逝。而在端着满满一杯水的马龙太太听来，他的生的消逝就像一声叹息。

译　后　记

　　文学批评家往往将卡森·麦卡勒斯(Carson McCullers,
一九一七——一九六七)与威廉·福克纳(William Faulkner,
一八九八——一九六二)相比,还有将她与大卫·赫伯特·劳
伦斯(David Herbert Lawrence,一八八五——一九三〇)相比
的。这样的比较显然生动地描述了麦卡勒斯在美国文学史上
的地位。然而,由于麦卡勒斯二十三岁时发表的《心是孤独的
猎手》在读者和批评界中的影响,人们自然也会把她称为"孤
独的猎手"。这是从一部作品的意义来说的。那么,我们在麦
卡勒斯最后一部小说《没有指针的钟》(*Clock without Hands*)
中读出了什么? 其实,除了"诗意感情"之外,我们还能从这部
小说领悟深层的意义。
　　麦卡勒斯于一九六〇年十二月完成这部小说的创作,并

于一九六一年发表。但是小说的创作却酝酿已久，前后持续二十年。在她人生最后十五年里，无论是健康状况还是文学创作都明显衰落，而且因几次中风卧床不起，第二个剧本演出不顺利而中止，她情绪消沉，于是她于一九五七年经人介绍认识了心理医生医学博士玛丽·E.默瑟，开始做心理治疗。默瑟大夫鼓励麦卡勒斯继续写作，她的治疗取得了积极的效果，而且她们两人自一九五七年开始认识后，成了终身（十年）亲密朋友。因此，麦卡勒斯最终能完成《没有指针的钟》的写作，默瑟大夫的作用是很大的，也许由于这个缘故作者才在这部小说扉页写下她的献词。"《没有指针的钟》是付出了巨大的个人代价才完成的，但它也是卡森的救星。"否则，"精神上的折磨会要了她的命"①。小说发表之后连续五个月登上畅销书排行榜。虽然美国评论界对这部小说毁誉参半，但是在大西洋的另一边，英国的评论界对这部作品的出版"几乎是一片赞美声"②。不过，这部小说是作者唯一没有被改编成电影的作品。

　　《没有指针的钟》也许没有离奇曲折的故事情节，但是重要的是，作者笔下的人物，有血有肉，一个个栩栩如生，跃然纸上。小说有两条主线贯穿始终，串起了这些生动的人物。从第一页药房老板马龙先生查出得了白血病，从此他的人生成了没有指针的钟开始，到最后一页他平平静静永远合上眼睛为止，中间经历了十四个月的日子。这是小说的第一条明显的主线。第二条主线是蓝眼睛的黑人孤儿舍曼·普友一心要

　　① 引自弗吉尼亚·斯潘塞·卡尔著《孤独的猎手：卡森·麦卡勒斯传》（上海三联书店，二〇〇六年四月版），第四九〇页。
　　② 同上，第四九六页。

寻找自己的亲生母亲,而法官的孙子则有意查明他父亲的死因,于是小说就有了一条很粗的"种族歧视"的主线。凡是著名的黑人妇女,舍曼都觉得有可能是他的生母。然而他失望了,他在法官福克斯·克莱恩办公室里发现了有关他身世的诉讼卷宗。于是,他要跟白人"对着干"。最后,他因搬进了白人居住区而被炸死在家中,被种族主义所害,尽管他是一个很有才能的人。

小说写了老中青三个年龄段的人:八十多岁的前众议院的议员福克斯·克莱恩法官,得了白血病的药房老板马龙先生,法官的孙子即十七岁的高中生杰斯特和同年的黑人舍曼。在法官的回忆中出现的他的儿子,即马龙先生的同龄人、年轻的律师约翰尼。由于他的出现,读者知道了舍曼与法官家的复杂关系。法官克莱恩这个人物,作者着墨最多。他是一个要让时钟倒转的人,念念不忘南北战争前的南方生活,至今还在阁楼里藏着南方邦联时期的钞票,是一个堂吉诃德式的人物,假如取这个说法的"与现实相抵触"之意的话。但是,他又是一个很有人情味的人,非常疼爱他的孙子,也非常喜欢舍曼,夸奖他聪明。马龙先生很不情愿地服从了父亲要他成为一个医生的旨意考上医学院,但是读了两年预科之后因学业落后而退学,并且由于羞愧难当,离开家乡,从此他一辈子背上思想的包袱。住院期间他读到一本书,即丹麦哲学家、神学家、存在主义先驱克尔凯郭尔的《病患至死》(*Sickness unto Death*)。书中一段话让他久久难忘:"最大的危险,即失去一个人的自我的危险,会悄悄地被忽视,仿佛是区区小事;每一件其他东西的丧失,如失去一个胳膊,失去一条腿,失去五元钱,失去一个妻子,等等,那是必定会引起注意的。"他觉得他失去了"自我"。法官的儿子约翰尼一心要维护法律的公正，但他为舍曼的父亲辩护失败后自杀。舍曼寻找生身母亲，实际上也是在寻找"自我"，然而，他寻来的是痛苦，于是他要"对着干"，要引起人们的重视。法官的孙子也公然还嘴，他说过去是爷爷怎么说他就怎么做，现在他要独立思考了，并表示要做像父亲一样的律师。总之，无论老少，人人都要寻找"自我"。

作家与医学博士默瑟大夫相互之间的影响想必意义深远，因为十年中两人几乎天天在一起，直至作家去世。默瑟一九九七年发表的《人的一生》（*The Art of Becoming Human*）一书，也许能帮助读者进一步理解麦卡勒斯《没有指针的钟》中的人物，因为默瑟博士在书中引证世界著名文学家和思想家的著作，论述人生历程的各个阶段，认为要真正成为一个人，就要努力经营"一个创造性的自我发展的过程"。

有的美国读者不喜欢这部小说，但中译本的读者自然会从小说中读出与原著读者完全不同的意味，仿佛站在远处看油画，画中人物与景色看得更加清晰。至于"诗意感情"，这本书中似乎处处可以感觉到，如果能细细品味，包括人的思想感情、人对客观世界的感受、人们的习俗与信仰等等，读者仿佛窥见了作家的内心世界，也仿佛是读者自己亲身经历，亲耳所闻，亲眼所见，不觉得有很大的文化差异。读这部小说绝不会浪费时间，何况这部小说是作者付出巨大个人代价才完成的，她的高尚的精神实在令人钦佩。麦卡勒斯的朋友、剧作家田纳西·威廉斯（Tennessee Williams，一九一四———一九八三）看到麦卡勒斯寄给他的样书之后曾竭力主张作者再作修改，但是他的建议还没有传达，她已经住进医院准备做第三次手术。她自从一九四七年以来一直在与残疾搏斗，右臂瘫痪，经历过多次的手术治疗，而在此同时，她仍一直坚持写作。《没有指针的钟》就是在这样艰难的条件下完成的。这位剧作家感动了，于是这部小说出版一个星期之后他在《星期六评论》上赞美她的精神，说："这里有她的道德境界、崇高的精神和对孤独的探索的心灵的深刻理解，在我看来，正是这些品质使她成为，即使不是全世界最伟大的作家，也是我国最伟大的作家。"[①]这话说得并不过分。

这部小说译完了，然而译者倒觉得有些依依不舍，因为再也不能与小说中的人物生活在一起。《没有指针的钟》发表已有四十六年。倘若卡森·麦卡勒斯仍在人世，她应是一个九十岁的老人了。应三联之约翻译这部作品，是一件荣幸的事，因为译者可以通过这个译本表示对这位"伟大的作家"的敬意。

金绍禹

二〇〇七年九月

---

① 《孤独的猎手：卡森·麦卡勒斯传》，第四九四页。

图书在版编目（CIP）数据

没有指针的钟 ／〔美〕卡森·麦卡勒斯著；金绍禹译.－上海：上海三联书店，2009.3重印
（三联艺文馆）
ISBN 978-7-5426-2664-6

Ⅰ.没... Ⅱ.①卡...②金... Ⅲ.长篇小说－美国－现代
Ⅳ.I712.45

中国版本图书馆CIP数据核字（2007）第194844号

没有指针的钟

著　者／〔美〕卡森·麦卡勒斯
译　者／金绍禹

责任编辑／黄　韬
装帧设计／Metis 灵动视线 TEL.010-85983452
监　制／李　敏
责任校对／张大伟

出版发行／上海三联书店
　　　　　（200031）中国上海市乌鲁木齐南路396弄10号
　　　　　http://www.sanlianc.com
　　　　　E-mail:shsanlian@yahoo.com.cn
印　刷／北京温林源印刷有限公司

版　次／2007年12月第1版
印　次／2009年3月第3次印刷
开　本／640×965　1/16
字　数／190千字
印　张／17.5

ISBN 978-7-5426-2664-6/I·345

定　价：25.00元